W0208111

BASTEI
LÜBBE

MARGARET WEIS und TRACY HICKMAN
im BASTEI-LÜBBE-Taschenbuchprogramm:

DIE VERGESSENEN REICHE:
21 210 Band 1 Himmelsstürmer
20 238 Band 2 Elfenstern
20 248 Band 3 Feuersee
20 260 Band 4 Drachenmagier
20 273 Band 5 Drachenelfen

DIE SAGA VON DUNKLEN SCHWERT:
20 159 Band 1 Kind des Todes
20 161 Band 2 Sohn der Verbannten
20 171 Band 3 Der Weg nach Merilon
20 173 Band 4 Der Fluch der Wahrheit
20 183 Band 5 Der Engel des Untergangs
20 185 Band 6 Der Herrscher von Merilon

DIE ROSE DES PROPHETEN:
20 200 Band 1 Das Buch der Götter
20 202 Band 2 Das Buch Quar
20 212 Band 3 Das Buch der Unsterblichen
20 214 Band 4 Das Buch Akhran
20 225 Band 5 Das Buch der Nomaden
20 228 Band 6 Das Buch Promenthas

MARGARET WEIS &
TRACY HICKMAN

Der Weg nach Merilon

Fantasy-Roman

Ins Deutsche übertragen
von Eva Eppers

BASTEI LÜBBE

BASTEI-LÜBBE-TASCHENBUCH
Band 20 171

Erste Auflage:
Januar 1992
Zweite Auflage:
November 1995

© Copyright 1988 by
Margaret Weis und Tracy Hickman
Published by arrangement with
Bantam Books, a division of
Bantam Doubleday Dell Publishing
Group, Inc.
All rights reserved
Deutsche Lizenzausgabe 1991
Bastei-Verlag Gustav H. Lübbe
GmbH & Co ., Bergisch Gladbach
Originaltitel:
Dom of the Darksword
Lektorat: Reinhard Rohn
Titelillustration:
Hans Hauptmann
Umschlaggestaltung:
Quadro Grafik, Bensberg
Satz:
Fotosatz Schell, Bad Iburg
Druck und Verarbeitung:
Brodard & Taupin, La Fleche,
Frankreich
Printed in France
ISBN 3-404-20171-X

Der Preis dieses Bandes versteht sich
einschließlich der gesetzlichen Mehrwertsteuer

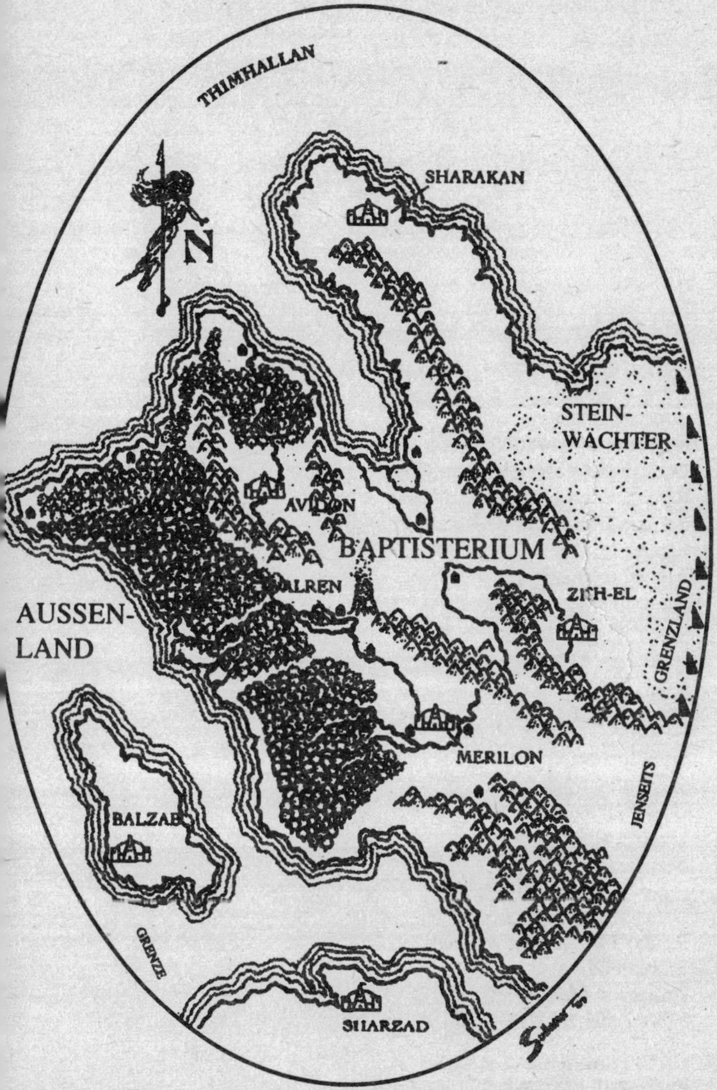
THIMHALLAN
N
SHARAKAN
STEIN-
WÄCHTER
AVIDON
BAPTISTERIUM
WALREN
ZITH-EL
AUSSEN-
LAND
GRENZLAND
MERILON
JENSEITS
BALZAB
GRENZE
SHARZAD

Der Ruf

»Saryon …«

Die Stimme erreichte den Katalyten in dem Niemandsland zwischen Bewußtlosigkeit und dem erinnerten Alptraum seines Lebens.

»Heiligkeit, vergebt mir!« murmelte er fiebernd. »Laßt mich zurückkehren in unser Refugium! Befreit mich von dieser schrecklichen Bürde. Ich kann sie nicht länger tragen!« Während er sich auf der harten Pritsche hin und her warf, legte Saryon die Hände vor die geschlossenen Augen, wie um die furchtbaren Bilder abzuwehren, die auf sein im Schlaf schutzloses Bewußtsein eindrangen. »Ich habe getötet! Nicht einmal, Heiligkeit, o nein! Zweimal. Zwei Männer haben meinetwegen sterben müssen!«

»Pater Saryon!« Die vorhin noch einschmeichelnde

Stimme wiederholte den Namen des Katalyten mit einem gereizten Unterton.

Der Gerufene wand sich auf den Laken. »Hört meine Beichte, Heiligkeit«, rief er gequält, »und dann bestraft mich nach Eurem Gutdünken! Ich verdiene Strafe, sehne mich nach Strafe! Die Buße wird mich erlösen von ihren Gesichtern, ihren Augen, die mich verfolgen!« Gepeinigt, schlaftrunken fuhr er in die Höhe. Nach Tagen, in denen er keine Ruhe gefunden hatte, war er vor Übermüdung und nervlicher Erschöpfung nicht mehr in der Lage, einen klaren Gedanken zu fassen. Er hatte keine klare Vorstellung davon, wo er sich befand oder wie es kam, daß diese Stimme – deren Besitzer seines Wissens Hunderte von Meilen weit entfernt war – so klar und deutlich zu ihm sprach. »Der erste war ein junger Mann aus unserem Orden«, bekannte Saryon stockend. »Der Hexenmeister bediente sich meines Lebens, um ihn zu ermorden. Der arme Junge konnte sich nicht wehren. Und jetzt ist auch der Hexenmeister tot! Er lag vor mir, hilflos, durch *meine Kraft* seiner Magie beraubt! Joram ...« Die Schultern des Katalyten sanken herab. »Joram ...«

»Saryon!« Die Stimme klang befehlend, und es gelang ihr endlich, den Katalyten aus seiner Betäubung zu reißen.

»Ja?« In seiner feuchten Kutte fröstelnd, hielt Saryon verwirrt Umschau. Er befand sich nicht im Baptisterium, sondern in einer kalten Gefängniszelle, umgeben von Tod: Mauern aus von Menschenhand geschaffenen und von Menschenhand übereinandergeschichteten Steinquadern; die hölzernen Deckenbalken trugen die schändlichen Spuren von Werkzeug; eiserne Gitterstäbe aus der unheiligen Werkstatt der Schwarzen Künste bildeten eine trostlose Barriere gegen die Kraft des Lebens. »Joram?« rief Saryon mit vor Kälte steifen Lippen, obwohl schon ein erster Blick ihm zeigte, daß der junge Mann nicht da war, auch sein Bett an der gegenüberliegenden Wand sah unberührt aus.

»Aber natürlich!« Saryon lief es kalt den Rücken hinunter. Joram war draußen, in der Wildnis, um sich des Leichnams zu entledigen ... Aber wessen Stimme war es dann, die er so deutlich gehört hatte?

Der Katalyt barg den Kopf in den zitternden Händen. »Gütiger Almin, erbarme dich meiner«, flehte er inbrünstig. »Wenn es dich wirklich gibt, nimm mein Leben und erlöse mich von dieser Qual, diesem Elend. Denn ich spüre, daß ich den Verstand verliere ...«

»Saryon! Ihr könnt mir nicht ausweichen, wenn das Eure Absicht sein sollte! Ihr *müßt* mich anhören, ob Ihr wollt oder nicht!«

Der Katalyt hob den Blick. Mit weit aufgerissenen Augen starrte er ins Halbdunkel der Zelle, und eine Kälte wehte ihn an, die bitterer war als der ärgste Winterfrost. »Heiligkeit?« rief er mit bebender Stimme, stand mühsam auf und schaute forschend um sich. »Heiligkeit? Wo seid Ihr? Ich kann Euch nicht sehen, und doch höre ich .. Was hat das alles zu bedeuten?«

»Ihr hört meine Gedanken in Eurem Kopf, Pater Saryon«, erklärte die Stimme. »Ich spreche zu Euch aus dem Baptisterium. Wie das möglich ist, braucht Euch nicht zu kümmern. Meine Macht ist sehr groß. Seid Ihr allein?«

»J... ja, Heiligkeit, zur Zeit noch. Aber ich ...«

»Nehmt Euch zusammen, Pater!« Die Stimme klang wieder gereizt. »Eure Gedanken sind dermaßen verworren, daß ich sie nicht lesen kann. Ihr braucht nicht zu sprechen. *Denkt*, was Ihr sagen wollt, und ich werde es hören. Ich gebe Euch einen Moment Zeit, im Gebet Sammlung zu finden, und dann erwarte ich, daß Ihr mir Eure ungeteilte Aufmerksamkeit schenkt.«

Die Stimme schwieg, doch Saryon spürte die Anwesenheit des ungebetenen Gastes in seinem Bewußtsein – wie das Summen eines Insekts. Er rang um Fassung, allerdings nicht im Gebet. Obwohl er soeben noch den Almin angefleht hatte, ihn zu töten, und es in seiner Verzweiflung durchaus ernst meinte, erwies der Selbsterhaltungstrieb sich als stärker. Allein die Tatsache, daß Bischof Vanya sich auf diese Art in seinen Kopf einzuschleichen erdreistet hatte, erschreckte und ärgerte ihn, auch wenn er wußte, daß es ihm nicht zustand, an einem Kirchenfürsten Kritik zu üben. Als bescheidener Katalyt sollte er vermutlich stolz sein, daß der mächtige Bischof sich herabließ, seinen unwichtigen Gedanken Aufmerksamkeit zu schenken. Doch tief in dem selben dunklen Winkel, aus dem die quälenden Träume stammten, fragte eine kalte Stimme: Wieviel weiß er? Gibt es eine Möglichkeit, ihm Sand in die Augen zu streuen?

»Heiligkeit«, meinte Saryon zögernd, während er sich langsam um die eigene Achse drehte und voll Unbehagen die Schatten mit den Blicken zu durchdringen versuchte, als fürchtete er, den Bischof jeden Moment aus der Ziegelmauer heraustreten zu sehen, »es fällt mir schwer, meine Gedanken zu ordnen. Meine Wißbegier ...«

»Dieselbe Wißbegier, die Euch vor siebzehn Jahren verführt hat, auf verbotenen Pfaden zu wandeln?« fragte der Bischof unwillig.

»Ja, Heiligkeit«, erwiderte Saryon demütig, »ich gestehe, das ist meine große Schwäche, und sie hindert mich daran, Euren Worten die gebührende Aufmerksamkeit zu schenken, solange ich nicht weiß, wie es möglich ist, daß wir uns unterhalten, obwohl wir so weit voneinander entfernt sind. Ich ...«

»Eure Gedanken sind ein fürchterliches Durcheinander! So kommen wir nicht weiter. Also gut.« Bischof Vanyas Stimme in Saryons Kopf hörte sich ärgerlich an, aber auch resigniert. »Es ist notwendig, Pater, daß ich, als das geistige Oberhaupt unseres Volkes, auch mit den entferntesten Weltengegenden in Verbindung bleibe. Ihr wißt, dort draußen gibt es Bestrebungen, unseren Orden wieder auf das zu reduzieren, was wir früher gewesen sind: dienstbare Geister in Tiergestalt. Aufgrund dieser Bedrohung ist es von größter Wichtigkeit, daß viele meiner Besprechungen auf vertraulicher Basis stattfinden.«

»Ja, Heiligkeit«, murmelte Saryon nervös. Die dunkle Nacht vor dem vergitterten Zellenfenster zerfloß zu grauer Morgendämmerung. Er hörte vereinzelte Schritte in den Straßen – Leute, die mit der Sonne ihr Tagewerk begannen. Von ihnen abgesehen, schlief das Dorf. Wo blieb Joram? Hatte man ihn gefaßt, den Leichnam entdeckt? Der Katalyt verkrampfte die Hände ineinander und bemühte sich, den Ausführungen Vanyas zu folgen.

»Durch Magie, Pater Saryon, wurde für den Bischof des Reiches diese Krypta geschaffen, eine geheime Ratskammer, die es ihm ermöglicht, sich unbelauscht mit seinen Vasallen zu beraten, besonders im Zusammenhang mit gewissen delikaten Aufträgen, von denen – zum Besten des Volkes – nichts an die Öffentlichkeit dringen darf ...«

Ein Netz von Spionen, mußte Saryon unwillkürlich denken. Die Kirche, der Orden, die Institution, der er sein Leben geweiht hatte, das alles war in Wirklichkeit nichts anderes als eine riesige Spinne, die in der Mitte eines Netzes von gewaltigen Ausmaßen lauerte und jede Bewegung all derer spürte, die in dem klebrigen Gespinst zappelten. Eine schreckliche Vorstellung, und Saryon versuchte sofort, sie abzuschütteln. Obwohl er am ganzen Leib zitterte, brach ihm der Schweiß aus, und geduckt wartete er darauf, daß der Bischof ihn für seine ketzerischen Gedanken rügte, aber Vanya verbreitete sich weiter, als hätte er nichts gehört, über die geheime Ratskammer und daß mittels der ihr innewohnenden Magie zwei Partner über weite Entfernungen in Gedanken miteinander sprechen konnten.

Saryons Anspannung wuchs, er biß so fest die Zähne zusammen, daß seine Wangenmuskeln schmerzten. Statt auf die Erklärungen des Bischofs zu achten, überlegte er angestrengt. Er hat nicht gemerkt, was mir eben durch den Kopf gegangen ist, sagte er zu sich selbst. Es wird sein, wie er gesagt hat – ich muß mich konzentrieren, um ihn zu erreichen. Wenn das stimmt und wenn ich meine Gedanken unter Kontrolle halten kann, gelingt es mir vielleicht, mich gegen ihn abzuschirmen.

An diesem Punkt wurde Saryon bewußt, daß auch er nur die Gedanken ›hörte‹, die Vanya ihm zugänglich machte. Er war nicht imstande, die von dem Bischof aufgerichteten Barrieren zu überwinden. Saryon wurde ruhiger. Er wartete, bis sein Oberhirte zu Ende war.

»Ich verstehe, Heiligkeit«, dachte er und konzentrierte sich darauf, seine Worte in das Bewußtsein des Bischofs zu lenken.

»Ausgezeichnet, Pater.« Vanya schien erfreut zu sein. Es gab eine kurze Pause, der Bischof wählte und überdachte *seine* nächsten Worte, doch als er weitersprach – oder als seine Gedanken in Saryons Bewußtsein Gestalt annahmen –, geschah es rasch und präzise wie das Aufsagen auswendig gelernter Floskeln. »Es war ein gefährlicher Auftrag, mit dem ich Euch betraut habe, Pater Saryon – diesen jungen Mann, diesen Joram, dingfest zu machen. Deswegen wurde ich unruhig, als ich nichts von Euch hörte. Die Sorge hat mich bewogen, mit einem vertrauenswürdigen Gewährsmann Kontakt aufzunehmen ...«

Simkin, dachte Saryon, bevor er es verhindern konnte. So deutlich stand das Bild des sonderbaren Tausendsassas vor seinem inneren Auge, daß es sich dem Bischof mitgeteilt haben *mußte*.

»Wie bitte?« Die Unterbrechung schien Vanya aus dem Konzept gebracht zu haben.

»Nichts, gar nichts«, beeilte Saryon sich zu versichern. »Ich bitte um Entschuldigung, Heiligkeit. Etwas hat mich abgelenkt ... draußen ...«

»Dann schlage ich vor, daß Ihr Euch vom Fenster entfernt, Pater«, bemerkte der Bischof sarkastisch.

»Ja, Heiligkeit.« Saryon grub die Fingernägel in die Handflächen, um sich durch den Schmerz zu größerer Aufmerksamkeit zu zwingen.

Wieder entstand ein kurzes Schweigen – mußte Vanya sich erst besinnen, wo er stehengeblieben war? Vielleicht hätte er sich Notizen machen sollen, dachte Saryon gereizt, weil er sich unbelauscht fühlte, doch schon sprach die Stimme weiter, diesmal mit einem fast greifbaren Unterton mitfühlender Sorge.

»Wie schon gesagt, ich war beunruhigt Euretwegen, Pater Saryon. Und jetzt hat sich dieser Gewährsmann, der über Euch wachen sollte, seit mehr als achtundvierzig Stunden nicht mehr bei mir gemeldet. Ich mußte Gewißheit haben! Es ist Euch doch nichts zugestoßen, Pater?«

Was konnte Saryon antworten? Daß seine Welt kopf stand? Daß er sich mit letzter Kraft an seinen Verstand klammerte? Daß er noch vor wenigen Minuten die Erlösung durch den Tod erfleht hatte? Der Katalyt zögerte. Er konnte alles bekennen, dem Bischof gestehen, daß er über Joram Bescheid wußte, seiner Heiligkeit Vergebung erbitten und versprechen, ihm den Jungen auszuliefern, wie befohlen. Ein paar unangenehme Minuten, dann war es überstanden, und seine gepeinigte Seele hatte Frieden.

Draußen fegten Windböen durch die Straßen – Nachzügler des Unwetters der vergangenen Nacht – und stemmten sich gegen die Mauern des Gefängnisgebäudes, in dem vergeblichen Bemühen, Einlaß zu erzwingen. Saryon hörte den Wind reden, wie schon einmal, vor siebzehn Jahren, als Bischof Vanya ein neugeborenes Kind zum Tod verurteilt hatte.

»Pater Saryon!« Vanyas Stimme, kalt und gefühllos, schien aus der Vergangenheit herüberzudringen. »Ihr hört mir schon wieder nicht zu!«

»Ich – ich versichere Euch, es geht mir gut, Heiligkeit«, stammelte Saryon. »Ihr habt keinen Grund, Euch meinetwegen Sorgen zu machen.«

»Ich danke dem Almin dafür, Pater«, sagte Vanya in demselben Tonfall, in dem er allmorgendlich dem Almin für sein Frühstück zu danken pflegte. Dann stockte er wieder. Saryon glaubte Unschlüssigkeit zu spüren, einen inneren Zwiespalt. Die nächsten Gedanken erreichten ihn nur zögernd. »Es ist an der Zeit, Pater, daß Ihr und Euer – hm – Beschützer … nun ja, daß Ihr Euch kennenlernt. Ich weiß von der Erschaffung des Dunklen Schwertes …«

Saryon schloß die Augen.

»… und jetzt dürfen wir nicht länger abwarten. Der junge Mann ist eine zu große Gefahr für uns.« Vanyas Gedankenstimme wurde streng. »Joram muß so schnell wie möglich ins Baptisterium gebracht werden, und dazu braucht Ihr die Hilfe meines Gewährsmannes. Geht zu Blachloq. Sagt ihm, daß ich ...«

»Blachloq!« Der Katalyt sank auf die Pritsche. Sein Herzschlag dröhnte ihm in den Ohren wie Jorams Schmiedehammer. »Euer Gewährsmann?« Saryon hob die zitternden Hände an den Kopf. »Heiligkeit, Ihr könnt unmöglich Blachloq meinen!«

»Ich versichere Euch, Pater ...«

»Er ist ein Renegat, ein abtrünniger *Duuk-tsarith*! Er ...«

»Abtrünnig? Er ist ebensowenig ein abtrünniger *Duuk-tsarith*, wie Ihr ein abtrünniger Priester seid. Er *ist* ein *Duuk-tsarith*, ein ranghohes Mitglied Ihrer Organisation, mit größter Sorgfalt für dieses Unternehmen ausgesucht, genau wie Ihr.«

Saryon umklammerte seinen kahlen Schädel, als könnte er so den Aufruhr seiner Gedanken bändigen. Blachloq, der grausame, mordende Hexenmeister, war ein *Duuk-tsarith*, einer der Erzwinger, deren Aufgabe es war, in Thimhallan das Recht zu wahren. Er war im Auftrag der Kirche tätig. Und er war verantwortlich für kaltblütigen Mord, für den Überfall auf ein Dorf, den Raub der Nahrungsvorräte und womöglich für den Hungertod der Dorfbewohner im Winter.

»Heiligkeit« – Saryon leckte sich die trockenen, rissigen Lippen – »dieser Hexenmeister war ein schlechter Mensch! Ein Verbrecher! Ich sah, wie er einen jungen Diakon aus unserem Orden tötete, in dem Dorf ...«

Der Bischof ließ ihn nicht ausreden. »Kennt Ihr nicht das alte Sprichwort: ›Die Nacht scheint jenen am dunkelsten, die im Licht wandeln‹? Seien wir nicht voreilig in der Beurteilung gewöhnlicher Sterblicher, Pater Saryon. Wenn Ihr in Ruhe nachdenkt, werdet Ihr bestimmt feststellen, daß der bedauerliche Zwischenfall von Notwendigkeit diktiert wurde, oder vielleicht war es ein Unfall.«

Saryon sah vor seinem inneren Auge den Hexenmeister den Wind anrufen; sah, wie eine gewaltige Sturmbö den wehrlosen Diakon packte, als wäre er ein dürres Blatt und ihn gegen die Hauswand schleuderte. Er sah den zerschmetterten Leib tot zu Boden gleiten.

»Heiligkeit«, wagte Saryon zaghaft einzuwenden.

»Genug, Pater!« unterbrach ihn der Bischof scharf. »Ich habe keine Zeit für Euer scheinheiliges Gewinsel. Blachloq tut, was nötig ist, um seiner Rolle als verräterischer Hexenmeister gerecht zu werden. Er spielt ein gefährliches Spiel mitten unter den Adepten der Schwarzen Magie, Saryon. Was bedeutet schon ein Leben, verglichen mit dem Leben Tausender oder den Seelen von Millionen! Das ist es, was er in der Hand hält.«

»Ich verstehe nicht ...«

»Dann gebt mir Gelegenheit, es zu erklären! Ich vertraue Euch dies unter dem Siegel striktester Verschwiegenheit an, Pater Saryon. Bei unserem letzten Gespräch im Baptisterium erwähnte ich die Schwierigkeiten mit Sharakan. Seither hat sich die Situation noch zugespitzt. Die Katalyten, die den Gesetzen unseres Ordens abgeschworen haben, bekommen immer mehr Zulauf. Jedem, der darum bittet, gewähren sie freigiebig von ihrem Leben. Vermutlich aus diesem Grund glaubt der Herrscher von Sharakan, zunehmend feindselig auftreten zu können. Er hat Kirchenbesitz beschlagnahmt und seinem Staatsschatz einverleibt. Er hat den Kardinal ins Exil geschickt und ihn durch einen dieser illoyalen Katalyten ersetzt. Er plant, Merilon zu erobern und zu besetzen, und er hat mit den Nigromanten, bei denen Ihr lebt, einen Vertrag geschlossen, daß sie ihn mit ihren teuflischen Waffen beliefern ...«

»Wie furchtbar«, murmelte Saryon, der nur mit halbem Ohr zuhörte und sich verzweifelt den Kopf zerbrach, was er tun sollte.

»Der Herrscher von Sharakan will mit Hilfe der Waffen seine Eroberungspläne verwirklichen. Obwohl Blachloq auf seiner und der Seite der Nigromanten zu stehen scheint, trifft er in Wirklichkeit Vorbereitungen, sie in eine tödliche Falle zu locken. So wird es uns möglich sein, Sharakan zurückzuschlagen und die Nigromanten endgültig zu vernichten. Blachloq hat alles unter Kontrolle oder *hatte* alles unter Kontrolle, bis dieser junge Mann, dieser Joram, das Arkanum entdeckte.«

Mit wachsender Erregung wurden Vanyas Gedankenbilder immer verworrener und unzusammenhängender, Saryon vermochte ihnen nicht mehr zu folgen. Es entstand ein beinahe schmerzhaftes Schweigen, während der Bischof sich bemühte, seine Selbstbeherrschung wiederzugewinnen, dann vermochte er etwas ruhiger die Kommunikation fortzusetzen.

»Jorams Entdeckung ist eine Katastrophe, Pater, das werdet Ihr doch begreifen? Der Besitz von Arkanum verhilft Sharakan unter Umständen zum Sieg! Deshalb ist es von größter Wichtigkeit, daß Ihr und Blachloq den jungen Mann sowie das Instrument der furchtbaren Macht, die er dem Vergessen entrissen hat, ins Baptisterium bringt, und zwar umgehend, bevor Sharakan davon erfährt.«

Saryons Kopf begann zu schmerzen. Glücklicherweise herrschte auch in seinen Gedanken ein solches Durcheinander, daß er nur wirre und zusammenhanglose Fragmente übermittelte: Blachloq ein Doppelagent – Arkanum eine Gefahr für die Welt – eine Falle für die Nigromanten ...

Joram, Joram, Joram ...

Saryon wurde ruhiger. Er war sich darüber klar geworden, was er tun mußte. Nichts sonst war von Bedeutung. Kriege zwischen Königreichen. Das Leben Tausender. Das alles war zu gewaltig, um es zu begreifen. Aber das Leben *eines* Menschen?

Wie kann ich ihn zurückbringen, wo ich doch weiß, welches Schicksal ihn erwartet? Und ich *weiß* es jetzt, gestand Saryon sich ein. Vorher war ich blind, aber nur, weil ich bewußt die Augen schloß.

Der Katalyt hob den Kopf und schaute starr in die Dunkelheit, als gelte es, dem Blick des Bischofs standzuhalten. »Heiligkeit«, fiel er ihm entschlossen ins Wort, »ich weiß, wer Joram ist.«

Vanya verstummte abrupt. Saryon spürte Zweifel, Vorsicht, Angst, aber nur wie einen flüchtigen Hauch. Der Reichsbischof von Thimhallan zählte fast achtzig Jahre, und seit vierzig Jahren bekleidete er sein hohes Amt. Er beherrschte sein Metier.

»Was soll das heißen?« Die Verblüffung in der Gedankenstimme des Bischofs wirkte durchaus echt. »Ihr wißt, wer er ist? Er ist Joram, der Sohn einer geistesgestörten Frau namens Anja ...«

Saryon fühlte, wie eine gelassene Kraft ihn durchströmte. Endlich war er fähig, der Wahrheit ins Gesicht zu sehen.

»Er ist Joram«, schleuderte er dem Bischof entgegen, »der Sohn des Kaisers von Merilon.«

Im Stand der Gnade

Ein lastendes Schweigen senkte sich über die triste Gefängniszelle. So absolut war dieses Schweigen, daß Saryon glaubte – hoffte! –, Vanya hätte den Kontakt unterbrochen, aber dann meldete sich die Gedankenstimme wieder zu Wort. »Wie seid Ihr zu der Vermutung gekommen, Pater Saryon?« Der Katalyt konnte fühlen, wie der Bischof sich behutsam über den schwankenden, trügerischen Boden tastete. »Hat Blachloq …«

»Beim Almin, wußte er Bescheid?« Vor Überraschung sprach Saryon laut in die Dunkelheit hinein. »Nein«, fuhr er fort, »niemand hat es mir gesagt. Es brauchte mir niemand zu sagen. Ich wußte es einfach. Woher?« Er zuckte ratlos mit den Schultern. »Woher weiß ich, wieviel Magie ich der Welt entziehen und einem Bildner von Holz gewähren muß, damit er einen Stuhl formen kann? Es ist eine Sache der Kalkulation, der Addition von Fakten – Gewicht und Größe des Mannes, seine Fähigkeiten, sein Alter, die Schwierigkeit seines Vorhabens und so weiter. Denke ich bewußt an all diese Einzelheiten? Nein. Ich habe so viel Übung und Erfahrung darin, daß ich die Lösung weiß, ohne überlegen zu müssen, wie ich darauf gekommen bin. Und auf diese Weise, Heiligkeit, habe ich auch Jorams wahre Identität herausgefunden.« Saryon schüttelte den Kopf und schloß die Augen.

»Mein Gott, wie könnte ich es vergessen. Dieses Kind, ein Junge, tot, ohne Magie geboren und verurteilt, zu sterben. Ich war der letzte, der ihn auf den Armen hielt!« Tränen quollen zwischen seinen Lidern hervor. »Ich brachte ihn in den Hort zurück an jenem Tag, und ich saß neben dem Bettchen und wiegte ihn auf den Armen, stundenlang. Ich wußte, nach mir würde niemand ihn mehr berühren dürfen, bis man ihn zum Baptisterium brachte, wo er ...« Saryon sprang auf und wanderte durch den kleinen Raum. »Vielleicht ist es Einbildung, aber ich glaube, das hat ein Band zwischen uns geknüpft. Mein Herz wußte, wer Joram war, auch wenn mein Verstand es nicht wahrhaben wollte, und als ich endlich bereit war, auf mein Herz zu hören, erkannte ich die Wahrheit.«

»Ihr seid ganz sicher, daß es die Wahrheit ist?« Die Gedankenstimme verriet unterdrückte Erregung.

»Wollt Ihr es leugnen?« rief Saryon grimmig. Er blieb stehen und starrte ins Dachgebälk hinauf, als sähe er den Bischof dort oben schweben. »Wollt Ihr leugnen, daß Ihr mich absichtlich hergeschickt habt, in der Hoffnung, daß ich die Wahrheit herausfinden würde?«

Der Bischof zögerte lange, bevor er antwortete;

Saryon stand das Bild eines Mannes vor Augen, der die Tarockkarten in seiner Hand mustert und überlegt, welche er ausspielen soll. »Habt Ihr es Joram gesagt?«

Wirkliche Furcht klang aus dieser Frage, Furcht, die Saryon spürte und zu verstehen glaubte.

»Nein, selbstverständlich nicht«, erwiderte er. »Wie konnte ich ihm eine so phantastische Geschichte erzählen? Er würde mir nicht geglaubt haben, nicht ohne Beweise. Und die habe ich nicht.«

»Nein? Was sind das denn für Faktoren, die Ihr zusammengezählt haben wollt?« fragte Vanya lauernd.

Saryon schüttelte ungeduldig den Kopf. Er nahm seine Wanderung wieder auf, doch am Zellenfenster blieb er stehen. Draußen war es Tag geworden, Helligkeit strömte in das kalte Gefängnisgebäude, und das Dorf der Nigromanten erwachte. Rauch stieg in den Himmel und zerflatterte im Wind. Ein paar Frühaufsteher machten sich auf den Weg zur Arbeit oder schauten nach, ob ihr Haus bei dem Unwetter der vergangenen Nacht Schaden genommen hatte. Saryon legte die Hände auf das Fensterbrett und beugte sich vor, als er ein Stück entfernt einen von Blachloqs Gefolgsleuten zwischen den Häusern laufen sah.

Wo blieb Joram? Warum kam er nicht? Saryon verschloß sich gegen die bösen Ahnungen, die in ihm aufstiegen und begann wieder auf und ab zu gehen, weil er hoffte, die Bewegung würde ihm helfen, sich zu konzentrieren und ihn gleichzeitig wärmen.

»Alle Faktoren?« wiederholte er gedankenvoll. »Ja, es gibt – andere Faktoren ... Der junge Mann sieht aus wie seine Mutter, die Kaiserin. Oh, es ist keine auffallende Ähnlichkeit. Das harte Leben, das er geführt hat, hat Spuren in seinem Gesicht hinterlassen. Seine

Brauen sind buschig und düster. Er lächelt selten. Aber er hat ihr Haar, wunderschönes schwarzes Haar, das ihm in Locken bis auf die Schultern fällt. Ich habe gehört, daß seine Mutter – das heißt, die Frau, die ihn großgezogen hat – sich weigerte, es abschneiden zu lassen. Und manchmal ist da ein Ausdruck in seinen Augen – hoheitsvoll, Respekt heischend ...« Saryon seufzte. Sein Mund war trocken; die Tränen in seiner Kehle schmeckten wie Blut. »Und natürlich ist er tot, Heiligkeit. Er hat keine Magie.«

»Der Toten sind viele in dieser Welt.«

Der Bischof versucht herauszufinden, wie genau ich Bescheid weiß, kam es Saryon plötzlich zu Bewußtsein. Oder vielleicht suchte er nach Beweisen. Mit weichen Knien setzte sich der Katalyt an den kleinen, primitiven Tisch vor der Feuerstelle. Als er nach dem handgefertigten Tonkrug griff, mußte er feststellen, daß das Wasser darin von einer Eisschicht bedeckt war. Mit einem vorwurfsvollen Blick auf das graue Aschenhäufchen des ausgebrannten Feuers stellte er den Krug wieder hin.

»Ich weiß, daß es viele Tote gibt, Heiligkeit«, meinte er bedrückt. Ohne es zu merken, sprach er wieder laut vor sich hin. »Ich selbst habe in Merilon mehr als genug von ihnen geprüft und verurteilt, wenn Ihr Euch erinnert. Um für tot erklärt zu werden, muß ein Kind bei zwei oder drei Prüfungen auf magisches Talent versagen. Aber wir beide wissen, Heiligkeit, daß diese Toten immer noch über Magie verfügen, wenn auch nur in geringem Maß.« Er schluckte mühsam, sein trockener Hals schmerzte. »Ich habe nie ein Kind erlebt, das bei allen drei Prüfungen versagte, nur den Prinzen von Merilon. Er ist tot, Heiligkeit. Wahrhaftig tot. Kein Funke Leben regt sich in ihm.«

»Wissen die Nigromanten davon?« Das Verhör ging

erbarmungslos weiter. Saryons Schläfen begannen zu pochen. Er sehnte sich nach Stille, sehnte sich danach, die Stimme in seinem Bewußtsein zum Schweigen zu bringen, nur wußte er nicht, wie das zu bewerkstelligen war, außer, er rannte sich an der Ziegelmauer den Schädel ein. Widerwillig beantwortete er die Frage.

»Nein. Joram hat gelernt, seinen Makel zu verbergen. Er ist ein Meister der Illusion und der Taschenspielerei. Offenbar hat die Frau, die sich als seine Mutter ausgab, ihn darin unterrichtet. Joram weiß, was ihm droht, sollte man ihn entdecken. Selbst die Toten und Ausgestoßenen würden ihn bestenfalls davonjagen, schlimmstenfalls sogar ermorden.« Der Katalyt holte tief Atem. »Aber das hat Blachloq bestimmt schon berichtet«, fügte er ungeduldig hinzu.

»Blachloq weiß, was für ihn notwendig ist zu wissen«, antwortete Vanya. »Ich hatte meine Vermutungen, das gebe ich zu, und er unternahm die erforderlichen Schritte, um sie entweder zu bestätigen oder zu entkräften. Ich hielt es nicht für angebracht, die Situation ausführlich mit ihm zu besprechen.«

Saryon rückte unbehaglich auf seinem Stuhl herum. »Aber Ihr haltet es für angebracht, sie mit mir zu besprechen«, murmelte er.

»Ja, Pater.« Des Bischofs Gedanken erreichten Saryon jetzt deutlich und entschieden. »Ich nehme in Euch gewisse Verbundenheit mit diesem Jungen wahr, eine wachsende Zuneigung. Dieses Gefühl wirkt als verderbliches Gift in Eurer Brust, Pater Saryon, und Ihr müßt Euch davon befreien. Ja, vielleicht habe ich Euch hergeschickt in der Hoffnung, daß Ihr mir bestätigt, was ich schon lange vermutete. Jetzt kennt Ihr das Geheimnis, Saryon, ein furchtbares Geheimnis. Die Nachricht, daß der echte Thronfolger lebt, würde uns der Gnade unserer Feinde ausliefern.

Die Gefahr ist so ungeheuer, daß es kaum Worte gibt, sie zu beschreiben! Was, wenn bekannt würde, Saryon, daß der Thronfolger ohne Magie ist? Unruhen im Volk wären unsere geringste Sorge. Man würde die Herrscherfamilie stürzen, aus dem Land jagen. Merilon wäre eine leichte Beute für die Eroberungsgelüste Sharakans. Das begreift Ihr doch?«

»Aber ja, Heiligkeit.« Wieder versuchte Saryon, seine Lippen zu befeuchten, aber seine Zunge fühlte sich an wie aus Watte. »Ich begreife es.«

»Dann begreift Ihr auch, warum es so ungeheuer wichtig ist, daß Joram ...«

»Warum jetzt auf einmal und vorher nicht?« verlangte Saryon zu wissen. Kälte und Müdigkeit verliehen ihm ungewohnten Mut. »Ihr hattet Joram hier in der Falle und in Blachloq einen Helfer, der fähig war, Euch Joram auf dem Silbertablett zu präsentieren. Oder warum sich überhaupt die Mühe machen, Joram gefangenzunehmen? Wenn er so gefährlich ist, warum ihn nicht einfach aus dem Weg räumen? Nichts leichter als ihn zu töten, besonders für Blachloq. Warum mich hineinziehen?«

»Ihr wurdet gebraucht, um die letzten Zweifel auszuräumen«, unterbrach Vanya Saryons Gedankengang. »Bis jetzt konnte ich nur annehmen, daß dieser Joram der Prinz ist. Eure ›Faktoren‹ haben sich sehr zufriedenstellend addiert, wie ich es mir dachte. Und was Eure Bemerkung über das ›aus dem Weg räumen‹ betrifft – ecclesia non sitit sanguinem, Pater Saryon!«

Der Katalyt senkte den Kopf. Er hatte den Tadel verdient. Obwohl er den Glauben verloren hatte, an seine Kirche und seinen Gott, war es für ihn unvorstellbar, daß der Bischof von Thimhallan den Auftrag zu einem Mord gegeben haben könnte. Sogar die für tot befundenen Kinder wurden nicht getötet, sondern in die

Kammer des Wartens gebracht, um dort still aus einer Welt zu scheiden, in der es keinen Platz für sie gab. Und der Mord an dem jungen Diakon, das war Blachloq gewesen. Die *Duuk-tsarith* lebten nach ihren eigenen Gesetzen, und bestimmt war es für Bischof Vanya kein leichtes gewesen, den Hexenmeister nach seinem Willen zu lenken.

»Ich will Euch etwas gestehen, Pater.« Der Schmerz in den Gedanken des Bischofs ließ Saryon zusammenzucken, weil er ihn mitempfand wie seinen eigenen. »Ich spreche zu Euch davon, damit Ihr besser versteht. Ohne die unglückselige Entdeckung des Arkanums hätte ich den Jungen dort bei den Nigromanten unbehelligt gelassen, wenigstens bis zu unserem von langer Hand vorbereiteten Vernichtungsschlag gegen die ganze Brut. Versteht Ihr, Saryon? Es wäre so einfach gewesen, Joram unter ihnen zu verlieren, all diese Gefahren für unsere Welt auf einen Schlag zu beseitigen, ohne die Bevölkerung zu beunruhigen. Sharakan in die Schranken weisen, die rebellischen Katalyten bestrafen, die Adepten der Schwarzen Magie niederwerfen, uns von einem toten Prinzen befreien – es hätte so einfach sein können!«

Erneut die Stille in der Stille. Tief aufseufzend legte Saryon den Kopf in die Hände. Als die Gedankenstimme weitersprach, sickerte sie wie ein beschwörendes Wispern in sein Bewußtsein.

»Noch ist nichts verloren, Pater. Das Schicksal Merilons liegt in *Euren* Händen, wenn nicht das Schicksal der ganzen Welt.«

Entsetzt richtete Saryon sich auf. »Nein, Heiligkeit! Ich will nicht ...«

»Ihr wollt nicht die Verantwortung übernehmen? Ich fürchte aber, es bleibt Euch keine Wahl. Ihr habt einen Fehler gemacht, und jetzt müßt Ihr dafür bezahlen. Ich bin nicht ganz unwissend, was das Arkanum betrifft, seht Ihr, und ich weiß, daß Joram nie gelernt haben könnte, es zu bearbeiten, ohne die Hilfe eines Katalyten.«

»Heiligkeit, mir war nicht bewußt ...«, wandte Saryon gequält ein.

»Wirklich nicht? Der Verstand mag Euch Rechtfertigungen geliefert haben, aber im Innern war Euch das Sündhafte Eures Tuns durchaus bewußt! Ich spüre Eure Schuld, Pater, eine Schuld, die Euren Glauben zerstört hat. Und Euch wird keine Absolution zuteil werden, bis Ihr getan habt, was Eure Pflicht ist. Bringt mir diesen jungen Mann, übergebt ihn der geistlichen Macht, und Ihr werdet Frieden finden.«

»Und was – was geschieht dann mit ihm?« fragte Saryon zaghaft.

»Das soll Euch nicht kümmern, Pater«, erwiderte der Bischof streng. »Der junge Mann hat sich zweifach versündigt – er hat getötet, und er hat leichtfertig bewirkt, daß eine alte Bedrohung wieder ihr verderbenbringendes Haupt erhebt. Denkt an Eure schuldbeladene Seele, Pater Saryon, und strebt nach Wiedergutmachung!«

Wenn ich nur könnte, dachte Saryon müde.

»Pater« – Vanyas Unmut war nicht zu verkennen –, »ich spüre Zweifel und Unentschlossenheit, wo es nur Reue und Demut geben sollte!«

»Vergebt mir, Heiligkeit.« Saryon preßte die Hände gegen die Schläfen. »Das alles kommt so plötzlich. Ich brauche Zeit, um mit mir ins reine zu kommen ...« Ein plötzlicher Verdacht ließ ihn stocken und erst nach kurzem Zögern fortfahren. »Heiligkeit, wie läßt es sich eigentlich erklären, daß Joram am Leben geblieben ist? Wie hat Anja ...«

»Was soll das, Pater Saryon? Wieder Fragen?« unterbrach ihn Vanya verärgert. Es entstand eine unbehagliche Pause.

Saryon schluckte. Er schämte sich seiner Aufsässigkeit, aber die Fragen blieben, hartnäckig, drängend. Der Bischof mußte es gemerkt haben, denn die Gedanken, die Saryon als nächstes erreichten, umschmeichelten ihn wie eine warme Decke.

»Vielleicht habt Ihr recht, Pater. Ihr braucht etwas Zeit. Ich bin zu ungeduldig, ich gebe es zu. Die Situation erscheint mir so besorgniserregend, die Gefahr, in der wir schweben, so real, daß ich jede Rücksicht vermissen ließ. Ein weiterer Tag wird keinen Unterschied machen. Heute abend melde ich mich wieder, um die letzten Einzelheiten zu besprechen. Durch die Krypta habe ich die Möglichkeit, Euch jederzeit, an jedem Ort zu finden. Meine Gedanken folgen Euch überallhin, wie das alte Sprichwort sagt.«

Saryon fröstelte. Das war keine angenehme Vorstellung. »Ihr seid sehr gütig, Heiligkeit«, murmelte er.

»Möge der Almin mit Euch sein und Euch geleiten.«

»Ich danke Euch, Heiligkeit.«

Wieder herrschte Stille, und diesmal wußte Saryon, daß der Bischof sich zurückgezogen hatte. Er stand vom Tisch auf und ging zu seiner Pritsche. Nachdem er sich die fadenscheinige Decke bis zum Kinn gezogen hatte, lag er dort und zitterte vor Kälte und Angst. Die frühe Morgensonne, die blaß durch das vergitterte Fenster hereinschien, vermittelte weder Hoffnung noch Wärme. Saryon starrte mit leeren Augen auf die flirrenden Schatten in der staubdurchtanzten Helligkeit und versuchte zu begreifen, was ihm geschehen war, aber Betroffenheit und Verwirrung lähmten seine Vernunft. Zornig kämpfte er gegen die rebellischen Gefühle an, die in ihm gärten.

»Zu wissen, daß der Bischof, aus Sorge um sein

Volk, dieses Mittel gefunden hat, über es zu wachen und vor Schaden zu bewahren, sollte mich mit tiefer Dankbarkeit erfüllen. Wäre mein Gewissen rein, würde ich mich nicht gegen diesen Zugriff auf mein Bewußtsein sträuben«, hielt Saryon sich vor. »Nur wegen meiner Sünden zitterte ich vor Angst bei der Vorstellung, daß er die Macht hat, meine Gedanken zu durchwühlen wie ein Dieb! Schließlich gehöre ich mit Leib und Seele der Kirche. Ich sollte nichts zu verbergen haben.«

Er drehte sich auf den Rücken und beobachtete das Zurückweichen der Dunkelheit zwischen den Dachbalken.

»Oh, wieder Frieden zu finden! Vielleicht stimmt es, was der Bischof gesagt hat. Vielleicht habe ich den Glauben verloren wegen meiner Schuld, einer Schuld, die ich mir nicht eingestehen will? Würde ich meine Sünden bekennen und meine Strafe annehmen, wäre ich erlöst. Erlöst von Zweifeln und Selbstvorwürfen!«

Der Katalyt erlebte einen Augenblick tiefen Friedens, der warm und tröstlich die furchtbare, schwarze, kalte Leere in seinem Inneren ausfüllte. Wäre Bischof Vanya dagewesen, hätte Saryon sich ihm zu Füßen geworfen.

Aber Joram ...

Ja, was wurde aus Joram? Der Gedanke an den rätselhaften jungen Mann ließ die Seifenblase des Seelenfriedens zerplatzen. Die Wärme, die ihn eingehüllt hatte, begann sich zu verflüchtigen. Nein! Saryon bemühte sich, das wohlige Gefühl zu bewahren.

»Gib es zu«, argumentierte er mit sich selbst, »Joram macht dir Angst! Vanya hat recht. Der Junge ist eine wirkliche Gefahr. Es wäre eine Erleichterung, ihn los zu sein und die Verantwortung für dieses Schwert des Bösen, besonders jetzt, da ich die Wahrheit kenne.

Pflegten das nicht die Ahnen zu sagen: ›Wahrheit macht frei‹?«

Na schön, konterte Saryons zynische, schwarze Seele, aber was *ist* die Wahrheit? Hat Vanya deine Fragen beantwortet? Was ist wirklich geschehen damals? Wenn Joram der Thronfolger ist, wie kommt es, daß er noch lebt?

Der Katalyt schloß die Augen, um das Sonnenlicht und die Schatten auszusperren. Wieder einmal hielt er das Kind auf dem Arm und wiegte es sacht, während seine Tränen auf das ahnungslose kleine Wesen niederfielen. Und wieder fühlte er Jorams Hand auf der Schulter, wie in der vergangenen, grauenhaften Nacht in der Schmiede. Er sah den sehnsüchtigen Hunger in den schwarzen, kalten Augen – den Hunger nach Liebe, der Joram sich von Kind an verschlossen hatte. Joram erkannte diese Liebe in Saryon. Das Band existierte! Hätte Saryon noch an den Almin geglaubt, wäre er vielleicht versucht gewesen, darin Seinen Willen zu sehen. Hatte er das Recht, das Band zu zerreißen, zu verraten?

Was wird aus Joram? Die Frage, die er dem Bischof gestellt hatte, hallte durch sein Bewußtsein. Er kannte die Antwort. Bischof Vanya hatte dem Kind das Recht zu leben abgesprochen, über den Mann würde er kein anderes Urteil fällen.

Saryon öffnete die Augen und stellte sich der grauen Morgendämmerung, die ihm keine Wärme schenkte, dafür aber die Wahrheit – auch wenn sie noch so kalt war.

Wenn ich Joram ausliefere, heißt das, ich überantworte ihn seinen Henkern.

Der trügerische Friede verließ den Katalyten, und zurück blieb dasselbe trostlose Gefühl der Leere, wie er es vorher empfunden hatte. Es gab zu viele unbeantwortete Fragen, zu viele Lügen. Bischof Vanya hatte den Kaiser und die Kaiserin belogen und sie glauben gemacht, ihr Kind sei tot. Er hatte Saryon belogen, als er ihn hinter Joram herschickte, und wäre Saryon ahnungslos gewesen, würde er immer weiter gelogen haben, davon war der Katalyt überzeugt. Er konnte Vanya nicht trauen. Er konnte niemandem trauen. Die einzige Wahrheit, an die Saryon sich halten konnte, lag in ihm selbst. Er seufzte schwer. Dieser Wahrheit wollte er folgen und hoffen, daß sie ihn durch den Morast führte, in den er sich verirrt hatte.

Wo steckte Joram überhaupt? Er hätte längst zurück sein müssen. Irgend etwas mußte passiert sein …

Zwei dunkle Gestalten materialisierten sich in der Mitte des Zimmers, wie Geister aus Saryons verstörtem Gewissen. Furchtsam blickte der Katalyt zu ihnen auf, bis einer von ihnen zu sprechen begann.

»Meiner Treu«, bemerkte eine Stimme, so hell und spöttisch wie die Sonne, »sieh dir das an, Joram. Du und ich, wir bieten dort draußen den Gefahren der Wildnis kühn die Stirn, während hier unser Pater Calvitium liegt und schläft, als wäre er tot, wie es übrigens auch der Baron von Dunstable Manor zu tun pflegte, bevor man ihn schließlich lebendig begrub.«

Fleckentfernung

»Joram?« fragte Saryon zögernd. Er hatte sich aufgerichtet und starrte die beiden jungen Männer an, die mitten in der Gefängniszelle standen. Sie waren so plötzlich aufgetaucht, aus dem Nichts, daß Saryon zuerst nicht wußte, waren sie wirklich oder Manifestationen seiner Gedanken.

Aber die Stimme, die antwortete, klang durchaus wirklich und überdies gereizt. »Wer zur Hölle sollte es sonst sein?« schnappte Joram und stellte seine reale Anwesenheit unter Beweis, indem er an den Tisch trat und nach dem Wasserkrug griff. Als er die Eisschicht darin bemerkte, stellte er ihn mit einem Fluch wieder hin.

»Pst!« warnte Saryon, aber es war zu spät.

Das Gesicht eines vom Lärm herbeigelockten Wachpostens erschien am Fenster und veranlaßte Jorams Begleiter, einen erschreckten Warnruf auszustoßen.

»Erbarmen! Lauft um euer Leben! Rettet euch vor dem garstigen Ungeheuer ... Oh, bitte tausendmal um Vergebung« – als das Gesicht des Postens sich verdüsterte – »'s ist kein garst'ges Ungeheuer, nur einer von Blachloqs Männern. Irrtum meinerseits. Der Geruch hat mich wohl getäuscht.« Der Posten verschwand zornig knurrend, während Simkin schnüffelte und sich die Nase zuhielt.

Saryon war von der Pritsche aufgesprungen und zu Joram geeilt. »Geht es dir gut?« fragte er besorgt.

Der junge Mann betrachtete ihn aus vor Erschöpfung trüben Augen, das finstere Gesicht wirkte eingefallen. Seine Kleider waren zerrissen und beschmutzt, nicht nur mit Erde, sondern einige Flecken konnten nur von Blut stammen, wie Saryon zu seinem Entsetzen bemerkte. Blut klebte auch an seinen Händen.

»Alles in Ordnung«, erwiderte Joram müde und sank auf einen Stuhl.

»Aber ...«, Saryon legte ihm die Hand auf die Schulter, »du siehst furchtbar aus.«

»Ich habe gesagt, mir fehlt nichts!« fauchte Joram und befreite sich mit einem heftigen Ruck von der freundschaftlichen Berührung. Er musterte den Katalyten durch den schwarzen, glänzenden Vorhang der Haarsträhne, die ihm ins Gesicht gefallen war. »Wir haben alle schon bessere Zeiten gesehen, wenn's darum geht.«

»Gegen diese Behauptung muß ich mich entschieden verwahren!« warf Simkin ein, griff mit weitausholender Gebärde ein orangefarbenes Seidentuch aus der Luft und betupfte sich die Nase. »Bitte wirf mich nicht in einen Topf mit euch Banausen.«

In der Tat schien Simkin soeben von einer Abendgesellschaft am kaiserlichen Hof gekommen zu sein. Die einzige Veränderung in der Aufmachung des gekkenhaften jungen Mannes bestand darin, daß er von Kopf bis Fuß schwarz gekleidet war – nicht einmal ausgenommen die Spitzen an den Handgelenken.

Stumm wandte Saryon sich von Joram ab. Er rieb die kalten Hände gegeneinander und schob sie dann in dem vergeblichen Bemühen, sie zu wärmen, in die weiten Ärmel seiner abgetragenen Kutte.

»Hat man Euch letzte Nacht Schwierigkeiten gemacht, bei der Rückkehr von der Schmiede?« fragte Joram den Katalyten.

»Nein. Die Posten wußten, daß ich bei – bei Blachloq war.« Saryon hatte Schwierigkeiten, den Namen des Hexenmeisters auszusprechen. »Ich sagte ihnen, er hätte mich weggeschickt, weil er mich vorläufig nicht mehr brauchte. Aber ihr?« Der Katalyt blickte ratlos von Joram zu Simkin. »Wie seid ihr hergekommen? Und wo seid ihr gewesen? Hat jemand euch gesehen?« Unwillkürlich schaute er durch das Fenster zu dem Haus gegenüber, wo Blachloqs Söldner sich eingerichtet hatten, um die Gefangenen im Auge zu behalten.

»Uns gesehen! Mon dieu, was für eine Beleidigung!« Simkin schniefte. »Als ob ich mich in diesem Aufzug in der Öffentlichkeit sehen lassen würde!« Verächtlich schwenkte er einen schwarzumhüllten Arm. »Ich trage das nur wegen des mehr oder weniger traurigen Anlasses.«

»Aber wie seid ihr hergekommen?« wiederholte Saryon hartnäckig.

»Via Transversale, selbstverständlich.« Simkin zuckte die Schultern.

»Aber – das ist unmöglich!« stieß Saryon in fassungslosem Staunen hervor. »Die *Thon-Li*, die Hüter der Transversalen! Sie würden euch aufgehalten haben ... Ihr hattet keinen Katalyten, um euch genügend Leben zu gewähren oder sie für euch zu öffnen ...«

»Papperlapapp.« Simkin winkte mit einer von schwarzer Spitze umflatterten Hand. Während er mit gestelzten Schritten durchs Zimmer wanderte und dabei den Glanz seiner blankgeputzten schwarzen Lackschuhe bewunderte, redete er unbekümmert weiter. »War ich nicht eben im Begriff, eine kleine Anekdote zum Besten zu geben? Der Anblick dieser unerfreulichen Visage am Fenster hat mir nicht nur den Appetit aufs Frühstück verdorben, sondern mich auch ganz durcheinander gebracht. Was war es noch?«

»Joram!« Saryon bemühte sich, Simkins Redeschwall zu ignorieren. »Wo ...«

»Ach ja, ich weiß.« Simkin legte die Fingerspitzen an die gerunzelte Stirn. »Der Baron und seine irrtümliche Bestattung. Er nahm es mit Humor. Zwar hatte er Schwierigkeiten, unter der Marmorplatte hervorzukriechen, und es gab ein paar kritische Momente, als wir uns – in der Überzeugung, es mit einem Vampir zu tun zu haben – anschickten, ihm einen Pfahl durchs Herz zu treiben. Natürlich riefen wir gleich den *Theldara*, und kurze Zeit später war unser Freund so gut wie neu. Nun ja, irren ist menschlich. Aber die trauernde Witwe – hui! Das ist eine andere Geschichte.« Simkin stieß einen kleinen Seufzer aus. »Sie konnte ihm einfach nicht verzeihen, daß er mit seiner ›Auferstehung‹ die Beisetzungsfeierlichkeiten so rüde unterbrochen hatte.«

»Joram! Wo bist du so lange gewesen? Was ist passiert?« gelang es Saryon, eine Atempause Simkins zu nutzen.

»Wo ist das Dunkle Schwert?« fragte Joram schroff zurück.

»In deinem Versteck. Ich habe es zurückgebracht, wie versprochen. Es ist in Sicherheit«, fügte Saryon hinzu, als er Jorams dunkle Augen mit plötzlichem Mißtrauen auf sich ruhen sah. »Du hast richtig vermutet – ich konnte nicht zerstören, was ich erschaffen half.«

Joram stand auf. »Simkin, geh ans Fenster und paß auf«, befahl er.

»Muß ich? Wenn dieser Kretin wieder sein Gesicht an die Scheibe drückt, wird mir übel, garantiert!«

»Geh ans Fenster und paß auf!« wiederholte Joram grimmig.

Das Seidentuch vor Mund und Nase, gehorchte Simkin. »Der fragliche Kretin ist über die Straße gegangen, zu einem Plausch mit seinesgleichen«, berichtete er nach einem Blick hinaus. »Sie tun alle fürchterlich aufgeregt. Ich wüßte gern, weshalb.«

»Wahrscheinlich haben sie Blachloqs Abwesenheit bemerkt«, meinte Joram, der vor seinem Bett niedergekniet war, die Hand unter die schmierige Matratze schob und ein in Stoff gewickeltes, längliches Bündel hervorzog. Er wickelte es hastig aus, warf einen Blick auf das zum Vorschein kommende Schwert, nickte zufrieden und drehte sich zu Saryon herum. Im fahlen Sonnenlicht wirkte das Gesicht des älteren Mannes grau.

»Vielen Dank«, rang Joram sich widerwillig ab.

»Danke mir nicht. Ich wünschte beim Almin, es läge am Grund des Flusses!« antwortete Saryon heftig. »Besonders nach den Ereignissen der letzten Nacht!« Er hob flehend die Hände. »Komm zur Besinnung, Joram! Vernichte diese Waffe des Bösen, bevor sie dich vernichtet!«

»Nein!« Joram wich den sorgenvollen Augen des Katalyten aus und schob das Bündel ärgerlich wieder unter die Matratze. »Ihr habt heute nacht erlebt, welche Macht mir diese Waffe verleiht. Glaubt Ihr wirklich, darauf würde ich verzichten? Mein Tun und Lassen geht Euch überhaupt nichts an, alter Mann!«

»Es geht mich etwas an«, gab Saryon leise zurück. »Ich war dabei! Ich habe dir geholfen, einen Mord zu ...« Der Katalyt biß sich auf die Lippen; sein Blick flog zu Simkin.

»Schon gut.« Joram erhob sich vom Boden. »Simkin weiß Bescheid.«

Natürlich, dachte Saryon ergeben bei sich. Simkin weiß immer über alles Bescheid, irgendwie. Der Katalyt konnte sich des Gefühls nicht erwehren, daß die Wahrhaftigkeit, sein Leitstern durch den Sumpf von Lüge und Verrat, ihn soeben schnöde im Stich gelassen hatte.

»Genaugenommen habt Ihr Grund ihm zu danken, Katalyt«, fuhr Joram fort. Er hatte sich auf sein Bett gelegt und verschränkte die Arme unter dem Kopf. »Ohne ihn hätte ich es nie geschafft, den ›Ereignissen der letzten Nacht‹, wie Ihr es nennt, den rechten Anschein zu geben.«

»Ja«, meldete Simkin sich vergnügt zu Wort. »Er wollte seine Bürde einfach irgendwo ablegen – heilige Einfalt! Ich meine, es sollte doch aussehen, als wäre unser guter alter Blachloq von Zentauren getötet worden, nicht wahr? Meiner Treu! Seine Schergen – ach! verwaist und führerlos irren sie umher – sind dumm, aber wirklich *so* dumm! Angenommen, sie finden ihren einstigen Herrn und Meister am Fuß eines Baumes, mit einem großen blutigen Loch im Bauch und weit und breit keine Spuren, keine Waffe. Ist es wahrscheinlich, frage ich, daß sie beiläufig die Schultern zucken und sagen: ›Sieht aus, als wäre der Chef von diesem Ahorn erledigt worden. Was es nicht alles gibt!‹ O nein – sie würden angerannt kommen, alle Einwohner auf dem Dorfplatz zusammentreiben und unangenehme, beleidigende Fragen stellen, wie zum Beispiel: ›Wo waren Sie gestern nacht?‹ oder ›Warum hat der Hund gegen Morgen gebellt?‹ Um das zu vermeiden, haben wir dem teuren Verblichenen auf einer kleinen Lichtung seinen vorläufigen Ruheplatz zugewiesen, als Mittelpunkt eines dramatischen, aussagekräftigen Arrangements.«

Saryon wurde plötzlich übel. Er sah Joram die Schmiede verlassen, den Leichnam des Hexenmeisters auf den Schultern. Die schlaffen Hände des Toten baumelten dicht über dem Boden. Der Katalyt spürte, wie seine Knie nachgaben. Er sank auf einen Stuhl und starrte entsetzt auf Jorams blutbeflecktes Hemd.

Joram folgte seinem Blick, schaute an sich hinunter und verzog den Mund. »Zartbesaitet, alter Mann?«

»Du solltest es verschwinden lassen«, meinte Saryon ruhig, »bevor die Wachen es sehen.«

Joram zögerte einen Moment, dann zuckte er die Schultern und fing an, das Hemd aus dem Hosenbund zu ziehen. »Simkin«, ordnete er an, »mach Feuer ...«

»Aber lieber Freund!« protestierte Simkin. »Warum ein gutes Hemd verschwenden? Gib her, das werden wir gleich haben. Die Gräfin d'Longeville hat mir gezeigt – ihr wißt schon, die mit den vielen Ehemännern, die einer nach dem anderen eines geheimnisvollen Todes starben. Sie ist auch eine Meisterin im Entfernen von hartnäckigen Flecken. ›Eingetrocknetes Blut? Nichts leichter als das, lieber Simkin‹, sagte sie zu mir. ›Die meisten Leute regen sich völlig unnötig darüber auf.‹ Man braucht weiter nichts tun als ...« Simkin fing das Hemd auf, das Joram ihm zuwarf und rieb mit seinem orangefarbenen Seidentüchlein über den Fleck. Das Blut verschwand. »Na also, was habe ich gesagt? Rein und weiß wie frisch gefallener Schnee – wenn man den Schmutzrand am Kragen außer acht läßt.« Simkin musterte das Hemd mit einem geringschätzigen Lächeln.

»Wie war das mit der Leiche?« unterbrach ihn Saryon heiser. »Was für ein ›Arrangement‹?«

»Zentaurenspuren!« Simkin lächelte stolz. »Meine Idee.«

»Spuren? Wie?«

»Na, ich habe mich selbst in einen Zentauren verwandelt, selbstverständlich«, antwortete Simkin und lehnte sich gegen die Wand. »Ein Riesenspaß. Hin und wieder leiste ich mir so ein Vergnügen, als Entspannung. Ich bin herumgetrampelt, habe den Boden zerstampft und alles getan, um den Anschein zu erwekken, es hätte ein erbitterter Kampf stattgefunden. Glaubt es oder nicht, ich war sogar versucht, mich selbst zu töten und meinen Leichnam neben Blachloqs zurückzulassen. Realismus in Vollendung. Aber« – er seufzte – »ein Künstler sollte sich nicht gänzlich in seiner Kunst verlieren.«

»Macht Euch keine Sorgen, Katalyt«, schnappte Joram verächtlich, »niemand wird Verdacht schöpfen.« Er wollte in sein Hemd schlüpfen, zögerte und warf es zerknüllt auf die Matratze. Dann bückte er sich, zog einen abgeschabten Lederpacken unter dem Bett hervor und nahm ein frisches Hemd heraus. »Wo steckt überhaupt Mosiah?« fragte er und schaute sich stirnrunzelnd um.

»Ich – ich weiß es nicht«, antwortete Saryon, dem jetzt erst zu Bewußtsein kam, daß er den jungen Mann nicht gesehen hatte. »Er schlief, als wir gegangen sind. Die Posten müssen ihn weggebracht haben!« Saryon stand auf und eilte zum Fenster.

»Vermutlich ist er geflohen«, äußerte Simkin gelassen. »Diese Trottel könnten ein Küken nicht daran hindern auszuschlüpfen, und ihr wißt ja, daß Mosiah davon gesprochen hat, sich allein in die Büsche schlagen zu wollen.« Simkin gähnte so ausgiebig, daß seine Kiefer knackten. »Saryon, alter Knabe, Ihr habt doch nichts dagegen, wenn ich Euer Bett benutze, oder? Ich fühle mich ungemein schläfrig. Zeuge eines Mordes, Mithilfe bei der Vertuschung einer Straftat – es war ein anstrengender Tag. Herzlichen Dank.« Ohne Saryons Antwort abzuwarten, ging Simkin durchs Zimmer und streckte sich wohlig auf der freien Pritsche aus. »Garderobe«, befahl er und war augenblicks mit einem langen, weißen, spitzenbesetzten Linnennachthemd bekleidet. Nachdem er Saryon zugezwinkert hatte, glättete er Bart und Schnurrbart, schloß die Augen und war im nächsten Moment entschlummert. Es dauerte nicht lange, bis die tiefen Atemzüge in ein behagliches Schnarchen übergingen.

Jorams Gesicht verdüsterte sich. »Glaubt Ihr das auch?« fragte er Saryon.

»Was? Daß er das Dorf verlassen hat, ganz allein?« Der Katalyt rieb sich die brennenden Augen. »Warum nicht? Mosiah hat allen Grund zu glauben, daß ihn hier niemand vermißt.« Er bedachte Joram mit einem anklagenden Blick. »Würde es dir etwas ausmachen?«

»Ich hoffe, er ist tatsächlich geflohen«, sagte Joram ausdruckslos und stopfte das Hemd in die Hose. »Je weniger er weiß, desto besser. Für ihn, wie auch für uns.«

Er schien sich wieder hinlegen zu wollen, änderte jedoch seine Meinung, ging hinüber zum Tisch und goß Wasser in eine Schüssel, nachdem er die Eisschicht in dem Krug durchbrochen hatte. Dann hielt er die Luft an und tauchte das Gesicht in die Schüssel. Anschließend trocknete er sich mit dem Hemdärmel ab, strich sich mit den gespreizten Fingern das feuchte Haar zurück und begann schließlich seine Hände zu säubern. Um das eingetrocknete Blut abzukratzen, nahm er die Eisstücke, die auf dem Wasser schwammen.

»Wohin gehst du?« verlangte Saryon zu wissen.

»Zur Schmiede, um zu arbeiten«, antwortete Joram. Er hatte die Hände an der Hose abgewischt und machte sich daran, seine dicke, zottige Lockenmähne in drei Strähnen zu teilen und zu flechten. Hin und wieder zuckte er zusammen und verzog schmerzlich das Gesicht, während er sich ungeduldig bemühte, die widerspenstige Haarflut zu bändigen.

»Aber du schläfst fast im Stehen ein«, protestierte Saryon. »Außerdem wird man dich nicht hinauslassen. Simkin hat vorhin ganz recht gehabt.« Er deutete zum Fenster. »Überzeug dich selbst. Die Posten sind nervös ...«

Joram schaute aus dem Fenster. »Ein Grund mehr für uns, so zu tun, als wäre nichts passiert. Während meiner Abwesenheit könntet Ihr versuchen, etwas über Mosiah herauszufinden.« Er warf sich einen Umhang über die Schultern, kehrte zum Fenster zurück und schlug mit der Faust ungeduldig gegen die Gitterstäbe. Die Wachposten, die zusammenstanden, drehten sich um, und einer von ihnen kam nach einer kurzen Beratung mit den anderen über die Straße, entriegelte die Tür und riß sie auf.

»Was willst du?« knurrte er.

»Ich muß zur Arbeit«, gab Joram mürrsich Auskunft. »Befehl von Blachloq.«

»Befehl von Blachloq?« Der untersetzte Mann runzelte die Stirn. »Wir haben keine Befehle von ...« Er brach ab und schluckte hörbar. »Zurück ins Haus, los, los!«

»Klar.« Joram hob die Achseln. »Aber du erklärst dann dem Hexenmeister, weshalb ich nicht in der Schmiede war, obwohl dort jede Hand gebraucht wird, um die Waffenlieferung für Sharakan fertigzustellen.«

»Was gibt's?« Ein zweiter Posten kam heran. Alle miteinander wirkten nervös und schienen sich unbehaglich zu fühlen. Ihre Blicke flogen ständig hin und her: von einem zum andern, über die Gesichter der Leute auf der Straße und zu Blachloqs Residenz auf dem Hügel.

»Er behauptet, er hätte Befehl, sich in der Schmiede zu melden.« Der eine Posten zeigte mit dem Daumen auf Joram.

»Dann bring ihn hin«, meinte sein Kumpan.

»Aber gestern hieß es noch, sie sollten hinter Schloß und Riegel bleiben. Und Blachloq hat nichts ...«

»Ich habe gesagt, bring ihn hin«, brummte der zweite Posten mit einem vielsagenden Blick.

»Na, dann komm«, sagte der Mann und versetzte Joram einen brutalen Stoß.

Saryon schaute den beiden nach. Die Nervosität der Söldner hatte auf die Bevölkerung übergegriffen. Der Katalyt sah Männer auf dem Weg zur Arbeit im Vorübergehen finstere Blicke auf Blachloqs Handlanger werfen, die diese Blicke mit gleicher Feindseligkeit erwiderten. Frauen, die sonst um diese Zeit zum Markt gingen oder mit der Wäsche an den Fluß hinunter, standen hinter den Fenstern ihrer Häuser; Kinder, die zum Spielen hinaus wollten, wurden zurückgezogen. Wußten die Nigromanten von Blachloqs Verschwinden, oder war ihr Benehmen nur die Reaktion auf das sichtliche Unbehagen seiner Leute? Saryon wußte es nicht und wagte nicht zu fragen. Er fühlte sich wie betäubt vor Erschöpfung und Sorge, ließ sich auf einen der wackligen Stühle fallen und stützte den Kopf in die Hände. Eine laute Stimme erschreckte ihn so, daß ihm das Herz bis zum Hals schlug, aber es war nur Simkin, der etwas über Karten vor sich hin murmelte. Offenbar spielte er im Schlaf Tarock.

»Der letzte Stich fällt an den König der Schwerter ...«

Warten …

Nie war Saryon ein Vormittag langsamer vergangen, eine zähe Ewigkeit, mühsam vorangetrieben vom Schlag seines Herzens, seinen Atemzügen, dem Heben und Senken seiner geschwollenen Lider. Kurz nach Jorams Weggang hatte es im Haus gegenüber ein lebhaftes Hin und Her gegeben, und der Katalyt vermutete, daß ein Teil von Blachloqs Männern beschlossen hatte, sich auf die Suche nach ihrem verschwundenen Anführer zu machen. Jetzt wartete er in wachsender Anspannung darauf, durch Geschrei und Tumult zu erfahren, daß der Leichnam des Hexenmcisters gefunden worden war.

Der Katalyt konnte nichts anderes tun als warten. Er beneidete Joram um seine Arbeit in der Schmiede, die Körper und Geist die Möglichkeit bot, sich in erlösende Tätigkeit zu flüchten. Beim Anblick Simkins, der sich wohlig auf seiner Pritsche räkelte, schrie jeder Muskel im Körper Saryons nach Ruhe, und er konnte der Versuchung nicht länger widerstehen, im Schlaf Zuflucht vor seinen Ängsten und quälenden Gedanken zu finden. Er legte sich auf Jorams Bett, in der Hoffnung, schnell in gnädiges Vergessen zu sinken, doch kaum hatte er das Gefühl, von der Müdigkeit übermannt zu werden, glaubte er Vanya rufen zu hören und fuhr zitternd wieder in die Höhe.

»Heute abend muß ich Vanya Rede und Antwort stehen!« In der Aufregung über Jorams Rückkehr hatte Saryon diese Bedrohung aus seinem Gedächtnis verbannt. Jetzt fiel sie ihm wieder ein, und die Minuten, die auf bleiernen Füßen vorübergeschlichen waren, bekamen plötzlich Flügel.

Eingeschlossen in der Gefängniszelle, aufgeputsch von Hunger und Mangel an Schlaf, begannen Sary Gedanken sich endlos um die Begegnung mit d Bischof zu drehen, gefangen wie ein Stück Holz i Mahlstrom.

»Ich werde Joram nicht ausliefern!« sagte er ent schlossen zu sich selbst. Soviel stand fest. Je länger der Katalyt jedoch über sein bevorstehendes Gespräch mit dem Bischof nachdachte, desto schmerzlicher kam ihm zu Bewußtsein, daß er womöglich gar keine Wahl haben würde. Außer, Vanya verfügte über die Gabe, mit den Toten zu sprechen, wie man es von den Nekromanten behauptete, waren seine Bemühungen, mit Blachloq Kontakt aufzunehmen, am heutigen Tag erfolglos geblieben. Er würde von Saryon den Grund erfahren wollen, und der Katalyt wußte, daß er nicht stark genug war, die Wahrheit zu verheimlichen.

»Joram hat ihn getötet, mit einer Waffe, geschmiedet aus Dunkelheit, erschaffen mit meiner Hilfe!« hörte Saryon sich gestehen.

Wie ist das möglich? würde Bischof Vanya ungläubig fragen. Ein halbwüchsiger Knabe und ein Katalyt in mittleren Jahren überwinden einen *Duuk-tsarith*? Einen Hexenmeister mit der Gabe, den Wind aus dem Himmel herbeizurufen, um einen Menschen wie ein dürres Blatt zu zermalmen? Einen Hexenmeister, der die Macht besaß, sein Opfer mittels eines fressenden Giftes unter unsäglichen Qualen in einen zuckenden, sich windenden Klumpen Fleisch zu verwandeln? So einen Mann wollt ihr getötet haben?

Auf dem Rand von Jorams Pritsche sitzend, verschränkte Saryon die Hände, bis die Knöchel weiß hervortraten. »Er schickte sich an, Joram zu töten, Heiligkeit«, bereitete er seine Verteidigung vor. »Ihr selbst habt gesagt, daß die Kirche Mord nicht billigt. Blachloq befahl mir, ihm Leben zu gewähren, die magische Kraft der Welt in seinen Körper überzuleiten, um diese fluchwürdige Tat zu begehen! Aber ich brachte es nicht über mich, Heiligkeit! Blachloq war böse, verderbt durch und durch, habt Ihr das nicht gesehen? Ich sah es. Ich hatte schon einmal erlebt, wie er einen Menschen tötete. Ich konnte nicht zulassen, daß er es wieder tat! Also entzog ich ihm sein Leben, seine Magie. War das falsch? War es falsch, Heiligkeit, daß ich versuchte, einen Mord zu verhindern? Ich ahnte doch nicht, wie es enden würde!« Kopfschüttelnd starrte Saryon auf seine ausgetretenen Schuhe. »Ich wollte ihn nur seiner Kraft berauben, damit er uns nicht mehr gefährlich werden konnte. Ihr müßt mir glauben, Heiligkeit! Nichts von alldem, was passiert ist, lag in meiner Absicht!«

»Wer hat den Narren?« ließ Simkin sich plötzlich in strengem Ton vernehmen. Saryon stockte vor Schreck der Atem. Er legte eine zitternde Hand auf die Brust und warf dem jungen Mann einen strafenden Blick zu.

Simkin schien fest zu schlafen. Er rollte sich auf den Bauch. »Habt Ihr den Narren, Katalyt?« meinte er undeutlich. »Wenn nicht, droht Eurem König große Gefahr ...«

Dem König droht Gefahr. Ja, daran gab es keine Zweifel. Sobald Vanya vom Tod seines Gewährsmannes erfuhr, würde nichts, was der Katalyt sagte oder tat, den Bischof davon abhalten können, die *Duuk-tsarith* zu beauftragen, Joram umgehend zu ergreifen und ins Baptisterium zu bringen.

»Aber ...« – Saryon umklammerte den Rand der Matratze und grub die Finger in den mürben Bezug – »... Joram ist tot! Es wird ihnen nicht gelingen, ihn aufzuspüren. Das ist der Grund, weshalb Vanya entweder mich oder Blachloq braucht. Allein kann er den Jungen nicht finden. Die *Duuk-tsarith* wittern das Leben in uns, die Magie. Mich werden sie finden, aber für die Toten sind sie taub und blind. Oder vielleicht finden sie mich doch nicht, weder mich noch Joram.«

Die plötzliche Eingebung traf Saryon wie ein Schlag. Es hielt ihn nicht auf dem Bett, er stand auf und ging in dem kleinen Innenraum des Gefängnisgebäudes auf und ab. In Gedanken überprüfte er seine Kalkulation auf neue Fehler. Es gab keine. Er war sich der Richtigkeit seiner Überlegung so sicher wie der allerersten mathematischen Formel, die er zu Füßen seiner Mutter gelernt hatte.

Zu jeder Aktion existiert eine entgegengesetzte, gleichwertige Reaktion. So lehrten es die Ahnen. In einer Welt, die Magie verströmt, gibt es auch eine Macht, die Magie absorbiert – das Arkanum. Die Nigromanten, die es entdeckt und erforscht hatten, schmiedeten daraus zur Zeit der Eisenkriege Waffen von unvorstellbarer Macht. Nachdem sie besiegt waren, erklärte man ihre Technologie zur Schwarzen

Kunst, sie selbst wurden verfolgt, verjagt oder gezwungen, sich zu verstecken, wie die Bewohner der kleinen Siedlung, in der Saryon jetzt lebte. Das Wissen um das Arkanum geriet über dem Überlebenskampf in der Wildnis mehr und mehr in Vergessenheit, bis nichts davon geblieben war als bedeutungslose Worte in einer rituellen Litanei und unverständliches Geschreibsel in alten Büchern, an deren Vorhandensein sich kaum noch jemand erinnerte.

Unverständlich, nur nicht für Joram. Er hatte das Erz gefunden, die Geheimnisse erforscht, ein Schwert geschmiedet ...

Langsam schob Saryon die Hand unter Jorams Matratze. Als er das kalte Metall des in zerrissene Stofffetzen gehüllten Schwertes berührte, zuckte er zurück, suchte aber trotzdem weiter, bis seine Finger einen kleinen Lederbeutel ertasteten. Er zog ihn aus seinem Versteck und betrachtete ihn nachdenklich. Auch wenn er überzeugt war, daß es funktionierte – hatte er die Kraft, den Mut?

Hatte er die Wahl?

Zögernd löste er die Lederschnur, die den Beutel verschloß. Er enthielt drei wenig bemerkenswerte Steinbrocken, die aussahen wie schlichtes Eisenerz.

Saryon hielt den geöffneten Beutel auf der Handfläche und starrte fasziniert auf den Inhalt.

Arkanum! Das war der Trumpf in seinem Ärmel, mit dem er den Bischof daran hindern konnte, das Spiel zu gewinnen. Saryon nahm einen der Steine heraus. Er war schwer und merkwürdig warm. In Gedanken versunken, umschloß er ihn mit der Faust und drückte ihn an die Brust. Seine Magie ermöglichte es dem Bischof Vanya, ihn zu finden. Das Arkanum würde die Magie absorbieren und ihn schützen wie ein Schild. Damit war er für Bischof Vanya so unerreichbar wie einer der Toten.

»Und damit *bin* ich fast einer der Toten«, murmelte Saryon und drückte die Faust mit dem Stein fester an die Brust, »denn wenn ich das tue, stelle ich mich außerhalb der Gesetze. Ich leugne alles, was man mich von klein auf zu glauben gelehrt hat. Ich leugne mein ganzes Leben. Alles, wofür ich bis jetzt gelebt habe, wird zerfallen und mir durch die Finger rinnen wie Staub. Ich werde die Welt neu erfahren müssen. Eine kalte Welt, eine erschreckende Welt. Eine Welt ohne Glauben, eine Welt ohne tröstliche Antworten, eine Welt des Todes ...«

Saryon zog an der Lederschnur, schloß den Beutel und verstaute ihn wieder unter der Matratze. Den Stein, den er herausgenommen hatte, hielt er immer noch in der geballten Faust. Da seine Entscheidung jetzt getroffen war, handelte er rasch, mit der Zielstrebigkeit und Logik des fähigen Mathematikers.

»Ich muß zur Schmiede gehen. Ich muß Joram von der Gefahr überzeugen, in der wir schweben. Wir werden fliehen, ins Außenland. Wenn die *Duuk-tsarith* hier eintreffen, sind wir längst fort.«

Ohne den Stein aus der Hand zu legen, spritzte Saryon sich Wasser ins Gesicht, griff nach seinem Umhang und warf ihn über die Schultern. Mit einem Blick zurück auf den schlummernden Simkin, klopfte er an das vergitterte Fenster und winkte einem der Posten.

»Was wollt Ihr, Katalyt?«

»Hat man euch heute morgen keine neuen Befehle bezüglich meiner Person gegeben?« fragte Saryon mit einem Lächeln, von dem er hoffte, daß es unschuldige Einfalt ausdrückte.

»Nein«, erwiderte der Posten mit finsterer Miene.

»Ich – hm – ich werde heute in der Schmiede gebraucht.« Saryon schluckte. »Der Schmied braucht Leben, um eine schwierige Arbeit ausführen zu können.«

»Davon weiß ich nichts.« Der Mann zögerte. »Wir hatten Order, das Gefängnis zu bewachen und niemanden hinauszulassen.«

»Aber das galt doch bestimmt nur für letzte Nacht«, meinte Saryon. »Sind inzwischen keine neuen Anweisungen gekommen?«

»Vielleicht ja, vielleicht nein«, brummte der Posten und spähte verstohlen zu dem Haus auf dem Hügel. Saryon, der seinem Blick folgte, sah einen Trupp von Blachloqs Söldnern vor dem Haupteingang zusammenströmen. Er wünschte sich verzweifelt zu wissen, was vor sich ging.

»Also ich glaube, das geht in Ordnung«, meinte der Wachposten schließlich. »Aber ich werde Euch begleiten.«

»Selbstverständlich.« Saryon unterdrückte einen erleichterten Seufzer.

»Ist der Verrückte noch drin?« Der Posten deutete mit einer ruckartigen Kopfbewegung auf das Gefängnisgebäude.

»Wer? Simkin?« Der Katalyt nickte.

Der Wächter schaute an ihm vorbei durch das Fenster und sah den jungen Mann in voller Länge auf dem Bett liegen, den Mund weit offen. Sein Schnarchen war bis auf die Straße hinaus zu hören, und genau in diesem Moment ließ ein besonders heftiger Schnaufer förmlich die Wände erbeben.

»Schade, daß er nicht an seinem eigenen Schnarchen erstickt.« Der Posten entriegelte die Tür, ließ den Katalyten hinaus und schloß sie mit einem lauten Knall wieder. »Gehen wir, Priester«, sagte er und setzte sich in Bewegung.

Auf dem Weg durch die von Ziegelhäusern gesäumten Dorfstraßen – Häuser, deren Anblick Saryon immer noch einen Schauer über den Rücken jagte; Häuser, errichtet von Werkzeugen und Menschenhand, statt durch Magie aus den Elementen geformt –, bemerkte der Katalyt die zunehmende Unruhe unter den Leuten. Viele Männer gaben nicht einmal vor zu arbeiten, sondern standen in kleinen Gruppen beisammen, unterhielten sich gedämpft und musterten den grimmig dreinblickenden Posten.

»Wartet nur«, knurrte Saryons Begleiter, während er die Blicke drohend erwiderte. »Bald werden wir uns um euch kümmern.« Doch er war ganz offensichtlich beunruhigt und ratlos.

Der Katalyt konnte es ihm nicht verübeln. Vor fünf Jahren war der Mann namens Blachloq im Dorf der Nigromanten erschienen. Er behauptete, ein Abtrünniger aus den Reihen der mächtigen *Duuk-tsarith* zu sein, und binnen kurzem hatte er die unumschränkte Herrschaft an sich gerissen – aus den Händen Andons, des sanftmütigen alten Mannes, der zuvor das Oberhaupt des Zirkels des Rades gewesen war. Unterstützt von seinen Schergen – Mördern und Dieben, die von den *Duuk-tsarith* eigens für diese Aufgabe ausgesucht worden waren – gelang es dem Hexenmeister, sich die Dorfbewohner endgültig untertan zu machen. Er regierte sie durch Angst und das Versprechen, daß für die Adepten der Schwarzen Magie jetzt die Zeit gekommen war, sich zu erheben und wieder den ihnen zustehenden Platz in der Welt einzunehmen. Doch es gab einige, die sich offen gegen den Hexenmeister und seine Handlanger stellten. Jetzt, da ihr mächtiger Herr und Gebieter auf unerklärliche Weise verschwunden war, fühlten sich seine Männer mit gutem Grund nicht recht wohl in ihrer Haut.

»Was ist das denn für eine schwierige Arbeit heute, Priester?«

Saryon zuckte zusammen. Es kam ihm vor, als hätte sein Aufpasser ihm diese Frage bereits zum zweitenmal gestellt, doch weil er so mit seinen Gedanken beschäftigt gewesen war, wußte er es nicht genau.

»Ich glaube, es geht um eine ... eine besondere Waffe, die für das ... das Königreich Sharakan bestimmt ist«, stammelte er und fühlte, wie ihm das Blut heiß in die Wangen stieg. Der Posten nickte und verfiel wieder in unbehagliches Schweigen. Aus den Augenwinkeln belauerte er mißtrauisch die Dorfbewohner, an denen sie vorüberkamen.

Saryon wußte, daß er Sharakan ruhig erwähnen konnte. Das große Königreich im Norden des Außenlandes rüstete für den Krieg und hatte den Zorn – und die Furcht – der Katalyten geweckt, weil es nicht davor zurückgeschreckt war, die Adepten der Schwarzen Magie um Beistand zu bitten. Aus diesem Grund wurde im Dorf der Nigromanten seit etwa einem Jahr Tag und Nacht gearbeitet; man schmiedete Pfeilspitzen, Lanzenspitzen und Dolche. Der Besitz dieser Waffen, von starken Hexenmeistern überdies mit magischen Eigenschaften ausgestattet, machte Sharakan zu einem gefährlichen Feind. Und gerade im Augenblick war Sharakans eiserner Dolch auf die Kehle des altehrwürdigen, wunderschönen Merilon gerichtet.

Kein Wunder, daß Bischof Vanya besorgt war. Daraus konnte Saryon ihm keinen Vorwurf machen, und während er über die Situation nachdachte, vermochte er sich einer gewissen Bangigkeit nicht zu erwehren. Jahrhundertelang hatte der Orden der Katalyten den Frieden zwischen den verschiedenen Königreichen Thimhallans bewahrt, doch jetzt begann das feine

Gewebe der Ausgewogenheit und Diplomatie sich aufzulösen. Sharakan machte kein Geheimnis aus seinen Eroberungsplänen, und obwohl die Kirche alles tat, vor dem Rest der Welt die gespannte Lage zu verharmlosen, um eine Panik zu verhüten, breiteten die Gerüchte sich aus wie ein Lauffeuer und mit ihnen die Angst.

Aber, dachte Saryon, jetzt ist Blachloq tot, und alles wird sich ändern! Andon, der weise alte Mann, das ehemalige Oberhaupt des Zirkels, war immer gegen das Gerede vom Krieg im Dorf. Jetzt, da Blachloq nicht mehr da war, um die Gemüter zu erhitzen, würde es dem alten Mann bestimmt gelingen, seine Leute wieder zur Vernunft zu bringen.

Vor unserem Weggang werde ich ihn warnen, nahm Saryon sich vor. Ich werde ihm sagen, daß Blachloq sie in eine Falle führen sollte. Ich …

»Wir sind da«, verkündete sein Bewacher und hielt den Katalyten zurück, der geistesabwesend weiterging. Mit einem Ruck wurde er sich seiner Umgebung wieder bewußt, hörte das Klingen des Hammers und den fauchenden Atem des Blasebalgs – Herz und Lunge eines riesigen Ungeheuers, das mit feurig glühenden Augen im Dunkel seines Schlupfwinkels lauerte. Der Herr dieses Ungeheuers, der Schmied, stand am Eingang. Ein wahrer Hüne, sowohl magisch wie auch handwerklich begabt, galt der Schmied als die treibende Kraft der Fraktion bei den Nigromanten, die den Krieg befürwortete, allerdings nicht unter der Führung Blachloqs. Niemand würde sich mehr freuen, vom Tod des Hexenmeisters zu hören, als der Schmied. Und es gab keinen Zweifel, daß die nun führerlosen Söldner nichts Gutes von diesem riesenhaften Mann und der großen Zahl seiner Anhänger zu erwarten hatten.

Er war in einer Unterhaltung mit einigen jungen Männern aus dem Dorf begriffen, doch beim Anblick des Söldners verstummten sie. Die jungen Männer zogen sich in das Halbdunkel der Höhle zurück, in der man die Schmiede eingerichtet hatte; der Schmied selbst musterte den Handlanger Blachloqs mit kalter Verachtung und ging wieder an seine Arbeit.

»Pater ...« Saryon fühlte eine Berührung an der Schulter und drehte sich überrascht herum.

»Mosiah!« rief er freudig und streckte die Arme aus, um den jungen Mann an die Brust zu ziehen. »Wie ist es dir gelungen zu flieh...« Der Gedanke an seinen Bewacher ließ ihn innehalten. »Das heißt, wir haben uns Sorgen ...«

»Pater«, unterbrach ihn Mosiah höflich, »ich muß mit Euch sprechen. Unter vier Augen. In einer – einer religiösen Angelegenheit«, meinte er mit einem Blick auf den Söldner. »Es dauert nicht lange.«

»Schon gut«, sagte der Mann widerwillig. Er spürte die Augen des Schmieds im Nacken. »Aber bleibt in der Nähe.«

Mosiah zog Saryon unter das Vordach eines Schuppens, in dem die Pferde standen, die zum Beschlagen gebracht wurden. »Pater«, erkundigte er sich im Flüsterton, »wohin wollt Ihr?«

»Zu – zu Joram. Ich muß ihm etwas sagen.«

»Geht es um dieses Gerücht?«

»Welches Gerücht?«

»Blachloq. Er ist verschwunden.« Mosiah schaute Saryon forschend ins Gesicht. »Habt Ihr nichts davon gehört?«

»Nein.« Der Katalyt wandte die Augen ab und trat tiefer in den Schatten.

»Man hat einen Suchtrupp ausgeschickt.«

»Woher weißt du das?«

»Ich war in Blachloqs Haus, als Simkin auftauchte, um seinen Schergen die Neuigkeit zu berichten.«

»Simkin?« Saryon starrte Mosiah an. »Wann? Was hat er gesagt?«

»Ganz früh heute morgen.« Mosiah sprach schnell, ohne den Posten aus den Augen zu lassen. »Gestern nacht, nachdem Ihr und Joram gegangen wart, kamen die Schergen und nahmen mich mit. Angeblich wollte Blachloq mich verhören, doch als wir beim Haus ankamen, war er nicht da. Irgend jemand sagte, er wäre mit Euch zur Schmiede gegangen. Wir warteten, aber er kam nicht zurück. Einige seiner Männer liefen zur Schmiede, um ihn zu suchen, er blieb jedoch verschwunden. Dann, gegen Morgen, erschien Simkin und erzählte, Blachloq wäre in die Wildnis gegangen, um eine alte Rechnung mit den Zentauren zu begleichen ...«

Saryon stöhnte auf.

Mosiah schwieg und musterte ihn neugierig. »Das kommt für Euch nicht überraschend, Pater, stimmt's? Hab' ich mir gedacht. Was ist eigentlich los?«

»Ich kann es dir jetzt nicht sagen!« antwortete Saryon halblaut. »Hat man dich einfach so gehen lassen?«

»In der Verwirrung habe ich mich davongemacht. Ich wollte Andon warnen. Blachloqs Männer versammeln sich da oben und machen Pläne, eine mögliche Rebellion im Keim zu ersticken. Sie haben Waffen – Keulen und Messer, Pfeil und Bogen ...«

»He, nun macht schon! Ich habe nicht den ganzen Tag Zeit«, rief der Wachposten, dem offenbar daran gelegen war, den feindseligen Blicken des Schmiedes zu entkommen.

»Ich muß gehen«, meinte Saryon und wandte sich ab.

»Ich komme mit.«

»Nein! Geh zurück zum Gefängnis. Behalte Simkin im Auge. Der Almin weiß, was er als nächstes sagt oder tut!«

»Ja«, nickte Mosiah nach kurzem Überlegen, »das ist eine gute Idee. Ihr kommt auch wieder?«

»Sicher!« antwortete Saryon hastig. Ihm fiel auf, daß der wartende Söldner den jungen Mann zweifelnd ansah, als käme es ihm merkwürdig vor, daß Mosiah ohne Bewacher unterwegs war. Falls der Mann jedoch in Erwägung zog, Mosiah zurückzuhalten, brachte ein neuerlicher Blick auf den Hünen am Amboß ihn davon ab.

»Der Priester hier behauptet, er hätte Befehl, bei einer besonders schwierigen Arbeit zu helfen«, berichtete der Posten dem Schmied, während sie sich gegenseitig finster anstarrten.

»Ihr wißt schon – die Waffen für Sharakan.« Saryon befeuchtete sich die trockenen Lippen. Die Hammerschläge im hinteren Teil der Höhle verstummten. Der Katalyt sah Joram den Kopf heben, in seinen dunklen Augen spiegelte sich die rote Glut der Kohlen in der Feuerstelle. »Dieser junge Mann, Joram, arbeitet daran ...«, fügte er stockend hinzu. Sein Vorrat an Lügen war erschöpft.

Der Schmied verzog den Mund wie zu einem Lächeln, aber dann zuckte er nur mit den Schultern und sagte: »Ach ja.« Er winkte mit der rußgeschwärzten Hand. »Dann geht zu ihm, Pater. Du nicht!« fuhr er den Söldner an und wog bedeutungsvoll den schweren Hammer in der riesigen Faust, als er sah, wie dem Mann die Zornesröte ins Gesicht stieg. Mit einem halblauten Fluch machte der Posten auf dem Absatz kehrt und bog in die Straße ein, die zu dem Haus auf dem Hügel führte.

»Ihr solltet Euch beeilen, Pater«, bemerkte der Schmied gelassen. »Es wird bald Ärger geben, und bestimmt wollt Ihr da nicht hineingezogen werden.« Er schlug mit dem Hammer auf das Hufeisen, das er in der Zange hielt. Saryon bemerkte, daß das Eisen kalt war und längst geschmiedet. Der Trupp junger Männer drängte sich wieder vor dem Höhleneingang; es schienen immer mehr zu werden.

»Ja, vielen Dank«, sagte er. »Ich brauche nur ein paar Minuten.«

Das Hämmern übertönte sogar Saryons Gedanken, als er sich einen Weg durch herumliegendes Werkzeug und Gerümpel bahnte. Erinnerungen an das Geschehen der vergangenen Nacht überfielen ihn. Unwillkürlich flog sein Blick zu der Stelle am Boden, wo der blutüberströmte Leichnam des Hexenmeisters gelegen hatte ...

»Beim Haupt des Almin! Was tut Ihr hier?« stieß Joram zwischen zusammengebissenen Zähnen hindurch. Eine rotglühende Lanzenspitze lag vor ihm auf dem Amboß. Er packte sie mit der Zange, um sie in den Eimer mit Wasser zu tauchen, aber Saryon hielt seinen Arm fest.

»Ich muß mit dir reden, Joram!« rief er ihm ins Ohr. »Wir sind in Gefahr!«

»Was? Haben sie die Leiche gefunden?«

»Nein. Eine andere Gefahr. Viel schlimmer. Ich – du weißt, daß ich von Bischof Vanya den Auftrag hatte, dich ihm auszuliefern. Nach meiner Ankunft hier habe ich es dir gesagt.«

»Ja«, entgegnete Joram. Die buschigen schwarzen Brauen vereinten sich zu einer düsteren, strengen Linie über den funkelnden Augen. »Ihr habt es mir gesagt. Nachdem ich es bereits von Simkin erfahren hatte, aber Ihr habt es mir gesagt.«

Saryon errötete. »Ich weiß, daß du mir nicht traust, doch hör mir zu! Bischof Vanya hat sich wieder mit mir in Verbindung gesetzt. Frag nicht wie, aber er hat Mittel und Wege.« Seine Hand tastete nach dem Stück Arkanum, das er in einer Tasche seiner Kutte verstaut hatte. »Er verlangt, daß Blachloq und ich dich ergreifen und ins Baptisterium bringen, dich und das Dunkle Schwert.«

»Der Bischof weiß von dem Schwert?« zischte Joram. »Ihr habt es ihm ...«

»Nicht ich – Blachloq! Er war ein Spitzel, ein *Duuk-tsarith* im Auftrag der Kirche. Ich habe jetzt nicht die Zeit für lange Erklärungen. Vielleicht weiß der Bischof schon, daß Blachloq tot ist und daß du ihn getötet hast. Er wird die *Duuk-tsarith* beauftragen, dich zu ergreifen. Er muß es tun, er fürchtet die Macht des Dunklen Schwertes ...«

»Ihn *gelüstet* nach der Macht des Dunklen Schwertes«, berichtigte Joram grimmig.

Saryon verharrte; das war ihm noch nicht in den Sinn gekommen. »Mag sein«, sagte er heiser. Sein Hals schmerzte, weil er schreien mußte, um sich Gehör zu verschaffen. »Aber wir müssen fort, Joram! Mit jeder Minute, die wir zögern, wächst die Gefahr!«

»*Wir*?« Auf Jorams Gesicht erschien das halbe Lächeln, das eher einer zynischen Grimasse glich. »*Ihr* seid nicht in Gefahr, Katalyt! Warum übergebt Ihr mich nicht einfach Eurem Bischof?« Er mied den forschenden Blick des Katalyten und schob die inzwischen abgekühlte Speerspitze wieder ins Feuer. »Ihr habt doch Angst vor mir. Ihr habt Angst vor dem Arkanum. Blachloq ist von meiner Hand gestorben. Ihr tragt daran keine Schuld.« Joram legte das Eisenstück auf den Amboß zurück und schaute darauf nieder, ohne es wahrzunehmen. »Wir gehen ins Außenland«, sagte er so leise, daß Saryon sich vorbeugen mußte, um ihn bei dem herrschenden Lärm zu verstehen. »Ihr wißt, was das bedeutet. Besonders, da keiner von uns über Magie verfügt. Warum also? Warum ist Euch so daran gelegen, mit mir zu kommen?«

An einer Antwort scheinbar nicht interessiert, nahm Joram seine Arbeit wieder auf.

Ja, warum? fragte Saryon sich selbst und musterte die kräftigen, bloßen Schultern des Jungen; das drahtige schwarze Haar, das sich aus dem Zopf gelöst hatte und in feuchten Locken um das harte junge Gesicht fiel. Was hatte noch in der vor Müdigkeit rauhen Stimme mitgeklungen? Furcht und – Hoffnung?

Joram hat Angst, kam es Saryon zu Bewußtsein. Er ist entschlossen, aus dem Dorf zu fliehen, aber noch hat er nicht den Mut aufgebracht, sich allein in die gefahrvolle, unwegsame Wildnis hinauszuwagen.

Weshalb ich mit dir gehen will, Joram? Ein dicker Kloß steckte Saryon im Hals, als hätte er eine der glühenden Kohlen verschluckt. Dazu könnte ich dir sagen, daß ich dich vor langer Zeit auf den Armen hielt; dein Köpfchen lag an meiner Schulter, und ich wiegte dich in den Schlaf. Ich könnte dir sagen, daß du der Prinz von Merilon bist, der Erbe des Throns, und daß ich es beweisen kann!

Aber nein. Dir das jetzt zu erzählen wäre unklug. Ich glaube fast, es ist besser, wenn du es nie erfährst. Mit diesem Wissen und dem schwelenden Zorn in dir, würdest du Unglück über uns alle bringen – deine Eltern, die unschuldigen Bürger Merilons …

Saryon zog fröstelnd die Schultern hoch. Nein, wiederholte er stumm, wenigstens *das* will ich nicht auf mein Gewissen laden! Ich werde das Geheimnis bewahren bis zu meinem Tod. Aber welchen anderen Grund kann ich diesem Jungen nennen? Ich will dich begleiten, Joram, weil mir dein Wohlergehen am Herzen liegt? Wie er darüber spotten würde!

»Ich gehe mit dir«, antwortete Saryon endlich, »weil ich versuchen will, meinen Glauben wiederzufinden. Die Kirche war für mich einst das Herz aller Dinge, so fest und unverrückbar wie das Baptisterium. Jetzt fällt sie vor meinen Augen in Trümmer, zerfressen von Intrigen und Habgier. Ich habe dir gesagt, daß es für mich keinen Weg zurück mehr gibt, und das meinte ich ernst.«

Joram hob den Kopf von seiner Arbeit, um den Katalyten anzusehen. Die dunkelbraunen Augen waren kühl und leidenschaftslos, aber Saryon bemerkte ein kurzes Flackern der Enttäuschung, ein winziges Flämmchen Hoffnung auf eine andere Antwort, das schnell und gründlich erstickt wurde. Saryon war erschüttert und wünschte fast, er hätte ausgesprochen, was sein Herz ihm zu sagen eingab. Aber der Moment ging vorüber.

»Nun gut, Katalyt«, sagte Joram kalt. »Mir ist es recht, wenn Ihr mitkommt. Ich möchte Euch in meiner Nähe haben; Ihr wißt zu gut über das Arkanum Bescheid. Jetzt geht zum Gefängnis zurück. Ich muß hier fertig werden.«

Saryon stieß einen Seufzer aus. Er hatte das Richtige gesagt, aber das war ein schwacher Trost. Er griff in die Tasche und zog das Stück Arkanum heraus. »Eins noch. Kannst du mir hierfür eine Fassung anfertigen? Und ich brauche eine Kette, damit ich es um den Hals tragen kann.«

Überrascht nahm Joram den Stein und schaute von ihm zu Saryon. In den dunklen Augen glomm Mißtrauen. »Wozu?«

»Ich glaube, es wird den Bischof daran hindern, mich zu bespitzeln. Es absorbiert die Magie.«

Joram zuckte die Schultern und nickte dann. »Ich bringe es mit, wenn ich nachher zu Euch komme.«

»Es muß bald sein!« meinte Saryon drängend. »Noch vor heute abend …«

»Macht Euch keine Sorgen, Katalyt«, unterbrach ihn Joram. »Heute abend sind wir längst weit weg von hier. Übrigens«, fügte er hinzu, während er sich wieder dem Amboß zuwandte, »habt Ihr Mosiah gefunden?«

»Ja. Er wartet im Gefängnis, mit Simkin.«

»Dann ist er also doch nicht allein geflohen«, murmelte Joram.

»Was sagst du?«

»Wir nehmen ihn mit. Und Simkin. Sagt den beiden, daß sie sich bereithalten sollen.«

»O nein! Nicht Simkin!« protestierte Saryon. »Mosiah vielleicht, aber nicht …«

»Wir brauchen Magiekundige wie Simkin und Mosiah, Katalyt«, fiel Joram ihm brüsk ins Wort. »Mit Euch, um ihnen Leben zu gewähren und der Macht, die mir das Dunkle Schwert verleiht, gelingt es uns vielleicht tatsächlich, das alles heil zu überstehen.« Er musterte Saryon kalt. »Ich hoffe, das ist keine Enttäuschung für Euch.«

Ohne ein Wort kehrte Saryon ihm den Rücken und ging durch die Schmiede zum Ausgang, wobei er beflissen die Stelle mied, wo der Hexenmeister den Tod gefunden hatte. Unter einem Eimer glaubte er einen Blutfleck zu entdecken und wandte schaudernd den Blick ab.

Es stimmte ihn nicht traurig, diesen Ort zu verlassen. Obwohl er inzwischen Sympathie für die Menschen empfand und Verständnis für ihre Art zu leben, wurzelte der Abscheu vor den unheiligen Künsten der Technologie zu tief, um nicht doch ein ständiges

Gefühl des Unbehagens zu erzeugen. Saryon kannte die Gefahren des Außenlandes und war naiv genug anzunehmen, das Leben in der Natur sei in jedem Fall besser, als an einem Ort zu leben, wo der Mensch die Natur manipulierte.

Und wohin würde der Weg sie führen? Nach Sharakan vielleicht – trotz der Gefahr, mitten in einen Krieg hineinzugeraten. Saryon kümmerte nicht, wohin es sie verschlug. Jeder Ort war recht – nur nicht Merilon!

Ja, er war bereit und willens, sich den Gefahren des Außenlandes und einer ungewissen Zukunft zu stellen. Aber, gütiger Almin, dachte Saryon, während er den Weg zum Gefängnis einschlug –

Warum Simkin?

... in einer Krippe liegend

»Ich war dabei. Ich habe alles mitangesehen, und meiner Treu«, berichtete Simkin mit gedämpfter, ehrfurchtsvoller Stimme, »es war eine großartige Inszenierung. Wie unser düsterer, romantischer Held sein blitzendes Schwert in des Hexenmeisters Brust stieß ...«

»Gut für Joram«, sagte Mosiah beifällig.

»Nun, ›blitzendes Schwert‹ ist eigentlich nicht ganz zutreffend«, korrigierte Simkin seine Wortwahl und griff wie beiläufig einen protzigen Handspiegel mit verschnörkeltem Silberrahmen aus der Luft. Er legte den Kopf zurück, musterte prüfend sein Gesicht, zupfte ordnend an dem weichen Flaum um das Kinn und zwirbelte schwungvoll die Enden seines Schnurrbarts. »Ehrlich gesagt, ist dieses Schwert das häßlichste, was ich je gesehen habe, abgesehen von dem vierten Kind der Marchesa von Blackborough. Natürlich ist auch die Marchesa selbst keine Schönheit. Jeder, der sie kennt, weiß, daß die Nase, mit der sie abends zu Bett geht, nicht dieselbe ist, mit der sie morgens zum Frühstück erscheint.«

»Was ...«

»Sie kriegt es einfach nicht besser hin, weißt du? Ihr magisches Talent ist halt minimal. Früher wurde gemunkelt, sie sei tot, aber man konnte es nie beweisen und außerdem – ihr Mann ist ein so *besonders* guter Freund des Kaisers. Und wenn sie sich nur ein klein wenig mehr Zeit nehmen würde – wer weiß? Vielleicht ist das mit der Nase ja tatsächlich nur Schusseligkeit.«

»Simkin, ich ...«

»Aber bei aller Liebe, ich begreife nicht, weshalb sie darauf besteht, Kinder in die Welt zu setzen, und zwar ganz besonders häßliche Kinder. ›Dagegen müßte es ein Gesetz geben‹, bemerkte ich zur Kaiserin, die mir von ganzem Herzen beipflichtete.«

»Wie sieht das Schwert denn aus?« gelang es Mosiah einzuwerfen, als Simkin Atem holte.

»Schwert?« Simkin betrachtete ihn verwirrt. »Oh, Jorams Schwert, das ›Dunkle Schwert‹, wie er es nennt. Sehr zutreffend, möchte ich hinzufügen. Wie es aussieht?« Er ließ den Spiegel mit einem Fingerschnippen verschwinden und schaute sinnend zur Zimmerdecke. »Laß mich nachdenken. Übrigens, gefällt dir mein Anzug? Das Schwarz war mir doch zu trist. Ich nenne diese Farbkombination *Blut und Hirn,* zu Ehren des teuren Verblichenen.«

Mosiah begutachtete die blutrote Hose, den purpurnen Rock und die rote Weste mit kaum verhohlenem Abscheu und nickte.

Nachdem Simkin die Spitzen an den Handgelenken zurechtgezupft hatte, ließ er sich auf einer der Pritschen nieder und kreuzte die wohlgeformten Beine, um die purpurne Hose möglichst vorteilhaft zur Geltung zu bringen.

»Das Schwert«, fuhr er fort, »sieht aus wie ein Mensch.«

»Was du nicht sagst!«

»Ja, beim Almin!« verteidigte Simkin sich beleidigt. »Ein Mensch aus Eisen zwar, aber dennoch ein Mensch. Ungefähr so ...« Simkin stellte sich kerzengerade hin, die Füße zusammen, die Arme waagerecht zur Seite ausgestreckt. »Das ist der Griff«, erläuterte er und reckte den dünnen Hals aus dem Kragen. »Obendrauf hat es eine Kugel als Kopf.«

»Du hast auch eine Kugel als Kopf – eine Hohlkugel!« schnaubte Mosiah.

»Überzeug dich selbst, wenn du mir nicht glaubst«, schlug Simkin vor und ließ sich wieder auf die Pritsche fallen. Er gähnte. »Es steckt unter der Matratze, in Lumpen gehüllt wie ein Wickelkind.«

Mosiahs Blick flog zu Jorams Lagerstatt, seine Hände zuckten. »Nein. Das könnte ich nicht«, sagte er nach einem Moment der Unentschlossenheit.

»Wie du willst.« Simkin zuckte die Schultern. »Ich wüßte gern, ob sie die Leiche schon entdeckt haben. Und findest du diese Farben nicht doch zu auffällig für ein Begräbnis?«

»Welche Macht soll dieses Dunkle Schwert angeblich haben?« fragte Mosiah, der Simkins Frage offenbar gar nicht gehört hatte. Langsam stand er auf, durchquerte das Zimmer und blieb neben der Pritsche stehen. »Was hat es Blachloq angetan?«

»Hm.« Simkin legte sich hin, verschränkte die Arme unter dem Kopf und betrachtete mit plötzlichem Interesse seine Schuhe. Stirnrunzelnd änderte er die Farbe von Rot in Purpur. »Du mußt wissen, ich hatte keinen besonders guten Platz, als Zange an einem rostigen Nagel. Ich war fast soweit, mich noch schnell in einen Eimer zu verwandeln, die können erheblich besser sehen als Zangen. Als Zange starrt man mit einem Auge immer an die Wand, Eimer hingegen ...«

»Komm endlich zur Sache!« fuhr Mosiah ihn ungeduldig an.

Simkin schnupfte auf und entschied sich in der Farbe seiner Schuhe doch wieder für Rot. »Unser allseits verhaßter Tyrann bediente sich eines Zaubers als Waffe – grünes Gift. Kennst du ihn vielleicht?« erkundigte Simkin sich beiläufig. »Hat scheußliche Auswirkungen aufs Nervensystem. Lähmung, furchtbare Schmerzen ...«

»Armer Joram«, sagte Mosiah leise.

»Ja, armer Joram«, bestätigte Simkin. »Er war so gut wie verloren.« Die stets ironische Stimme klang plötzlich ernst. »Ich dachte wirklich, alles wäre zu Ende. Dann fiel mir etwas Merkwürdiges auf. Der Zauber hüllt den Körper des Opfers in ein giftig-grünes Leuchten, doch Jorams Hände, in denen er das Schwert hielt, waren frei davon, und langsam verblaßte der Schimmer auch an seinen Armen und dem Rest seines Körpers. Dann griff unser guter alter Freund, der Katalyt, ein und entzog dem Hexenmeister die Lebenskraft. Ein guter Einfall von ihm, kam auch gerade zur rechten Zeit. Das Schwert schien Blachloqs Zauber entgegenzuwirken, aber nicht schnell genug, um Joram davor zu bewahren, in einen zitternden, grünen Gallertklumpen verwandelt zu werden.«

»Dann neutralisiert es also Magie«, bemerkte Mosiah. Er strich mit den Fingerspitzen über die

Matratze, verlangend, aber unentschlossen. Als er gedankenverloren einen flüchtigen Blick aus dem Fenster warf, fröstelte er unwillkürlich. Es war früher Nachmittag, aber immer noch kalt. Die fahle Sonne war gänzlich hinter trüben, grauen Wolken verschwunden, die wie eine schwere, erstickende Decke auf dem Ort lasteten. Die Straßen waren leer. Keiner von Blachloqs Schergen war zu sehen und auch kein Dorfbewohner. Sogar der Lärm aus der Schmiede war verstummt.

Mosiah gab sich einen Ruck. Er kniete nieder, schob die Hand unter die Matratze und zog behutsam das Stoffbündel darunter hervor, dann kauerte er sich auf die Fersen, wickelte es aus und starrte auf das Schwert hinunter. Sein Gesicht verzerrte sich vor Widerwillen.

»Was habe ich gesagt?« Simkin rollte sich herum und stützte sich auf einen Ellenbogen, um besser sehen zu können. »Greuliches Ding, nicht wahr? Ich persönlich würde mich nicht einmal als Toter damit sehen lassen, obwohl Joram das nichts ausmachen dürfte.« Erwartungsvoll hielt er inne, aber Mosiah lachte nicht. »He, nun komm schon! Nicht einmal als Toter.«

Mosiah beachtete ihn nicht. Fasziniert betrachtete er das Schwert, unfähig, den Blick abzuwenden. Es war tatsächlich eine primitive, häßliche Waffe. Früher einmal, vor langer Zeit, hatten die Nigromanten Schwerter von präziser Schönheit und kalter Eleganz geschaffen, mit funkelnden Klingen und Griffen aus Silber und Gold. Magische Schwerter, durch Rune und Spruch mit Zauberkraft begabt. Doch nach dem Ende der Eisenkriege galten Schwerter in Thimhallan als Waffen des Bösen, Schöpfungen der Schwarzen Magie. Die Kunst ihrer Herstellung geriet in Vergessenheit. Joram kannte Schwerter nur von den Abbildungen in den Büchern, die er im Dorf der Nigromanten entdeckt hatte. Und obwohl der junge Mann einiges vom Schmiedehandwerk verstand, hatte er weder die Kenntnisse noch die Zeit oder Geduld, eine Waffe zu erschaffen, wie die Männer sie ehemals voller Stolz an der Seite trugen.

Das Dunkle Schwert, das Mosiah jetzt in Händen hielt, war aus Arkanum geschmiedet, einem schwarzen, glanzlosen Metall. Im Feuer geboren, mit Leben erfüllt von dem widerstrebenden Katalyten, war die Waffe nichts weiter als ein Metallstab, mit ungeschickten Hammerschlägen in Form gebracht und mühsam mit einer Schneide versehen. Joram wußte nichts davon, daß man Griff und Klinge getrennt anfertigte, um sie anschließend zusammenzufügen. Sein Schwert war aus einem Stück geschmiedet, und – wie Simkin gesagt hatte – es ähnelte einem menschlichen Wesen. Das Kreuzstück zwischen Griff und Klinge erinnerte an seitlich ausgestreckte Arme. In dem Bemühen, die Waffe auszubalancieren, hatte Joram oben einen runden Knauf angefügt und damit ungewollt die bizarre Skulptur eines zu Stein erstarrten Mannes geschaffen. Mosiah war im Begriff, das unansehnliche und furchteinflößende Ding wieder unter der Matratze zu verstauen, als die Tür aufgerissen wurde.

»Leg das hin!« sagte eine rauhe Stimme.

Vor Schreck hätte Mosiah die Waffe beinahe fallengelassen.

»Joram«, meinte er schuldbewußt und drehte sich um. »Ich wollte nur ...«

»Ich habe gesagt, leg es hin«, wiederholte Joram schroff. Er stieß die Tür ins Schloß, durchquerte mit schnellen Schritten das Zimmer und riß Mosiah das Schwert aus den Händen. »Und laß in Zukunft die Finger davon!«

»Keine Sorge.« Mosiah stand auf und wischte sich an der Hose die Hände ab, als hätte er etwas Ekelerregendes berührt. »Ich werde es nie wieder anfassen. Nie wieder!« fügte er bekräftigend hinzu, wandte sich ab, ging zum Fenster und starrte mürrisch hinaus.

Die draußen herrschende Stille strömte in die Zelle und hüllte die drei Menschen ein wie unsichtbarer Nebel. Joram schob die Waffe in die Schwertscheide, die er nach den Bildern in den alten Schriften angefertigt hatte. Er schaute zu Mosiah, wollte etwas sagen, tat es aber nicht. Statt dessen holte er den Lederbeutel unter seinem Bett hervor und füllte ihn mit den wenigen Kleidungsstücken, die er besaß. Anschließend suchte er zusammen, was in der Zelle an Eßbarem vorhanden war und packte es ein. Mosiah hörte ihn rumoren, stellte sich aber taub. Sogar Simkin verhielt sich ruhig. Er begutachtete seine Schuhe und war eben im Begriff, den linken rot und den rechten purpurn zu färben, als nach zaghaftem Klopfen die Tür aufging.

Saryon trat ein. Niemand sagte etwas. Der Katalyt schaute von dem roten, zornigen Gesicht Jorams zu dem blassen Gesicht von Mosiah, seufzte und schloß die Tür hinter sich.

»Sie haben den Leichnam gefunden«, berichtete er mit gesenkter Stimme.

»Großartig!« Simkin schwang die zweifarbigen Füße über die Bettkante. »Ich muß sofort hin und …«

»Nein«, unterbrach ihn Joram befehlend. »Du bleibst hier. Es gibt einiges zu bereden. Wir gehen weg von hier! Noch heute!«

»Das kann nicht dein Ernst sein!« beschwerte Simkin sich jammernd. »Und die Beerdigung verpassen? Nachdem ich mir solche Mühe gegeben habe?«

»Ich fürchte, es muß sein«, sagte Joram trocken. »Hier, Katalyt.« Er reichte Saryon eine schlichte Kette mit dem Stück Arkanum als Anhänger. »Euer Talisman.«

Saryon nahm die Kette entgegen. Während er sie schweigend betrachtete, war sein Gesicht ernst und bleich.

»Pater?« fragte Mosiah besorgt. »Was quält Euch?«

»Zu vieles«, erwiderte der Katalyt leise und hängte die Kette um, wobei er achtgab, den Anhänger unter seiner Kutte zu verbergen. »Blachloqs Männer haben die Stadt abgeriegelt. Niemand kann mehr herein oder hinaus.«

Joram stieß einen zornigen Fluch aus.

»Das ist doch zum junge Hunde kriegen!« platzte Simkin heraus. »Verflixt und zugenäht! Dabei wird es garantiert eine phantastische Beerdigung. Der Höhepunkt der Saison in dieser gottverlassenen Gegend. Und das beste daran«, fuhr er verdrossen fort, »die Dorfbewohner ergreifen bestimmt die Gelegenheit, ein paar von Blachloqs Wichten gehörig durchzuwalken, und Wichte walken ist das Größte überhaupt!«

»Wir können hier nicht länger bleiben.« Joram verknotete den Umhang am Hals und zog ihn so über die Schultern, daß er das Schwert verdeckte.

»Aber warum denn nicht?« verlangte Mosiah zu wissen »Nach allem, was ich von Simkin gehört habe, wird jeder glauben, daß Blachloq von Zentauren getötet wurde. Sogar seine eigenen Leute werden sich davor hüten, lästige Fragen zu stellen. Simkin hat recht. Auch mir ist aufgefallen, was für Blicke die Dörfler diesem Gesindel nachwerfen. Deshalb haben Blachloqs Männer das Dorf abgeriegelt. Aus Angst. Und zu Recht! Wir werden sie bekämpfen, und wenn sie erst vertrieben sind, dann haben wir nichts und niemanden mehr zu fürchten ...«

»Doch«, fiel Saryon ihm ins Wort. Seine Hand

umfaßte das Amulett. »Bischof Vanya hat mit mir gesprochen.«

»Ich wette, *er* nimmt an der Beerdigung teil«, bemerkte Simkin.

»Sei still«, fuhr Mosiah ihn an. »Was soll das heißen, er hat mich Euch ›gesprochen‹, Pater Saryon? Wie ist das möglich?«

Während er immer wieder ängstlich aus dem Fenster schaute, erzählte Saryon den drei jungen Männern in kurzen Worten von seinem Gespräch mit dem Bischof und verschwieg nur, was er über Jorams wahre Herkunft wußte.

»Noch vor Einbruch der Dunkelheit müssen wir fort sein«, schloß er. »Wenn der Bischof weder mich noch Blachloq erreichen kann, weiß er, daß etwas Schlimmes passiert ist und wird die *Duuk-tsarith* benachrichtigen.«

»Seht ihr? Jeder, der was gilt, wird bei der Beerdigung sein«, kommentierte Simkin murrend.

»Die Erzwinger!« Mosiah erbleichte. »Wir müssen Andon warnen ...«

»Ich komme gerade von Andon«, unterbrach ihn Saryon mit einem Seufzen. »Ich habe versucht, ihm die Gefahr bewußt zu machen, aber ich befürchte, es ist mir nicht gelungen. Die *Duuk-tsarith* bereiten ihm nur halb soviel Sorge wie der Gedanke, seine Mitbürger könnten sich auf einen Kampf mit den Söldnern einlassen.« Als er Mosiahs kummervollen Gesichtsausdruck bemerkte, fügte er hinzu: »Ich glaube nicht, daß die Erzwinger den Nigromanten etwas antun werden. Wir können davon ausgehen, daß der Orden in dauernder Verbindung mit Blachloq stand. Sie hätten das Dorf jederzeit zerstören können, wäre das ihre Absicht gewesen. Für sie zählen nur Joram und das Arkanum. Wenn sie feststellen, daß er fort ist, werden sie seiner Spur folgen. Sie werden uns folgen ...«

»Aber die Leute hier sind meine Freunde, fast wie eine Familie«, wandte Mosiah ein. »Ich kann sie nicht im Stich lassen.« Bedrückt schaute er durch das Fenster auf die menschenleere Straße.

»Es sind auch meine Freunde«, mischte Joram sich unvermutet ein. »Begreif doch, wir lassen sie nicht im Stich. Fortgehen ist das Beste, was wir für sie tun können.«

»Glaub mir, wenn wir bleiben, nützt ihnen das nichts, wir bringen sie höchstens in Gefahr.« Saryon legte Mosiah die Hand auf die Schulter. »Ich weiß aus einem früheren Gespräch mit Bischof Vanya, daß er eine offene Konfrontation mit den Nigromanten nach Möglichkeit vermeiden will, um das Volk nicht durch Nachrichten von einem Krieg zu beunruhigen. Aus diesem Grund war Blachloq hier – um die Nigromanten zusammen mit Sharakan ins Verderben zu locken. Vanya hofft immer noch, diesen Plan verwirklichen zu können. Er hat auch kaum eine andere Wahl.«

»Aber Andon wird ihnen doch nicht sagen, daß er weiß ...«

»Das soll nicht unsere Sorge sein!« unterbrach ihn Joram schroff. »Mich interessiert es jedenfalls nicht.« Er verschnürte den Packen und warf ihn sich auf den Rücken. »Du und Simkin, ihr könnt ja hierbleiben, wenn ihr wollt.«

»Und dich und diesen kahlköpfigen Wunderling allein in der Wildnis herumirren lassen?« meinte Simkin indigniert. »Ich könnte ja nachts nicht mehr schlafen bei dem Gedanken.« Mit einem Wink veränderte er seine Kleidung. Das Rot seiner Kleider wandelte sich zu einem verwaschenen Braungrün. Ein langer grauer Umhang legte sich über seine Schultern, an seinen Beinen erschienen hüfthohe Lederstiefel. Ein kecker Hut mit einer wippenden Pfauenfeder saß auf seinem Kopf. »Zurück zu *Dreck und Dung*«, meinte er gottergeben.

»Du kommst auf keinen Fall mit uns!« rief Mosiah.

»Uns?« wiederholte Joram. »Ich wußte gar nicht, daß *wir* irgendwohin gehen.«

»Du weißt, daß ich dich nicht allein lasse.«

»Das freut mich«, sagte Joram ruhig.

Bei der unerwarteten Wärme in der Stimme seines Freundes errötete Mosiah, aber die Freude währte nicht lange.

»Selbstverständlich begleite ich euch«, verkündete Simkin hochmütig. »Wer sonst könnte euch führen? Ich treibe mich seit Jahren im Außenland herum. Wie ist das mit euch? Kennt ihr den Weg?«

»Vielleicht nicht«, sagte Mosiah und musterte Simkin feindselig, »aber bevor ich mich *deiner* Führung anvertraue, laufe ich schon lieber ein paarmal im Kreis. *Ich* habe keine Lust, als Ehemann der Feenkönigin zu enden«, fügte er mit einem vielsagenden Blick auf den Katalyten hinzu.

Diese Anspielung auf ein beinahe verhängnisvolles Abenteuer, das er mit Simkin als Führer erlebt hatte, schien Saryon dermaßen zu erschrecken, daß Joram sich einmischte. »Simkin kommt mit«, sagte er fest. »Vielleicht würden wir auch ohne ihn den Weg durch's Außenland finden, aber wir haben ein bestimmtes Ziel, und da kann nur er uns den Zugang verschaffen.«

Der Katalyt sah Joram besorgt an, denn er glaubte zu wissen, welches Ziel der junge Mann im Sinn hatte, doch bevor er etwas sagen konnte, fuhr Joram fort: »Außerdem, Simkins Magie wird uns helfen, an Blachloqs Männern vorbei zu kommen.«

»Das ist nun wirklich keine Schwierigkeit.« Simkin verdrehte gelangweilt die Augen. »Schließlich gibt es die Transversalen.«

»Nein!« Saryons Stimme klang schrill vor Angst. »Willst du den *Duuk-tsarith* in die Arme laufen?«

»Na ja, ich könnte uns alle in Hasen verwandeln«, schlug Simkin nach angestrengtem Grübeln vor. »Wir ergreifen das gleichnamige Panier und ...«

»Pater?« ertönte eine brüchige Stimme von draußen. »Pater Saryon? Seid Ihr da?«

»Andon!« Der Katalyt öffnete rasch die Tür. »In des Almins Namen, was ist geschehen?«

Der alte Nigromant schien dem Zusammenbruch nahe zu sein. Seine Hände zitterten, die sonst gütigen Augen blickten verstört, seine Kleidung war in Unordnung. »Joram, einen Stuhl«, befahl Saryon, doch Andon schüttelte den Kopf.

»Keine Zeit.« Er rang nach Atem, offenbar war er gelaufen. »Ihr müßt kommen, Pater.« Der alte Mann klammerte sich an Saryon. »Ihr müßt es ihnen ausreden! Nach all diesen Jahren! Sie dürfen nicht kämpfen!«

»Andon, nun beruhigt Euch doch. So ist es gut. Tief atmen. Und jetzt erzählt mir, worum es geht.« Der Katalyt ergriff beschwichtigend die Hände des Alten.

»Der Schmied!« sagte Andon. »Er plant, Blachloqs Leute anzugreifen.« Der alte Mann rang die Hände. »Er und seine Truppe junger Heißsporne sind vielleicht schon auf dem Weg zum Haus des Hexenmeisters! Es erfüllt mich mit Dankbarkeit zu sehen, daß ihr« – er schaute treuherzig von Joram zu Mosiah – »nicht unter ihnen seid.«

»Ich glaube nicht, daß ich da helfen kann, mein Freund«, wollte Saryon antworten, aber Joram umfaßte seinen Arm.

»Wir kommen mit Euch, Andon«, sagte er und nickte Saryon bedeutungsvoll zu. »Euch wird schon etwas einfallen, da bin ich sicher«, fuhr er aufmunternd fort. »Eine wunderbare Gelegenheit für eine Eurer erbaulichen Predigten.« Er trat dich an Saryon heran und flüsterte ihm ins Ohr: »Das ist unsere Chance!«

Saryon schüttelte den Kopf. »Ich begreife nicht ...«

»In dem Durcheinander können wir uns davonmachen!« zischte Joram beschwörend. Er schaute zu Simkin und Mosiah, die seinen Plan sofort begriffen zu haben schienen. In diesem Moment hörte man Rufe und Schreie aus der Richtung der Schmiede. Irgendwo weinte ein Kind. Fensterläden wurden zugeschlagen, Türen verriegelt.

»Es hat angefangen!« rief Andon außer sich. Er lief aus der Tür die Straße hinauf. Joram und Mosiah eilten ihm nach. Dem Katalyten blieb nichts anderes übrig, als seine Kutte zu schürzen und ihnen zu folgen.

»Voilà«, bemerkte Simkin vergnügt, während er sich ohne sonderliche Eile in Bewegung setzte, »vielleicht komme ich nun doch noch dazu, an einer Beerdigung teilzunehmen.«

Hinterhalt!

»Da ist der Katalyt! Ich habe euch doch gesagt, daß der alte Mann ihn holen würde!«

Saryon hörte die Worte und nahm aus dem Augenwinkel eine Bewegung wahr. Mosiah schrie auf, dann keifte Simkin: »Laß mich los, du großes, haariges Untier!« Dann gab es Tumult, vergebliches Sträuben, Knurren und Grunzen.

»Tut, was man euch sagt, und niemand kommt zu Schaden!«

Grobe Finger umklammerten Saryons Handgelenk und drehten ihm den Arm auf den Rücken. Schmerz zuckte wie eine Flamme vom Ellenbogen bis in seine Schulter. Der Katalyt rang nach Atem, doch stellte er verwundert fest, daß sein Zorn größer war als seine Furcht. Vielleicht lag es daran, daß er die Angst seiner Peiniger spürte. Sie verriet sich in den rauhen, schweren Atemzügen und den heiseren Stimmen. Er konnte sie wittern: ein schaler Geruch von Schweiß und billigem Wein, dem Blachloqs Männer ausgiebig zugesprochen hatten.

Der Angriff war schnell und unerwartet erfolgt. Die Schergen des Hexenmeisters mochten in vieler Hinsicht nicht besonders schlau sein, aber sie verstanden ihr Handwerk. Man hatte sie ins Dorf hinuntergeschickt mit dem Auftrag, den Katalyten herbeizuschaffen, und als sie Andon das Gefängnis betreten sahen, ahnten sie, daß der alte Mann ihnen unabsichtlich die Arbeit erleichtern würde. Im Schatten einer Gasse warteten Blachloqs ehemalige Handlanger, bis der Katalyt und seine Freunde vorbeigingen, und dann war der Kampf vorüber, bevor er richtig begonnen hatte.

Joram, der vergeblich gegen die Umklammerung eines stämmigen Gegners ankämpfte, konnte sein Schwert nicht erreichen. Mosiah lag auf der Straße, niedergehalten von einem gestiefelten Fuß im Nakken; er blutete aus einer Platzwunde am Kopf. Den greisen Andon hatten die Söldner zur Seite geschleudert. Einer der Männer hatte sich auf Saryon gestürzt und ihm den Arm auf den Rücken gedreht. Was Simkin betraf – er war verschwunden. Der Angreifer, der sich der farbenprächtig kostümierten Gestalt bemächtigen wollte, starrte ungläubig auf seine leeren Hände.

Der Anführer der Söldner ließ den Blick über das Schlachtfeld wandern, um sich zu vergewissern, daß kein Widerstand mehr zu erwarten war, dann stellte er sich vor Saryon ihn. »Katalyt, gewährt mir Leben!« forderte er, sichtlich bemüht, den herrischen Ton und die einschüchternde Haltung seines mittlerweile toten Befehlshabers nachzuahmen.

Doch er und seine Leute waren gewöhnliche Verbrecher, keine von eherner Disziplin geprägten *Duuk-tsarith*. Saryon bemerkte, wie die Augen des Mannes abirrten, sein Blick wanderte voller Unbehagen die leere Straße entlang, in Richtung der Schmiede. Lärm und Geschrei verrieten, daß dort etwas im Gange war. Die Nigromanten zogen in die Schlacht. Saryon schüttelte den Kopf, und der Söldner verlor die Beherrschung.

»Hast du nicht gehört?« brüllte er mit überschnappender Stimme. Dann winkte er dem Mann, der Saryon festhielt. »Brich ihm den Arm!«

»Beim Blut des Almin, Katalyt, seid doch kein Narr!« rief Joram beschwörend. »Tut, was er sagt. Gewährt *ihm* Leben.«

Der Söldner hinter Saryon ruckte an seinem verdrehten Arm. Während der Katalyt sich auf die Lippen biß, um nicht aufzuschreien, warf er einen erstaunten Blick auf Joram und sah dessen dunkle Augen rasch und bedeutungsvoll zu Mosiah huschen.

»Ja, Pater Saryon«, stöhnte Mosiah. Der Stiefel des Söldners drückte seine Wange in den Dreck der Straße, so daß er Joram nicht sehen konnte, aber er hatte den bedeutungsvollen Unterton der Stimme bemerkt. »Bringt Euch nicht in Gefahr. *Gewährt Leben*!«

»Nun gut«, sagte der Katalyt und neigte scheinbar ergeben den Kopf. Der Ausdruck der Erleichterung auf dem Gesicht des Söldnerführers war beinahe mitleiderregend.

Die Schmerzen machten es Saryon schwer, sich zu konzentrieren, doch er begann, das Gebet zu sprechen, das die Magie der Welt anzog und in seinem Körper sammelte. Schon als kleines Kind hatte er dieses Gebet gelernt, deshalb mußte er sich glücklicherweise nicht lange besinnen. Es war nicht genug Zeit, um die Menge Leben zu errechnen, die er Mosiah zuleiten konnte, ohne sich selbst zu schwächen, selbst wenn sein aufgewühlter Verstand noch in der Lage gewesen wäre, die nötigen mathematischen Kalkulationen anzustellen, und er beschloß, das Exeunt ganz zu öffnen. Auch wenn er sich dabei verausgabte – sie hatten nur diese eine Chance. Wenn der Versuch mißlingt, dachte der Katalyt mit einer Abgeklärtheit, die ihn selbst erstaunte, dann macht es ohnehin keinen Unterschied mehr. Blachloqs Schergen werden uns töten, aus Wut und Angst.

Als Reaktion auf sein Gebet spürte der Katalyt den Zustrom magischer Energie. Es hatte eine Zeit gegeben, da erfüllte dieses weihevolle Gefühl des Einsseins mit der Welt Saryon mit einem fast euphorischen Glücksgefühl. Blachloq hatte dem ein Ende gemacht. Seit er gezwungen gewesen war, dem Hexenmeister Leben zu gewähren – Leben, das jener in Tod verkehrte –, haßte Saryon das Singen in seinem Blut. Jetzt war er zu angespannt, zu begierig, es diesen Mördern heimzuzahlen, um sich über seine Empfindungen im klaren zu sein, doch er genoß wieder das Erlebnis, die Magie in sich zu spüren, auch wenn er sie gleich weitergeben mußte. Angefüllt mit Leben, öffnete Saryon ein Exeunt zu Mosiah.

Die Zauberkraft sprang als gleißender Blitz von dem Katalyten zu dem Empfänger über, was nur geschieht, wenn der Katalyt sich für seinen Zauberer rückhaltlos verausgabt. Die Luft knisterte, der Söldner, der Saryon gepackt hielt, zuckte zusammen und lockerte seinen Griff ein wenig, doch im selben Moment begriff der Anführer, daß er übertölpelt worden war. Die Klinge eines Messers funkelte in der Spätnachmittagssonne.

Saryon, der unwillkürlich abwehrend den freien Arm hob, vernahm ein drohendes Knurren. Der Mann hinter ihm stieß einen Warnruf aus, und der Anführer wirbelte herum, den stoßbereiten Dolch in der Hand. Er sah sich Mosiah gegenüber, aber der vorhin noch so harmlos erscheinende junge Mann hatte sich verändert. Zottiges Fell umhüllte seinen Körper, in einem geifernden Rachen knirschten nadelspitze Reißzähne, seine Hände waren Pranken, seine Fingernägel gebogene Krallen. Der anspringende Werwolf prallte gegen den Söldner und rammte ihn zu Boden. Entsetzliche Schmerzensschreie zerrissen die Luft und endeten abrupt mit einem schaurigen Gurgeln.

Der Werwolf ließ von seinem Opfer ab und fixierte Saryon. Vor dem starren Blick der glutroten Augen wich der Katalyt zurück, während er fühlte, wie ein urzeitlicher Schrecken von seiner Seele Besitz ergriff. Blut und Geifer troffen von den Lefzen der Kreatur, ein röchelndes Knurren stieg aus der gewaltigen Brust. Dann glitten die Augen von Saryon ab und hefteten sich auf den Söldner, der hinter den Rücken des Katalyten geduckt, diesen in seiner Angst als Schild benutzte. Hände stießen Saryon nach vorn, in den Rachen des Ungeheuers, aber der Werwolf wich behende aus, und der Katalyt fiel schwer auf Hände und Knie. Der Werwolf setzte an ihm vorbei, und gleich darauf hörte er den schrillen Entsetzensschrei des Söldners, gefolgt von einem triumphierenden Grollen.

Benommen und schmerzgepeinigt, aller Energie beraubt, verfolgte Saryon das Handgemenge um sich herum wie ein unbeteiligter Zuschauer. Er sah, wie Joram dem Mann, der ihn festhielt, das Messer aus der Hand trat und sich dann auf ihn stürzte. Seine wütend, allerdings unbeholfen geschwungenen Fäuste richteten nicht viel aus, und der Söldner hatte Gelegenheit, einen wohlgezielten Kinnhaken anzubringen. Joram taumelte zurück und tastete nach seinem Schwert, aber der kampferfahrene Söldner nutzte seinen Vorteil und drang wieder auf ihn ein, als plötzlich aus dem Nichts ein Strohbesen auftauchte und wild auf ihn loszudreschen begann.

»Nimm das, du Wicht!« keifte der Besen gehässig, attackierte den Verdutzten aus jeder nur vorstellbaren Richtung, schlug ihn auf den Kopf, stäubte ihm den Rücken, glitt ihm zwischen die Beine und brachte ihn zu Fall. Platt auf dem Bauch liegend, schützte der Mann den Kopf mit den Händen, aber der Besen prügelte weiter auf ihn ein und wiederholte: »Wicht!«

Der erschöpfte Katalyt hatte den vagen Eindruck, daß ihre Angreifer die Flucht ergriffen. Er versuchte aufzustehen, doch es rauschte in seinen Ohren. Er fühlte sich schwach und krank. Hände, die stark waren und doch überraschend behutsam, halfen ihm auf. Obwohl die Worte gleichgültig klangen wie immer, nahm er einen Unterton von Sorge wahr, der ihn erstaunte.

»Seid Ihr verletzt?«

Mit schwimmenden Augen schaute der Katalyt in Jorams Gesicht. Die Züge des Jungen wirkten wie aus Stein gemeißelt.

»Seid Ihr verletzt, Katalyt?« wiederholte der junge Mann kühl. »Könnt Ihr gehen, oder müssen wir Euch tragen?«

Saryon seufzte. »Nein, ich kann gehen«, antwortete er und machte sich mit ruhiger Würde von dem stützenden Arm los.

»Gut. Dann kümmert Euch um den alten Mann.« Joram deutete auf Andon, der aufgestanden war und sich bekümmert umschaute. Drei der Söldner lagen auf der Straße, die übrigen hatten die Flucht ergriffen. Zwei waren tot, verstümmelt; die starken Kiefer des Werwolfs hatten ihnen das Genick gebrochen. Saryon war überrascht, daß er kein Mitleid empfand, nur eine Art ingrimmiger Befriedigung, die ihn erschreckte. Ein dritter Mann lag in einer Entfernung wimmernd am Boden, Gesicht und Arme von roten Striemen übersät. Strohhalme lugten aus seiner Kleidung wie geknickte Federkiele. Simkin stand neben ihm.

»Wicht!« murmelte er und gab ihm einen Tritt.

Der Söldner stöhnte und verschränkte die Arme über den Kopf. Schnüffelnd griff Simkin das orangefarbene Seidentuch aus der Luft und betupfte sich die Stirn. »Ein recht echauffierendes kleines Scharmützel«, bemerkte er. »Ich transpiriere.«

»Du schon wieder!« Mosiah saß in normaler Gestalt auf einer Türschwelle und hechelte in der Manier des Werwolfs, der er gewesen war. Die Platzwunde an seinem Kopf blutete heftig, sein Gesicht war eine Maske aus Staub, Schmutz und Schweiß, seine Kleider waren zerrissen. Er lehnte müde an der Tür und versuchte, wieder zu Atem zu kommen. »Ich habe nie – habe nie die Magie so stark gespürt!« bekannte er schwach, schloß die Augen und griff sich mit der Hand an die Stirn. »Mir ist so – so schwindlig ...«

»Das geht bald vorüber«, meinte Saryon beruhigend. »Ich hatte keine Ahnung, daß du ein so bedeutender Magus bist«, fügte er hinzu, bevor er sich abwandte, um den verstörten Andon zu trösten.

»Ich auch nicht«, erwiderte Mosiah beinahe ehrfürchtig. »Simkin sagte etwas von einem großen, haarigen Untier, und dann erfüllte mich die Magie! Als würde das Leben der ganzen Welt in mich einströmen, mich durchfluten. Ich fühlte mich hundertfach ...«

»Oh, wen interessiert das schon!« schnitt Joram ihm ungeduldig das Wort ab. »Behalt's für dich!«

Mosiah verstummte abrupt und stand beleidigt von der Türschwelle auf. Andon betrachtete Joram verblüfft; Simkin begann verlegen ein Liedchen zu summen. Nur Saryon begriff. Auch er spürte den scharfen Stachel der Eifersucht. Auch er kannte den Neid auf jene, die mit der Gabe des Lebens gesegnet waren.

Niemand sprach, alle starrten sich unbehaglich an, und keiner schien recht zu wissen, was er tun sollte. Alles war unwirklich, wie in einem Traum. Die Sonne, die in einem Meer aus Feuer versank, griff mit langen roten Fingern in die Straßen. Ihre Glut loderte auf den Fensterscheiben der häßlichen Steinhäuser, spiegelte sich in den gebrochenen Augen der Toten, glitzerte bei der Schmiede in dem Metall von Messern und Dolchen, Pfeil- und Lanzenspitzen. Das Geschrei von der Dorfmitte her wurde lauter und rückte näher.

»Joram hat recht«, meinte Saryon endlich und versuchte das unheimliche Gefühl abzuschütteln, an diesem Ort und gleichzeitig woanders zu sein. »Die Sonne geht unter – es wird höchste Zeit.«

»Höchste Zeit?« Andon kehrte in die Wirklichkeit zurück und starrte den Katalyten fassungslos an. »Aber Ihr könnt nicht fortgehen, Pater! So hört doch!« Angst malte sich auf das zerfurchte, gütige Gesicht. »Unser friedliches Dasein ist zu Ende! Sie …«

In diesem Moment ertönte der Gong, dröhnend, unheilverkündend.

»Der Mnemore!« rief Andon und rang kummervoll die Hände.

Neun Gongschläge hallten über das Dorf. Saryon spürte die Erschütterung und fragte sich, ob die Erde selbst vor Zorn erbebte.

»Es ist Krieg«, sagte Joram grimmig. »Welchen Weg, Simkin?«

»Dort entlang, die Straße hinunter«, antwortete der

Gefragte. Sein übliches geziertes Gehabe löste sich in Luft auf wie das orangefarbene Seidentüchlein, das er eben noch an die Nase gedrückt hatte. Ohne noch ein Wort zu verlieren, eilte er mit großen Schritten davon.

»Kommt schon! Ihm nach!« drängte Joram. »Sonst verlieren wir ihn aus den Augen.«

»Das Glück wird uns nicht beschieden sein«, brummte Mosiah. Er schüttelte dem alten Mann flüchtig die Hand. »Lebt wohl, Andon. Vielen Dank für alles.«

»Ja, vielen Dank«, sagte auch Joram, doch er schaute dabei zur Schmiede. Der Kampfeslärm schwoll an. Nach einem letzten Blick drehte Joram sich um und ging. In der hereinbrechenden Dämmerung war Simkin kaum noch auszumachen, aber man sah die Feder an seinem Hut flattern wie einen Wimpel. »Beeilt Euch, Saryon!« rief er über die Schulter.

»Ja, geht nur voraus. Ich komme gleich nach«, erwiderte der Katalyt. Er konnte sich nicht entschließen zu gehen und hatte Angst zu bleiben. Andon schien zu ahnen, was in ihm vorging.

»Ich weiß, weshalb Ihr geht«, sagte er mit einem schwachen Lächeln, »und ich vermute, ich sollte dankbar sein, daß Ihr das Arkanum aus unserem Dorf schafft. Wenigstens diese Versuchung bleibt uns erspart.« Er seufzte. »Aber es tut mir leid, Euch Lebwohl sagen zu müssen. Möge der Almin mit Euch sein, Pater Saryon«, schloß er leise.

Saryon wollte den Segensspruch erwidern, aber die Worte kamen ihm nicht über die Lippen. Es wurde erzählt, daß in der Welt der Ahnen diejenigen, die ihre Seele den Mächten der Finsternis verkauft hatten, nicht mehr fähig waren, den Namen Gottes auszusprechen.

»Katalyt!« hörte er Joram ungeduldig rufen.

Saryon wandte sich ab und verließ den alten Mann ohne Abschiedswort. Als er, bevor die Dunkelheit alles verschluckte, noch einmal zurückschaute, sah er Andon neben den Leichen der getöteten Söldner stehen, den Kopf gesenkt, mit hängenden Schultern. Der alte Nigromant hatte die Hand vor die Augen gelegt, und der Katalyt wußte, daß er weinte.

Das Außenland

Simkin führte seine Schützlinge aus dem Dorf der Nigromanten und dann nach Norden, durch eine dicht mit Buschwerk bestandene Schlucht, überschattet von üppig belaubten Bäumen. Unter diesem Dach vertiefte die Abenddämmerung sich schnell zur Nacht. Einen Weg durch das verfilzte Gestrüpp zu finden wurde schwierig und manchmal fast unmöglich. Obwohl Joram protestierte, bestanden die anderen darauf, daß sie nur bei Licht weitergehen wollten.

»Blachloqs Männer haben andere Sorgen, nach dem Lärm zu urteilen«, erklärte Mosiah finster. Er war im Dunkeln in einen Stechginsterbusch gestolpert und mußte blind nach den Dornen in seinen Beinen tasten. »In dieser gottverlassenen Gegend kann man sich alle Knochen brechen oder in irgendein Loch fallen und dort verfaulen! Mit einer Fackel kämen wir viel schneller voran!«

»Eine Fackel!« schnaubte Simkin. »Wie anspruchslos du bist, mein Junge!«

Große Motten mit leuchtenden Flügeln erschienen aus dem Nichts. Sie flatterten über ihren Köpfen und verströmten ein grünliches, überraschend weit reichendes Licht. Saryon hätte gerne darauf verzichtet, denn nach einem Blick auf die feindliche, abweisende Wildnis, durch die ihr Weg führte, fürchtete er sich doppelt so sehr wie zuvor in der Dunkelheit.

Sie folgten dem Einschnitt noch ein Stück weit, bis die Mauer der Dornbüsche sich auf ein Sumpfgebiet öffnete. Hohe Bäume ragten aus dichten Nebelschwaden, ihre Wurzeln sahen in dem gespenstischen Licht der Riesenmotten aus wie in den Boden geschlagene Krallen. Simkin hob die Hand.

»Haltet euch auf festem Boden«, mahnte er und winkte beiläufig nach links hinüber. »Paßt auf, daß ihr nicht in diesen Schlamassel hineingeratet. Einmal drin, kommt man schwer wieder raus.«

»Dann sollten wir abwarten, bis es hell wird«, sagte Joram matt, und plötzlich kam Saryon zu Bewußtsein, wie erschöpft der junge Mann sein mußte. Auch er selbst war müde, aber wenigstens hatte er tagsüber etwas ruhen können.

»Von mir aus.« Simkin zuckte die Achseln. »Ich *glaube* nicht, daß wir befürchten müssen, während der Nacht von irgend etwas angeknabbert zu werden«, fügte er bedeutungsvoll hinzu.

»Ich bin zu müde, um mir deswegen Sorgen zu machen«, murmelte Joram.

Sie kehrten in die Schlucht zurück und fanden einen verhältnismäßig trockenen Platz zum Übernachten. Nachdem Joram seinen Umhang auf dem Boden ausgebreitet hatte, streckte er sich mit einem Seufzer der Erleichterung darauf aus, legte die Hand auf das Schwert neben sich und schloß die Augen.

»Wohin sind wir überhaupt unterwegs?« erkundigte sich Mosiah flüsternd.

Joram wandte den Kopf und sah zu ihnen auf. »Merilon«, sagte er und war im nächsten Moment fest eingeschlafen.

Mosiah schaute zu Saryon, der den Kopf schüttelte.

»Das habe ich befürchtet. Man muß ihm das ausreden. Joram darf nicht nach Merilon gehen!« Der Katalyt strich mit den Händen immer wieder über den fadenscheinigen Stoff seiner Kutte und wiederholte: »Joram darf nicht nach Merilon gehen!«

Mosiah rückte unbehaglich hin und her, sagte aber nichts.

Saryon ließ die Schultern sinken. Von diesem – seinem einzigen – Verbündeten war keine Hilfe zu erwarten. Mosiahs Herz bewog ihn zu schweigen, wider besseres Wissen, weil auch er sich danach sehnte, Merilon zu sehen – Merilon, die wunderbare, die sagenumwobene, verzauberte Stadt der Träume. Als Saryon aufseufzte, verschloß sich sein Gesicht, als befürchtete er, von ihm mit Bitten und Argumenten bedrängt zu werden, aber der Katalyt schwieg und schaute sich furchtsam um; all seine Ängste und bösen Erinnerungen an einen früheren Aufenthalt in der Wildnis stürmten auf ihn ein.

»Gute Nacht, Pater«, sagte Mosiah unbeholfen und legte Saryon die Hand auf die Schulter. »Ich werde Euch beistehen, wenn Ihr morgen früh mit Joram redet, obwohl ich nicht glaube, daß es viel nützt.«

Er bettete sich auf den kalten Boden, rückte wärmesuchend dicht an Joram heran und lag nach wenigen Atemzügen in tiefem Schlaf – dem ruhigen Schlaf jugendlicher Unschuld. Der Katalyt betrachtete ihn neidvoll und betrübt. Dann ließ Simkin die Motten verschwinden, und die Nacht kam wieder zu ihrem Recht. Die Dunkelheit schien zwischen den Bäumen hervorzukriechen und löschte alle Konturen aus. Saryon fröstelte in der kalten Luft.

»Ich halte Wache«, machte Simkin sich erbötig. »Ich habe den ganzen Tag geschlafen, und der kleine Tanz vorhin hat meinen Blutdruck in die Höhe getrieben. Legt Euer kahles Haupt zur Ruhe, Pater.«

Saryon war müde, so müde, daß er hoffte, der Schlaf möchte ihn überwältigen und das sich unerbittlich drehende Mühlrad seiner Gedanken zum Stillstand bringen. Aber die Schrecken der Wildnis und der Klang von Jorams Stimme, die ›Merilon‹ sagte, strömte durch das Gehirn des Katalyten und hielten die Räder in Bewegung.

Ein bitterkalter Wind raschelte in den wenigen toten Blättern, die sich hartnäckig an die Zweige klammerten. Saryon zog die Kutte fester um den Leib und versuchte, das Gefühl wachsender Verzweiflung und Mutlosigkeit abzuschütteln, indem er sich sagte, der Grund dafür wäre seine Müdigkeit und das Entsetzen über den Tod des Hexenmeisters. Leider fruchtete das gute Zureden nichts, und Jorams Ankündigung, nach Merilon zu gehen, machte alles noch schlimmer.

Saryon fror; Kälte und Angst setzten ihm zu. Bei dem kleinsten Geräusch durchzuckten ihn eisige Schauer. Waren das Augen, die ihn aus der Dunkelheit anstarrten? Er fuhr hoch und hielt verstört nach Simkin Ausschau. Der junge Mann saß friedlich auf einem Baumstumpf. Saryon glaubte, seine Augen im Finstern leuchten zu sehen und hatte das Gefühl, daß sie mit einem Ausdruck der Belustigung auf ihm ruhten. Der Katalyt verkroch sich wieder in seine Kutte, schloß die Augen und konzentrierte all seine Gedanken auf das, was er am Morgen zu Joram sagen wollte.

Allmählich drehte das Rad sich langsamer und stand endlich still. Der Katalyt sank in einen von schweren Träumen durchzogenen, unruhigen Schlaf. Seine Hand umfaßte trostsuchend das Arkanum an seinem Hals, und schlaftrunken kam ihm zu Bewußtsein, daß die Macht des Steins offenbar wirkte.

Bischof Vanya hatte sich nicht gemeldet.

Am nächsten Morgen erwachte Saryon streif und mit schmerzenden Gliedern. Obwohl er keinen Hunger verspürte, zwang er sich, etwas zu essen. »Joram«, begann er zögernd, ein Stück altbackenes Brot in der Hand, »wir müssen miteinander reden.«

»Wappne dich, mein Freund«, warf Simkin fröhlich ein. »Pater Spielverderber hat vor, dir deinen Besuch in Merilon auszureden.«

Jorams Gesicht verhärtete sich, seine Augen wurden schmal, und Saryon warf einen verärgerten Blick auf den boshaften Schalk, der nur unschuldig lächelte und sich bequem zurechtsetzte, um die Folgen seiner heimtückischen Bemerkung zu genießen.

»Bischof Vanya rechnet damit, daß du in Merilon auftauchst, Joram!« gab Saryon zu bedenken. »Er weiß von Anja und ihrem Versprechen von Ruhm und Reichtum. Du läufst ihm geradewegs in die Arme – ihm und den *Duuk-tsarith*.«

Joram hörte schweigend zu, dann zuckte er die Schultern. »Die *Duuk-tsarith* sind überall«, meint er kühl. »Also bin ich immer in Gefahr, wohin ich mich auch wende. Ist das richtig?«

Saryon konnte es nicht leugnen.

»Dann gehe ich nach Merilon«, sagte Joram ruhig.

»Nach den Worten meiner Mutter habe ich in dieser Stadt ein Geburtsrecht einzufordern, und das werde ich tun!«

Wenn du nur wüßtest, was für ein Geburtsrecht das ist! dachte Saryon bitter. Du bist nicht der illegitime Sohn eines bedauernswerten, verführten Mädchens und ihres unglücklichen Liebhabers. Du brauchtest nicht zurückzukehren wie ein Bettler, um dein Erbe von einer Familie zu beanspruchen, die vor siebzehn Jahren ihre Tochter verstießen und aus dem Haus jagten.

Nein. Du könntest zurückkehren als Prinz, unter Tränen willkommen geheißen von deiner kaiserlichen Mutter, in die Arme geschlossen von deinem kaiserlichen Vater ...

... ergriffen von den *Duuk-tsarith,* zum Tode verurteilt und zur Grenze Thimhallans geschleppt, dem von magischem Nebel verhüllten Rand der Welt und dort ins Nichts gestoßen.

»Die Seele dieses Unglücklichen ist tot.« Saryon glaubte Bischof Vanyas Stimme durch den kalten, feuchten Dunstschleier tönen zu hören. »Möge nun der Leib sich der Seele zugesellen, damit dieses elende Geschöpf doch noch gerettet werde.«

Ich muß Joram die Wahrheit sagen! Das wird ihn umstimmen.

»Joram.« Saryons Herz schlug so heftig, daß er kaum einen Ton herausbrachte. »Joram, es gibt etwas, das ich dir ...«

Dann meldete sich die Stimme der Vernunft zu Wort. Nur weiter, raunte sie, sag Joram, daß er des Kaisers Sohn ist. Sag ihm, daß er hingehen kann und den Titel des Prinzen von Merilon beanspruchen. Wird *das* ihn umstimmen? Würde es dich umstimmen, an seiner Stelle?

»Was denn?« fragte Joram ungeduldig. »Wenn Ihr

etwas zu sagen habt, dann sagt es und hört auf zu murmeln. Aber seid versichert, Ihr vergeudet Euren Atem. Ich bin fest entschlossen. Ich gehe nach Merilon, und nichts, was Ihr sagt, wird daran etwas ändern!«

Ja, er hat recht, erkannte Saryon. Es blieb ihm nichts anderes übrig, als seine Worte hinunterzuschlucken wie bittere Medizin.

Sie setzten ihren Weg nach Merilon fort.

Nach Saryons fester Überzeugung waren die nächsten fünf Tage die furchtbarsten seines Lebens. Es dauerte drei Tage, den Sumpf zu durchqueren. Der Gestank dort drehte allen den Magen um und hinterließ einen öligen Geschmack im Mund, der ihnen den Appetit verdarb. Obwohl es nicht an frischem Wasser mangelte, verlieh der faulige Geruch dem Wasser einen bitteren, unreinen Geschmack, und sie hatten immer Durst, auch wenn sie noch soviel tranken. Und dem feuchten Holz vermochte nicht einmal Magie ein wärmendes Feuer zu entlocken. Nie sahen sie die Sonne oder hörten sie auf zu frieren. Nebelschwaden wanden sich wie Tentakel zwischen den Bäumen und regten höchst unerwünscht die Einbildungskraft an. Ohne daß sie je etwas zu Gesicht bekamen, hatten sie ständig das Gefühl, beobachtet zu werden.

»Was soll eigentlich das dauernde Geschnüffel?« fragte Mosiah übellaunig, während er hinter Simkin durch das bleiche Gras trottete. »Und erzähl mir bloß nicht, du läufst hier einfach deiner Nase nach!«

»In gewissem Sinne schon.«

»Nun mach einen Punkt! Wie kannst du riechen, welchen Pfad wir einschlagen müssen? Wie kannst du überhaupt etwas riechen, außer diesem elenden

Verwesungsgestank?« Mosiah blieb stehen und wartete, bis der müde Katalyt herangekommen war.

»Es ist nicht der Pfad, den ich riechen kann, sondern *was* diesen Pfad gebahnt hat«, erklärte Simkin. »Ich glaube zwar nicht, daß Es sich im Sumpf verirrt, denn Es lebt schon lange in dieser Gegend, aber ich sage immer, man kann nicht vorsichtig genug sein.«

»Es? Was für ein Es? Warum folgen wir einem Es?« verlangte Mosiah zu wissen, aber Simkin hielt ihm den Mund zu.

»Keine Aufregung. Meistens schläft Es am Tag tief und fest. Nachts geht Es auf Pirsch – oho! Da ist nichts und niemand sicher vor diesen Reißzähnen und den großen, scharfen Krallen. Aber kein Wort davon zu unserem frommen und furchtsamen Freund.« Simkin blinzelte verschwörerisch. »Sonst bringen wir ihn am Ende keinen Schritt mehr weiter.«

Und als wären diese geheimnisvollen Bemerkungen nicht schlimm genug, fühlte ihr Cicerone sich hin und wieder bemüßigt, Alarm zu schlagen.

»Seht doch! Da vorn!« rief Simkin und klammerte sich zitternd an Mosiah.

»Was? Wo?« Mosiah schlug das Herz bis zum Hals. Die ›großen, scharfen Krallen‹ hatten bei ihm einen unauslöschlichen Eindruck hinterlassen.

»Da! Siehst du's denn nicht?«

»Nein!«

»Schau hin! Diese Augen, wie sie funkeln! Alle sechs! Ah, jetzt ist Es verschwunden.« Mit einem erleichterten Prusten griff Simkin das orangefarbene Tuch aus der Luft und betupfte sich die Stirn. »Glück gehabt. Es konnte uns nicht wittern, denn Es besitzt keinen sehr ausgeprägten Geruchssinn. Oder war es das Gehör? Ich verwechsle das immer ...«

Entweder kannte Es den Weg, oder Simkin kannte

ihn, weil sie doch endlich das Sumpfgebiet hinter sich ließen und auf dem Grund einer weiteren Schlucht herauskamen, die allerdings keinen Ausgang hatte. Sie waren so dankbar, dem Morast und dem fürchterlichen Gestank entronnen zu sein, daß die Aussicht, in die vor ihnen aufragenden steilen Felsen hineinsteigen zu müssen, ihnen fast spaßig erschien. Der Pfad war deutlich zu erkennen und anfangs leicht zu begehen. Die frische, kalte Luft und der Sonnenschein verliehen ihnen zusätzliche Kräfte. Sogar der Katalyt fühlte sich erfrischt und hielt mit den anderen Schritt.

Doch je weiter sie gingen, desto spärlicher wurden die Markierungen, und der Pfad führte immer steiler bergan.

Nach zwei Tagen, an denen sie über Geröllfelder kletterten, Umwege machten, um den Pfad wiederzufinden, und auf windgepeitschten Felsabsätzen übernachteten, war Saryon derartig erschöpft, daß er die meiste Zeit wie ein Schlafwandler hinter seinen Gefährten hertrottete und nur zu sich kam, wenn er vom Weg abkam oder Mosiahs stützende Hand am Arm spürte. Er blieb nur deshalb in Bewegung, weil er sich darauf konzentrierte, einen Fuß vor den anderen zu setzen, und alles andere – Kälte, Schmerzen, Mattigkeit – verdrängte. In diesem Zustand merkte er oft nicht, daß die anderen stehengeblieben waren, um zu rasten, und wenn man ihn dann aufhielt und zurückbrachte, sank er zu Boden, legte den Kopf auf die Knie und phantasierte von Straßen in die Unendlichkeit.

Schließlich jedoch schenkten die körperliche Anstrengung und die frische Luft dem Katalyten, was er so lange entbehrt hatte – Schlaf, so traumlos tief, daß nicht einmal die Erinnerung an den Tod des Hexenmeisters oder die Schmerzen seiner überanstrengten Muskeln ihn zu stören vermochten. Eines

Morgens, am fünften Tag ihrer Flucht aus dem Dorf der Nigromanten, erwachte er mit klarem Kopf und fühlte sich ungewöhnlich erfrischt und ausgeruht.

An diesem Morgen stellte er zudem fest, daß sie in die falsche Richtung marschierten.

Die Lichtung

Sie standen auf dem Kamm der Felsbarriere und schauten hinunter auf dicht bewaldetes Hügelland. Eigentlich hätte ihnen die Morgensonne genau in die Augen scheinen müssen, aber sie stieg rechterhand gemächlich dem Zenit entgegen.

Dann marschieren wir ja fast exakt nach Norden, auf Sharakan zu, dachte Saryon. Merilon lag viel weiter östlich. Soll ich etwas sagen? fragte er sich unschlüssig. Vielleicht ist Joram zur Vernunft gekommen, hat seine Meinung geändert und sich entschlossen, doch nicht nach Merilon zu gehen. Vielleicht ist er zu stolz, um offen einzugestehen, daß er sich geirrt hat. Oder vielleicht hat er seinen Entschluß mit den anderen besprochen, und ich war nur zu erschöpft, um es zu merken. Saryon versuchte sich zu besinnen, ob die jungen Leute über eine Änderung ihrer Pläne gesprochen hatten, aber die letzten paar Tage waren für ihn wie ein Alptraum gewesen, an den er sich nur vage und verschwommen zu erinnern vermochte.

Um eine Blamage zu vermeiden, beschloß der Katalyt, die Sache unerwähnt zu lassen und abzuwarten, ob eine zufällige Bemerkung oder irgendein Vorkommnis ihm eine Erklärung lieferte.

Simkin führte sie von der Höhe hinunter in die Wälder. Noch waren sie alle froh, dem Sumpfgebiet und den tristen Felsen entronnen zu sein, doch bei genauerem Hinsehen folgte dem anfänglichen Hochgefühl rasch die Ernüchterung. Trotz der winterlichen Jahreszeit hing noch das Laub an den Bäumen – ein fahlbrauner Blätterfilz, der fauligen Modergeruch verströmte. Eine großblättrige Schlingpflanze wucherte über den Pfad, dem sie folgten, und versperrte ihnen den Weg.

»Hatte es mit diesem Grünzeug nicht irgendeine Bewandtnis?« Simkin rieb sich das Kinn. »Es fällt mir partout nicht ein ... Ist es womöglich eßbar?«

Mosiah näherte sich dem Pflanzengewirr und wollte vorsichtig darüber hinwegsteigen. Sofort umfaßten die Blätter wie gierige Hände seine Fußknöchel, brachten ihn zu Fall und zogen ihn mit dem Kopf voran in die Ranken hinein.

»Helft mir!« Mosiahs Stimme überschlug sich beinahe vor Angst. Lange Dornen bohrten sich in sein Fleisch, und aus den Hilferufen wurden Schmerzensschreie. Joram riß das Dunkle Schwert heraus, sprang zu der Stelle, wo Mosiah zappelnd verschwand, und hieb wütend auf die sich windenden und aufbäumenden Ranken ein. Bei der Berührung der Klinge färbten sich die fleischigen Blätter schwarz und verdorrten. Die Pflanze gab ihr Opfer frei. Die Freunde zogen Mosiah heraus, blutend, aber sonst unversehrt.

»Sie hat mein Blut getrunken«, sagte er schaudernd und starrte voller Abscheu auf den dunkelgrünen Schlund, der ihn beinahe verschlungen hätte.

»Ach, jetzt fällt's mir wieder ein«, verkündete Simkin fingerschnippend. »Eine Kijwinde. Sie betrachtet *uns* als eßbar. Was wollt ihr, ich wußte doch, daß es mit Nahrungsaufnahme zu tun hatte«, verteidigte er sich bei Mosiahs anklagendem Blick.

Sie marschierten weiter, Joram voran, um mit dem Dunklen Schwert den Weg zu bahnen.

Saryon beobachtete seine Gefährten aufmerksam, in der Hoffnung, aus einem Wort oder einer Geste auf ihre Pläne schließen zu können. Joram und Mosiah schienen es zufrieden zu sein, sich von Simkin führen zu lassen, und Simkin – ein fideler Robin Hood in seinem *Dreck und Dung* – oder *Matsch und Modder*-Kostüm – führte sie, ohne jemals zu zögern oder sich auch nur einmal besinnen zu müssen. Sie kamen gut voran – zu gut. Mosiah deutete mehr als einmal auf Knochenmale, die eindeutig als Wegmarkierung aufeinandergestapelt worden waren. In der gefrorenen Erde zeichneten sich Zentaurenspuren ab, und etwas später gelangten sie zu einer Stelle, wo das Rankengewirr förmlich niedergewalzt und etliche hohe Bäume wie junge Schößlinge umgeknickt waren.

»Ein Riese«, erklärte Simkin. »Gut, daß wir nicht in der Nähe waren, als er sich hier ausgetobt hat. Sie sind zwar nicht bösartig, aber auch nicht besonders helle und betrachten Menschen als herrliches Spielzeug. Unglücklicherweise gehen sie mit ihrem Spielzeug nicht besonders pfleglich um.«

Jedesmal, wenn durch eine Lücke im Blätterdach der Himmel zu sehen war, konnte Saryon am Stand der Sonne erkennen, daß sie immer noch in Richtung Norden gingen. Und niemand sagte etwas dazu.

Vielleicht haben weder Joram noch Mosiah eine Ahnung, wo Merilon liegt, dachte der Katalyt. Beide sind in einem FeldMagi-Dorf an der Grenze des Außenlandes aufgewachsen. Joram kann lesen, Anja hat es ihn gelehrt. Aber hat er je eine Weltkarte zu Gesicht bekommen? Ist es möglich, daß er Simkin blind vertraut?

Aber das war schwer zu glauben – Joram traute niemandem. Und doch – nach einiger Zeit gelangte Saryon zu der Überzeugung, richtig vermutet zu haben. Die Unterhaltung seiner drei Begleiter drehte sich fast ausschließlich um Merilon.

Mosiahs Kindermärchen über die magische Stadt aus Kristall übertrumpfte Simkin mit seinen wunderlichen Anekdoten vom Leben bei Hofe. Gelegentlich steuerte auch Joram etwas bei: Geschichten, die Anja ihm erzählt hatte und die Saryon am stärksten berührten.

Anjas Schilderungen waren erfüllt von einer bitteren Traurigkeit – Erinnerungen einer Verbannten, die dem Katalyten, der viele Jahre in Merilon gelebt hatte, ein lebendiges Bild der Stadt vor Augen führte, das mit seiner melancholischen Stimmung allerdings kaum etwas gemein hatte mit dem Merilon Simkins oder Mosiahs.

Aber wenn Joram seine Meinung nicht geändert hatte, weshalb führte Simkin sie in die falsche Richtung?

Während er mit den anderen hinter ihm durch den Wald stapfte, ließ er den strählich vergnügt wirkenden jungen Mann nicht aus den Augen und bemühte sich – zum wiederholten Mal – zu durchschauen, welches Spiel er trieb. Leider mußte er sich – auch zum wiederholten Mal – nolens volens geschlagen geben. Es war unmöglich, aus der Spielweise des jungen Mannes auf sein Blatt zu schließen, besonders weil er nach Belieben Trümpfe aus dem Ärmel zauberte.

Simkin war schlicht ein wandelndes Rätsel. Man konnte als einigermaßen sicher annehmen, daß er älter war als seine beiden Freunde, vermutlich Anfang Zwanzig, obwohl er – je nach Lust und Laune – alles glaubhaft verkörpern konnte, den halbwüchsigen Bengel ebenso wie den siebzigjährigen Greis. Ein Mann, der seine Vergangenheit so häufig wechselte wie seine Kleider; ein Mann, in dessen Adern die Magie perlte wie Wein; ein Mann mit entwaffnendem Charme, ein geistreicher Flunkerer ohne jeden Respekt, nicht einmal vor dem Tod. Alle mochten Simkin, doch keiner traute ihm.

Man nimmt ihn nicht ernst, überlegte Saryon. Und ich glaube, daß mehr als einer diese Überheblichkeit später bereut hat – falls er dazu noch in der Lage war. Dieser beunruhigende Gedanke half dem Katalyten, einen Entschluß zu fassen.

»Es freut mich, daß du nun doch meinem Rat folgst und nicht nach Merilon gehst, Joram«, bemerkte Saryon eines Tages während der Mittagsrast.

»Was soll das?« Joram musterte den Katalyten mit jäh erwachtem Mißtrauen. »Selbstverständlich gehe ich nach Merilon.«

»Dann sind wir vom Weg abgekommen«, meinte Saryon ruhig. »Wir gehen nach Norden, in Richtung Sharakan. Merilon liegt fast genau im Osten. Wenn wir umkehren ...«

»... geraten wir geradewegs in das Reich der Elfenkönigin«, fiel ihm Simkin ins Wort. »Vielleicht träumt unser zölibatärer Freund ja heimlich davon, sich wieder in ihre duftenden Arme zu schmiegen ...«

»Das tue ich nicht!« schnappte Saryon. Sein Gesicht brannte und – es läßt sich nicht leugnen – auch sein

Blut, bei der Erinnerung an die leidenschaftliche, wunderschöne Elfe Elspeth.

»Wir können gerne umkehren, wenn Ihr darauf besteht, penibler Pater«, fuhr Simkin fort, während er angelegentlich zu den Baumwipfeln aufsah. »Nicht weit von hier gibt es einen Pfad, auf dem Ihr wieder in den Sumpf gelangt, wo es Euch so gut gefallen hat. Am Ende jenes Pfades liegt der Elfenring – Ihr erinnert Euch sicher –, und unterwegs habt Ihr Gelegenheit, einen Blick auf die faszinierenden Bewohner des Zentaurenlandes zu werfen, einen sehr kurzen Blick, bevor man Euch die Augen aus dem Kopf reißt. Solltet Ihr das überstehen, gibt es ganz in der Nähe noch andere Sehenswürdigkeiten: Drachenhöhlen, Greifenhorste, Basiliskengrotten, die Schlupfwinkel von Chimären und die Behausungen von Riesen, ganz zu schweigen von den Faunen, Satyrn und sonstigen ...«

»Kurz gesagt, dieser Weg ist sicherer«, unterbrach Mosiah ungeduldig seinen Redeschwall.

»Was denn sonst?« antwortete Simkin beleidigt. »Ich bin weder ein passionierter Wanderer noch so versessen auf eure Gesellschaft, daß ich diese Reise unnötig verlängern würde! Indem wir die Nähe des Flusses meiden, wo die Scheusale am dichtesten gesät sind, sparen wir an Haut, was wir an Stiefelleder verschleißen. Sobald wir die nördliche Grenze des Außenlandes erreicht haben, wenden wir uns nach Osten, in Richtung Merilon.«

Es klang plausibel, selbst Mosiah fand nichts daran auszusetzen, und Saryon verzichtete auf weitere Einwände, obwohl er nicht restlos überzeugt war. Auch fragte er sich, ob Joram Bescheid gewußt hatte oder ob es Simkin tatsächlich gelungen war, sein stets waches Mißtrauen einzuschläfern.

Wie für ihn typisch, äußerte der wortkarge junge

Mann sich nicht und vermittelte durch sein Schweigen den Eindruck, er hätte das alles längst mit Simkin besprochen, doch Saryon war der Ausdruck der Bestürzung nicht entgangen, der über sein Gesicht gehuscht war.

Sie drangen immer tiefer in den Wald ein, und am siebten Tag im Außenland näherte ihre Stimmung sich dem Tiefpunkt. Die Sonne ließ sie im Stich, als fände sie dieses Land zu öde und trist, um ihr Licht daran zu verschwenden. Tag für Tag unter einem schiefergrauen Himmel marschieren zu müssen, der sich schon früh zu pechschwarzer Nacht eintrübte, machte sie alle vier verdrossen und einsilbig.

Der Wald schien kein Ende zu nehmen, und die blutdurstigen Kijwinden waren allgegenwärtig. Abgesehen vom Rascheln der Blätter herrschte gespenstische Stille – kein Tier vermochte den fleischfressenden Pflanzen auf Dauer zu entkommen. Trotzdem hatte jeder der Männer das unbehagliche Gefühl, beobachtet zu werden, und gab immer wieder der Versuchung nach, über die Schulter zu blicken oder herumzuwirbeln und einer Gefahr die Stirn zu bieten, die gar nicht vorhanden war.

Es wurden keine Geschichten von Merilon mehr erzählt. Es wurde überhaupt kaum gesprochen. Joram war mürrisch und verdrossen, Simkin unausstehlich, Saryon unglücklich und verängstigt und Mosiah böse auf Simkin. Alle miteinander waren müde und erschöpft. Nachts hielten sie zu zweit Wache und starrten furchtsam in die Dunkelheit, bis es ihnen vor den Augen flimmerte.

Ein Tag nach dem anderen ging vorüber. Der Wald erstreckte sich in die Unendlichkeit; die Kijwinden ließen keine Gelegenheit aus zuzustechen und Blut zu trinken. Ohne einen Blick für die ewig gleiche und niemals erfreuliche Umgebung setzte der Katalyt stoisch einen Fuß vor den anderen, als Mosiah, der vor ihm ging, plötzlich stehenblieb.

»Pater!« sagte er leise und griff nach Saryons Arm.

»Was ist?« Erschreckt hob der Katalyt den Kopf.

»Da!« Mosiah streckte die Hand aus. »Vor uns. Sieht das nicht aus wie – Sonnenlicht?«

Saryon kniff spähend die Augen zusammen. Joram, der herangekommen war, starrte ebenfalls in die angegebene Richtung.

Sie waren umgeben von hohen Bäumen. Zu ihren Füßen wanden sich die Kijranken, und der Himmel über ihnen war bleigrau. Doch ein Stück voraus sahen sie gelbes, warmes Licht zwischen den Bäumen hindurchscheinen.

»Ich glaube fast, du hast recht«, meinte Saryon mit gedämpfter Stimme, als könnte ein lautes Wort das verheißungsvolle Bild verschwinden lassen. Bis zu diesem Moment war ihm nicht bewußt gewesen, wie sehr er sich nach Sonnenschein gesehnt hatte. Er wandte sich an Simkin. »Was kann das sein?« fragte er und deutete nach vorn. »Ist dieser gräßliche Wald zu Ende?«

»Hm«, brummte Simkin, dem nicht recht wohl zu sein schien. »Ich weiß es nicht genau. Wartet lieber, bis ich nachgesehen habe.« Und bevor jemand ihn aufhalten konnte, war er verschwunden, Umhang, Stiefel, Hut, Feder – alles.

»Ich wußte es!« sagte Mosiah grimmig. »Er hat sich verirrt und will es nicht zugeben! Aber wenn er glaubt, ich warte hier, bis er wieder aufzutauchen geruht, hat er sich getäuscht!«

Er folgte Joram, der im Laufschritt vorauseilte und mit kräftigen Schwerthieben das Gewirr der Kijwinden zerteilte. Saryon lief hinter ihnen her.

Der Lichtschein wurde heller, je näher sie kamen. Es ging auf Mittag, die Sonne mußte im Zenith stehen. Der Katalyt dachte sehnsüchtig an Wärme und Licht und daran, endlich den Bäumen mit ihrem toten Laub und den blutsaugenden Schlingpflanzen zu entkommen. Plötzlich hörte er ein willkommenes Geräusch – das Murmeln von Wasser. Wo es frisches Wasser gab, gab es vielleicht auch Früchte und Nüsse! Endlich kein ungeschickt herbeigezaubertes, geschmackloses Brot mehr und kein bitteres, faulig schmeckendes Wasser.

Unvorsichtig liefen sie dem Licht entgegen, ohne noch einen Gedanken daran zu verschwenden, ob irgend jemand oder irgend etwas sie belauerte. Saryon wäre durchaus bereit gewesen, sein Leben hinzugeben, um noch ein letztes Mal die warme Sonne auf dem Gesicht zu spüren.

Die Männer stürmten zwischen den Bäumen hervor, blieben abrupt stehen und verharrten in ehrfürchtigem Staunen.

Von einem wolkenlosen Himmel brannte die Sonne auf eine große Lichtung im Wald. Ihr Licht funkelte in den Kaskaden eines Wasserfalls, tanzte auf den eiligen Wellen eines schmalen Flüßchens, zerstäubte zu einem regenbogenfarbenen Feuerwerk in dem heißen Dampf über einem brodelnden Tümpel und legte sich golden über hohes Gras und duftende Blumen.

»Der Almin sei gepriesen!« hauchte der Katalyt.

»Nein, wartet!« Simkin erschien plötzlich aus dem Nichts. »Geht nicht weiter. »Was ihr da seht, ist nicht ganz geheuer!«

»Das ist also nicht ganz geheuer!« seufzte Mosiah träge.

Er, Joram und Saryon hatten sich an den saftigen

Beeren gütlich getan, die an den Büschen rund um die heißen Quellen wuchsen, räkelten sich nun im weichen Gras und genossen den sonnenwarmen, würzigen Duft.

»Wenn hier etwas nicht ganz geheuer ist, dann unser guter alter Simkin höchstselbst.«

Obwohl der Schalk sich weigerte, einen Fuß auf die Lichtung zu setzen, ließen seine drei Gefährten sich nicht von ihrem Entschluß abbringen, an Ort und Stelle das Nachtlager aufzuschlagen.

»Wir passen schon auf«, sagte Joram ungeduldig, als er Simkins dunkle Andeutungen nicht mehr hören konnte. »Du mußt zugeben, das hohe Gras bietet ausgezeichnete Deckung. Ohne selbst bemerkt zu werden, können wir jede Gefahr hören und sehen, die sich uns vielleicht nähert.«

Simkin verfiel in mürrisches Schweigen. Während die anderen die sonnenüberflutete Lichtung erkundeten, schlenderte er verdrossen hinterdrein und machte seiner Gereiztheit Luft, indem er Blumen die Köpfe abriß. Die anderen tranken von dem kühlen Wasser der Fälle, badeten in der heißen Quelle und labten sich an den Beeren. Dann breiteten sie unter einem Baum am Rand der Lichtung ihre Decken aus und aalten sich in einem neu erwachten Kameradschaftsgefühl. Nur Simkin fand keine Ruhe. Er setzte sich hin, sprang wieder auf und spähte zum Wald hinüber. Zwischendurch wechselten die Farben seiner Kleider von einer grellen Zumutung zur anderen.

»Beachtet ihn gar nicht«, empfahl Mosiah, als er merkte, daß der Katalyt Simkin beobachtete und ein besorgtes Gesicht machte.

»Er benimmt sich merkwürdig«, antwortete Saryon.

»Als ob das was Neues wäre!« Mosiah lachte auf.

»Erzählt uns von Merilon, Pater. Ihr habt dort gelebt, und doch laßt Ihr uns fabulieren und sagt nichts dazu. Ich weiß, es ist Euch nicht recht, daß wir doch hinziehen ...«

»Schon gut, ich weiß. Ich bin ebenso unleidlich gewesen wie Simkin.« Saryon lächelte. Er fühlte sich angenehm müde, aber einem Schwatz nicht abgeneigt, und begann ausführlich von dem Merilon zu schwärmen, an das er sich erinnerte, von der Erhabenheit der Kathedrale aus Kristall und den Wundern der Stadt. Er beschrieb die bizarren Kutschen, die gezogen von riesigen Eichhörnchen, Pfauen oder Schwänen, auf den Flügeln der Magie ihre adligen Passagiere zur täglichen Audienz im Kristallpalast des Kaisers hinauf in die Wolken trugen. Er berichtete von dem Hain und dem Grabmal Merlyns, des großen Magiers, der sein Volk in diese Welt geführt hatte. Er sprach von den zauberhaften Sonnenuntergängen im ewigen Frühling und Sommer und von den Tagen, an denen es Rosenblüten regnete.

Mosiah lauschte mit offenem Mund, an den Baumstamm gelehnt. Joram lag auf dem Rücken, das Gesicht der Sonne zugewandt; die sonst harten Züge wirkten entspannt und weich. Seine dunklen Augen hatten einen träumerischen Glanz, vielleicht stellte er sich vor, selbst in einer solchen Kutsche zu sitzen.

Der Katalyt wurde von Simkin unterbrochen, der hinter einem Baum hervorsprang und mit gerunzelter Stirn auf die Lichtung starrte.

»Leg dich endlich hin, du machst uns ganz verrückt«, sagte Mosiah ärgerlich.

»Wenn ich mich hinlege, stehe ich nie wieder auf«, gab Simkin im gleichen Ton zurück. »Mir werden vor Langeweile Hörner wachsen, wie dem Comte d'Grundie bei einer der Reden des Kaisers. Von Stund an ging er nur noch mit Hut.«

»Hört nicht auf ihn, Pater«, sagte Mosiah, an den Katalyten gewandt. »Erzählt weiter. Ignoriert ihn einfach.«

»Nicht nötig«, meinte Simkin hochmütig. »Ich gehe. Wie schon gesagt, mir gefällt es hier nicht!« Er nickte bekräftigend mit dem Kopf, den mittlerweile eine grüne Kappe mit einer langen Fasanenfeder zierte, drehte sich um und verschwand in der Wildnis.

»So habe ich ihn noch nie erlebt«, bemerkte der Katalyt nachdenklich. Weil eine vorstehende Baumwurzel sich ihm in den Rücken bohrte, stand er auf und zog seine Decke ein Stück zur Seite. »Vielleicht hätten wir ihn nicht fortlassen sollen ...«

»Falls Ihr ein Mittel kennt, ihn aufzuhalten«, gab Joram gleichmütig zu bedenken, während er kleine Stücke Brot einem Raben zuwarf. Der Vogel hatte im Geäst des Baumes gesessen, unter dem sie lagen, und war nach anfänglichem Zögern zu Boden geflattert, um mit vornehmer Herablassung das angebotene Futter aufzupicken. Es war bezeichnend für ihre sorglose, behagliche Stimmung, daß keiner sich fragte, woher dieser Vogel aufgetaucht war, nachdem sie seit Tagen kein Lebewesen zu Gesicht bekommen hatten.

»Ach, Simkin fehlt nichts«, sagte Mosiah, der lächelnd den Vogel beobachtete. »Er ist nur schlecht gelaunt, weil er sich verirrt hat und es nicht zugeben will. Er wird sich schon wieder beruhigen. Ich möchte noch etwas über Merilon hören, zum Beispiel über die schwebenden Plattformen aus Marmor und die Gildehallen ...«

»Wenn er sich verirrt hat, dann wir auch!« Saryons friedvolle Stimmung war dahin. Der Sonnenschein erschien ihm plötzlich zu heiß, zu grell und verursachte ihm Kopfschmerzen.

»Fangt nicht wieder von Simkin an, Katalyt!« rief

Joram verdrießlich und traf den Vogel versehentlich mit einer Brotrinde. Unter zornigem Krächzen flog der Rabe auf, setzte sich auf einen Ast und glättete beleidigt sein zerzaustes Gefieder. »Ich habe euch allmählich satt – alle beide!«

»Pst!«

Bei dem scharfen Geräusch, scheinbar aus dem Nichts, zuckten alle zusammen. Mosiah warf einen hastigen Blick auf den Vogel, doch bevor er etwas sagen konnte, materialisierte Simkin sich mitten auf der Lichtung. Sein Hut war verrutscht, und das schmale, spitze Gesicht wirkte blaß unter dem weichen Bart.

»Was gibt's?« Joram war aufgesprungen und griff instinktiv nach seinem Schwert.

»Runter! In Deckung!« zischte Simkin und zog ihn mit sich in das hohe Gras.

Die anderen folgten seinem Beispiel, ließen sich auf den Bauch fallen und wagten kaum zu atmen.

»Zentauren?« fragte Mosiah in gepreßtem Flüsterton.

»Schlimmer!« antwortete Simkin leise. »*Duuk-tsarith*!«

Gefangen!

»*Duuk-tsarith*!« Mosiah stöhnte auf.

»Aber das ist unmöglich!« flüsterte Saryon. »Sie können uns nicht aufgespürt haben, das Dunkle Schwert schützt uns! Bist du sicher?«

»Beim Almin, Pater«, antwortete Simkin aufgebracht, »natürlich bin ich sicher! Zugegeben, im dunklen Wald sieht man nicht gut, besonders, wenn die Leute, die man beobachtet, *schwarze Gewänder* tragen. Aber wenn Ihr wollt, kann ich ja hingehen und sie fragen …«

In diesem Moment stieß der Rabe ein heiseres Krächzen aus, das sich wie ein Lachen anhörte, und flog davon. »Vielleicht fragen wir ihn«, bemerkte Simkin mit grimmigem Spott. »Wie lange hat sich dieser Vogel hier herumgetrieben?«

Der Katalyt schüttelte den Kopf und seufzte. Das

hohe Gras vermittelte ihm keineswegs ein Gefühl der Geborgenheit, und er wünschte sich verzweifelt, in den Erdboden hineinkriechen zu können. Der Waldrand war mehr als fünfzig Schritte entfernt. Vielleicht gelang es ihnen, dorthin zu flüchten und sich im Dikkicht zu verbergen.

»Im Namen Almins, was tun wir jetzt?« fragte Mosiah drängend.

»Fliehen!« riet Saryon mit bebenden Lippen. »Fort von hier, so schnell wie möglich ...«

»Das ist sinnlos«, entgegnete Simkin. »Sie wissen von unserer Anwesenheit, und sie sind nicht weit weg – im Wald auf der anderen Seite des Wasserfalls. Es sind wenigstens zwei, und sie haben uns durch die Augen ihres gefiederten Kumpans beobachtet. Es gibt kein Versteck, in das er uns nicht folgen könnte – außer die Transversalen ...«

»Nein!« wehrte Saryon hastig ab. Er war bleich geworden. »Damit würden wir uns selbst ans Messer liefern.«

»Diesmal bin ich mit dem Priester einer Meinung«, meldete Joram sich zu Wort. »Du vergißt, daß ich tot bin. Wenn ich eine der Transversalen betrete, haben sie mich in der Falle.«

»Was bleibt uns dann noch übrig?« Mosiahs Stimme drohte überzuschnappen. »Wir können nicht fliehen, wir können uns nicht verstecken ...«

»Dann greifen wir an«, fiel Joram ihm ins Wort.

Die braunen Augen waren kalt; der Schatten eines Lächelns spielte um die vollen Lippen. Sein Gesicht, durch die grüne Wand der Halme gesehen, wirkte raubtierhaft.

»Nein!« Der Katalyt schauderte.

»Wirklich eine ausgezeichnete Idee«, raunte Simkin aufgeregt. »Der Rabe wird ihnen sagen, daß wir sie bemerkt haben. Sie werden erwarten, daß wir zu fliehen versuchen und haben vermutlich die entsprechenden Vorkehrungen getroffen. Doch sie rechnen ganz bestimmt nicht damit, daß wir sie umgehen und angreifen!«

»Die Rede ist von *Duuk-tsarith*!« erinnerte ihn Saryon ernst.

»Wir haben das Überraschungsmoment auf unserer Seite, und wir haben das Dunkle Schwert!« hielt Joram ihm entgegen.

»Blachloq hätte dich fast getötet!« rief Saryon mit gedämpfter Stimme und ballte verzweifelt eine Hand zur Faust.

»Ich habe daraus gelernt! Außerdem – haben wir eine andere Wahl?«

»Ich weiß nicht! Aber ich will kein Morden und Blutvergießen ...«

»Wir oder sie, Pater.« Mosiah legte die Hände zusammen und sprach ein paar Worte. Mit einem Flimmern in der Luft materialisierten sich vor ihm ein Bogen und ein Köcher mit Pfeilen. »Seht her. Ich habe mich in den magischen Formeln für Waffen und Krieg geübt, wie alle in unserem Dorf. Und ich verstehe damit umzugehen. Jetzt haben wir Joram und das Dunkle Schwert, und wenn Ihr mir Leben gewährt ...«

»Wir sollten uns beeilen«, drängte Simkin, »bevor sie die ganze Lichtung mit einem Bannzauber belegen.«

»Wenn Ihr nicht mitkommen wollt, Pater«, sagte Mosiah, »dann gewährt mir jetzt Leben. Ihr könnt hier warten, bis ...«

»Nein, Joram hat recht«, antwortete Saryon leise. »Wenn ihr auf diesem Irrsinn besteht, komme ich mit. Ihr braucht mich vielleicht für – für andere Zwecke.

Ich kann mehr tun, als Leben gewähren«, meinte er mit einem bedeutungsvollen Blick auf Joram, »ich kann es auch nehmen.«

»Dann folgt mir!« befahl Simkin flüsternd. Tief geduckt schlich er langsam durch das hohe Gras auf den Wasserfall zu, dabei fand er noch Zeit, sich wieder ein neues Kostüm zuzulegen.

»Und wo wirst *du* sein?« erkundigte sich Mosiah anzüglich.

»Mitten im Schlachtengewühl, wo sonst?« erwiderte Simkin mit tiefer, hallender Stimme. Er war jetzt in Schlangenleder gekleidet, sehr passend für jemanden, der sich durch das Gras schlängelte. Leider wurde der positive Effekt durch einen Helm beeinträchtigt, der sein Gesicht verdeckte, ihn zu fast völliger Blindheit verurteilte und vom Aussehen her entfernt an einen umgestülpten Eimer gemahnte.

»Es sind *Duuk-tsarith*, wahrhaftig«, flüsterte Saryon.

Es war später Nachmittag; die Sonne neigte sich dem Horizont entgegen. Wenn er sich in seinem Versteck an der Grenze zwischen Wiese und Wald ein wenig aufrichtete, konnte der Katalyt die beiden Gestalten in ihren langen schwarzen Gewändern deutlich erkennen. Er seufzte, denn seine Hoffnung, wieder nur einem von Simkins Streichen aufgesessen zu sein, hatte sich nicht erfüllt.

Nein, diesmal handelte es sich tatsächlich um Hexenmeister – Mitglieder des sinistren Ordens der *Duuk-tsarith.* Sie standen bewegungslos, wie lauschend, die Hände vor dem Leib gefaltet, das Gesicht im Schatten der schwarzen Kapuze verborgen. Um auch den letzten Zweifel auszuräumen, saß der Rabe auf einem Baum neben den beiden. Seine Augen glühten rot im Sonnenlicht, das durch die Zweige fiel. Saryon betrachtete die schwarzgekleideten Männer wie gebannt. Seine Gedanken wanderten zurück zum Baptisterium, wo er von zwei *Duuk-tsarith* beim Lesen verbotener Schriften ertappt worden war …

»Das muß ihr Katalyt sein«, flüsterte er und schüttelte die unwillkommene Erinnerung hastig ab. Langsam und vorsichtig, als wäre auch diese geringfügige Bewegung schon zuviel, hob er die Hand und deutete auf eine dritte Person in einem langen Reiseumhang. An der Tonsur am Hinterkopf war der Priester zu erkennen. Er und ein vierter Mann standen ein wenig abseits, dem Anschein nach in ein Gespräch vertieft, bei dem der vierte Mann seine Worte durch lebhafte Handbewegungen unterstrich. Dieser Mann war es, der Saryon vor ein Rätsel stellte. Er war größer als seine Begleiter und trug einen Umhang aus kostbarem Stoff. Wenn er gestikulierte, sah man an seinen Fingern Juwelen blitzen.

Der Katalyt machte die anderen auf ihn aufmerksam. »Ich weiß nicht, was ich von ihm halten soll. Er ist kein *Duuk-tsarith*, sonst würde er den schwarzen …«

»Vielleicht eine andere Art von Hexenmeister?« fragte Joram. Er war aufgeregt und wog und drehte das Dunkle Schwert in der Hand, um es besser in den Griff zu bekommen.

»Nein«, antwortete der Katalyt ratlos. »Es ist eigenartig, aber nach seiner Kleidung würde ich ihn für einen …«

»Wen interessiert das, solange er kein Erzwinger ist!« unterbrach ihn Joram schroff. »Also haben wir nur zwei ernstzunehmende Gegner. Ich übernehme einen davon. Ihr und Mosiah kümmert euch um den anderen. Wo ist Simkin?«

»Hier«, antwortete eine Grabesstimme aus den metallenen Tiefen des Helms. »Es ist verblüffend schnell dunkel geworden, findet ihr nicht auch?«

»Das liegt an deinem Visier, Dummkopf. Du setzt den vierten Mann außer Gefecht.«

»Was für ein Visier?« kam die klägliche Antwort, während der Helm sich hin und her bewegte. »Was für ein vierter Mann?«

»Der Mann, der ... Ach was! Bleib wo du bist, damit du uns wenigstens nicht behinderst. Du, Mosiah, gehst nach links; ich gehe nach rechts, den Katalyten nehmen wir in die Mitte.« Er lief geduckt davon, Mosiah schlug die entgegengesetzte Richtung ein und Saryon folgte ihnen, mit einer Miene, die all seine Ängste widerspiegelte.

»Das ist nicht mein Fehler«, brummte Simkin verdrießlich unter seinem Helm hervor. »Eine blöde Erfindung. Ich tappe völlig im Dunkeln. Edle Ritter, heroische Zeiten – zum Kuckuck! Kein Wunder, daß Artur einen runden Tisch hatte. Er konnte das verflixte Ding nicht sehen! Vermutlich ist er dauernd dagegengelaufen und hat die Ecken abgestoßen! Ich ...«

Aber Simkin sprach nur zu sich selbst.

Mosiahs Hände zitterten vor Angst und Aufregung. Erst nach mehreren Versuchen gelang es ihm, den Pfeil auf die Sehne zu legen. »Gewährt mir Leben, Pater«, flüsterte er.

Mit brüchiger Stimme sprach der Katalyt die Worte, die seinen Körper in ein Gefäß für die Magie der Welt verwandelten. Er war nicht in der Kunst geschult worden, Zauberer und Hexenmeister im Kampf zu unterstützen; das erforderte ganz bestimmte Fähigkeiten, die er nicht besaß. Er konnte Mosiahs bereits sehr großes Potential verstärken und es ihm ermöglichen, Zauber zu wirken, für die seine Kraft allein nicht ausreichte. Aber bei Blachloqs Schergen hatten sie es mit primitiven Schlägern zu tun gehabt, während ihnen hier erfahrene Hexenmeister gegenüberstanden. Keiner von ihnen wußte genau, was ihn erwartete oder wie er sich verhalten sollte.

Das ist Irrsinn! ging es Saryon durch den Kopf. Irrsinn! Tu etwas, bevor es zu spät ist!

»Aber es *ist* zu spät«, gab Saryon sich selbst zur Antwort. »Wir haben keine andere Wahl!«

»Pater!« flüsterte Mosiah drängend.

Mit gesenktem Kopf legte Saryon eine Hand auf den Arm des Jungen und rezitierte die Worte, die das Exeunt herstellten. Wie perlender Wein strömte die Magie von ihm zu Mosiah. Auf dem Gesicht des jungen Mannes erschien ein entrückter Ausdruck, seine Lippen öffneten sich, seine Augen glänzten.

Saryon fühlte, wie ihn der Mut verließ. »Nein, Mosiah, warte ... Du kannst nicht ...«

Zu spät. Während er halblaut die Worte hersagte, die er von den Nigromanten gelernt hatte, spannte Mosiah den Bogen und sandte den Pfeil in die Richtung des ihm zunächst stehenden Erzwingers. Er hatte nur flüchtig gezielt, aber während der Pfeil durch die Luft schnellte, belegte der junge Magus ihn mit dem Zauber, ein beliebiges warmblütiges, lebendiges Ziel zu suchen und zu töten. Der in der Vergangenheit von den Nigromanten entwickelte Zauber ermöglichte es auch ungenügend ausgebildeten Truppen, in der Schlacht erfolgreich zu kämpfen.

Aber nicht in dieser Schlacht.

Was für eine Kleinigkeit erregte die Aufmerksamkeit des Hexenmeisters? Vielleicht war es das Rascheln von Mosiahs Kleidern, die die Grashalme streiften. Vielleicht war es das Schwirren der Bogensehne oder das Wispern der Federn am Pfeilschaft. Oder vielleicht war es das warnende Krächzen des Raben, obwohl es fast zu spät kam.

Schneller als der Pfeil, der auf sein Herz zu flog, stieß der Mann in dem schwarzen Gewand ein befehlendes Wort hervor und streckte die Hand aus. Eine Flamme zuckte auf, und von dem tödlichen Pfeil blieb nur ein Aschefaden, der sich im Wind auflöste.

Der zweite *Duuk-tsarith* handelte ebenso schnell wie sein Gefährte. Mit erhobenen Armen rief er einen Befehl, und wie eine schwarze Decke vom Himmel senkte sich Dunkelheit herab. Der strahlende, sonnige Tag wurde zu stockfinsterer, erstickender Nacht. Saryon konnte nichts mehr sehen und kauerte starr vor Angst im Gras. Dann, als seine Augen sich an die Dunkelheit gewöhnten, erfüllte eine merkwürdige, silbrige Helligkeit den Wald, unter deren Einfluß die Leiber der Menschen ein gespenstisches rötlich-weißes Leuchten verströmten. Der Katalyt erkannte deutlich die erstaunten Gesichter des vierten Mannes und des Priesters, als sie in ihre Richtung schauten.

Zufällig hatte Saryon sich an einer Stelle niedergeduckt, die ihm gute Deckung gewährte. Trotz des seltsamen Schimmers seiner Haut war er vermutlich nur schwer zu entdecken. Mosiah jedoch hatte sich aufgerichtet, um den Pfeil abzuschießen. Von der plötzlich hereingebrochenen Nacht überrascht, stand er in einer Aura silberner Helligkeit, deutlich zu sehen für die beiden Erzwinger. Mit einem wilden Aufschrei hob er den wieder gespannten Bogen.

Einer der *Duuk-tsarith* sprach.

Mosiah ließ den Bogen sinken und griff sich an den Hals.

»Ich – ich ...« Er versuchte etwas zu sagen, aber die Lähmung, die der Zauber des Hexenmeisters bewirkte, raubte ihm die Stimme. Seine Augen verdrehten sich; verzweifelt rang er nach Luft, aber es war ein vergeblicher Kampf.

Saryon richtete sich halb auf, in der Absicht, sich im Namen aller zu ergeben und um Gnade zu bitten, als er unvermutet von einer dunklen Gestalt angerempelt wurde, die an ihm vorbeistürmte. Mosiah traten die Augen aus den Höhlen, sein Gesicht verfärbte sich langsam dunkel, doch schon warf sich Joram vor seinen Freund und hob das Dunkle Schwert. Das geisterhafte Licht hatte keine Macht über die Klinge, sie war ein Szepter der Nacht in seiner Hand.

An dem Schwert zerschellte auch der Zauber des Hexenmeisters. Würgend und keuchend sank Mosiah in sich zusammen. Saryon fing ihn auf und ließ ihn behutsam zu Boden gleiten, während Joram schützend das Schwert über sie beide hielt.

Mit grimmigem Fatalismus wartete der Katalyt auf den frostigen Windhauch, der ihr Blut in Eis verwandelte, oder darauf, daß ein Abgrund sich auftat, um sie alle zu verschlingen, denn er war überzeugt, daß nicht einmal die Macht des Dunklen Schwertes ausreichte, um solche Zauber abzuwehren. Doch nichts geschah.

Als er zwischen den Halmen hindurchlugte, sah er den vierten Mann herankommen. Vielleicht hatte er etwas gesagt – das Rauschen des Wasserfalls übertönte die meisten anderen Geräusche. Beide *Duuk-tsarith* hatten dem hochgewachsenen Mann das Gesicht zugewandt. Mit einem Wink gebot er ihnen beiseite zu treten, und die Hexenmeister gehorchten mit einer ehrerbietigen Verneigung.

Saryons Verwunderung nahm zu. Wer war dieser

Mann, dem die gefürchteten Erzwinger ohne Widerrede gehorchten?

Wer immer es sein mochte, er näherte sich Joram kaltblütig, ohne Angst, und musterte den jungen Mann forschend.

»Seid vorsichtig, Garald«, rief der Mann in dem langen Reisemantel, den Saryon für einen Katalyten hielt. »Dieses Schwert ist keine gewöhnliche Waffe!«

»Keine gewöhnliche Waffe?« Garald lachte – ein wohlklingendes, kultiviertes Lachen. »Ich danke Euch für die Warnung, Kardinal«, rief er, »aber dieses Schwert erscheint mir nur in einer Hinsicht ungewöhnlich: Es ist das Unansehnlichste, das mir je unter die Augen gekommen ist!«

»Ihr habt ganz recht, Euer Gnaden ...«

Kardinal! Bestürzt erkannte Saryon an der Farbe der Gewänder, die unter dem Umhang des Mannes hervorlugten, wen er vor sich hatte – einen Reichskardinal! Und dieser Garald – sein Name klang vertraut, aber Saryon war zu aufgewühlt, um klar denken zu können. Die kostbaren Gewänder, die Anrede ›Euer Gnaden‹ ...

Der Kardinal fuhr fort: »... aber es ist dieses selbe unansehnliche Schwert, das den Zauberbann Eurer Leibwächter gebrochen hat.«

»Dieses Schwert? Faszinierend.«

Der vornehm gekleidete Fremde war inzwischen so nahe herangekommen, daß Saryon ihn in dem magischen Mondschein erkennen konnte. Dem Wohlklang der Stimme entsprachen die harmonischen Gesichtszüge, die feingezeichnet waren, ohne jedoch Weichheit oder Schwäche auszudrücken. Die Augen wirkten groß und intelligent, der Mund fest, mit einem Anflug von Humor. Das Haar schimmerte rötlich in dem seltsamen Licht. Eine ungebärdige Locke fiel verwegen in die breite, klare Stirn.

Der Fremde blieb vor Joram stehen und streckte die in feines Leder gehüllte Hand aus. »Gib mir dein Schwert, Junge«, forderte er mit einer Stimme, die weder drohend noch befehlend klang und doch ausdrückte, daß der Sprecher Gehorsam gewohnt war.

»Kommt her und nehmt's Euch!« lautete Jorams trotzige Antwort.

»›Nehmt es Euch‹, *Euer Gnaden*«, berichtigte ihn der Kardinal entsetzt.

»Vielen Dank, Kardinal« – Garald lächelte – »aber dies ist kaum der geeignete Zeitpunkt, Wegelagerer in höfischer Etikette zu unterweisen. Komm schon, Junge. Gib mir dein Schwert, und dir geschieht nichts.«

»Nein! *Euer Gnaden.*« Jorams Stimme triefte vor Hohn.

»Joram, sei doch vernünftig«, raunte Saryon verzweifelt, aber der junge Mann ignorierte ihn.

»Was ist das für ein Bursche?« fragte Mosiah halblaut und richtete sich auf, nur um gleich wieder stillzuhalten. Der elegante Fremde hatte die Erzwinger von Joram abgezogen, Mosiah aber offenbar in ihrer Obhut gelassen. Mosiah fühlte die glitzernden Augen der Hexenmeister auf sich ruhen, er sah die gefalteten Hände eine unmerkliche Bewegung machen und wagte kaum zu atmen.

Saryon schüttelte abwehrend den Kopf und hielt den Blick unverwandt auf Joram und diesen Garald gerichtet, der nach Jorams sturer Weigerung noch einen Schritt vor tat. Joram straffte sich drohend und hob das Schwert.

»Nun gut«, meinte der Fremde schulterzuckend. »Ich nehme die Herausforderung an.«

Nachdem er den Umhang über die Schultern auf den Rücken geworfen hatte, zog er sein Schwert aus der Scheide und nahm mit der Beiläufigkeit und Präzision des geübten Fechters Kampfstellung ein. Saryon schnürte sich die Kehle zusammen. Das Schwert war ebenso elegant, schön und imposant wie der Mann, der es führte. Das Mondlicht brannte in der hellen Klinge, lief wie eine silberne Flamme die Schneide entlang und brach sich in der ziselierten, zu Falkenschwingen ausgeschmiedeten Parierstange.

Der Falke. Etwas regte sich in Saryons Gedächtnis, aber es war ihm unmöglich, seine Aufmerksamkeit lange genug von Joram abzuwenden, um in seiner Erinnerung zu forschen. Der Junge war eine klägliche, fast mitleiderregende Gestalt, verglichen mit der blendenden Erscheinung seines Gegners, und doch vermittelten sie beide den gleichen Eindruck von Stolz, Furchtlosigkeit und Mut, der in Saryons Augen von dem adligen Blut kündete, das in den Adern sowohl des Mannes wie auch des Jungen floß.

Unbeholfen ahmte Joram die Haltung seines Kontrahenten nach. Er wußte über die Kunst des Fechtens nur, was er in den Büchern gelesen hatte, und das war nicht der Rede wert. Seine Ungeschicklichkeit schien Garald zu belustigen, obwohl der Kardinal bedenklich den Kopf schüttelte und warnend sagte: »Euer Gnaden, ich glaube ...«

Joram nutzte den Augenblick, in dem Garald abgelenkt war, um anzugreifen.

Ungeachtet der wachsamen *Duuk-tsarith,* schnellte Saryon aus seinem Versteck empor. Er konnte nicht zulassen, daß Joram diesen Mann verletzte oder gar tötete.

»Halt ...«, rief er, aber die Worte erstarben ihm auf den Lippen.

Das Klirren von Stahl, ein Schmerzensschrei – Joram hielt sich die geprellte Hand und beobachtete verdutzt, wie das Dunkle Schwert in hohem Bogen durch die Luft flog und vor den Füßen des Kardinals landete.

»Ergreift ihn und den anderen«, befahl Garald den wartenden *Duuk-tsarith,* die nicht zögerten, von ihrer Zauberkraft Gebrauch zu machen. Mit nur einem Wort beschworen sie die Nullmagie, deren Eigenschaft es ist, das jeweilige Opfer der magischen Energie zu berauben, die jedem Menschenwesen unverzichtbar ist. Mosiah fiel wimmernd zu Boden, aber Joram blieb stehen, starrte die Erzwinger unter finster gesenkten Brauen an und rieb sich die immer noch schmerzende Hand.

»Ich bitte um Verzeihung, Euer Gnaden«, äußerte einer der Hexenmeister, »aber dieser Knabe reagiert nicht auf unseren Zauber. Er ist tot.«

»Oh, wahrhaftig?« Garald musterte Joram mit einem Ausdruck von distanziertem Mitleid, der den Jungen tiefer verwundete als jeder Schwertstich. Er preßte stumm die Lippen zusammen, während ihm die Zornesröte ins Gesicht stieg. »Versucht einen anderen, stärkeren Zauber«, sagte der Fremde, ohne Joram aus den Augen zu lassen, »aber fügt ihm keinen Schaden zu. Ich möchte von ihm wissen, was es mit diesem merkwürdigen Schwert auf sich hat.«

»Und was ist mit dem Katalyten, Euer Gnaden?« fragte der Hexenmeister mit einer Verbeugung.

Garald hob überrascht den Kopf, und sein Blick fiel auf Saryon.

»Beim Blut des Almin, Kardinal«, sagte er, »hier haben wir jemanden aus Eurem Orden! Laßt mich Euch behilflich sein, Pater«, fügte er höflich hinzu und streckte dem verstörten Katalyten die Hand entgegen.

Trotz des respektvollen Tonfalls waren die Worte nicht als Bitte, sondern als Befehl zu verstehen, und

Saryon mußte wohl oder übel gehorchen. Garald griff nach seinem Arm und half ihm aus dem Gebüsch heraus.

Joram, der sich unbeobachtet glaubte, tat ein paar vorsichtige Schritte auf die Stelle zu, an der sein Schwert lag, erstarrte jedoch zu völliger Reglosigkeit, als drei Reifen aus Feuer sich aus der Luft über ihn senkten – der eine umschloß seine Knie, der andere die Taille und der dritte seine Arme in Höhe der Ellenbogen. Die Feuerringe berührten ihn nicht, aber er spürte die verzehrende Hitze, die sie verströmten, und wagte sich nicht zu rühren.

Nachdem sie sich auf diese Weise des Jungen versichert hatten, schauten die *Duuk-tsarith* in Erwartung weiterer Befehle schweigend auf ihren Gebieter.

»Sucht die Lichtung ab«, trug Garald ihnen auf. »Vielleicht sind unsere Besucher nicht allein. Aber zuerst erlöst uns bitte von dieser verflixten Dunkelheit!«

Die *Duuk-tsarith* gehorchten. Im Nu war es wieder hellichter Tag, und alle standen geblendet in der grellen Nachmittagssonne. Als Saryons Augen sich an die Helligkeit gewöhnt hatten, merkte er, daß die Hexenmeister wie Ausgeburten der Finsternis mit ihr verschwunden waren. Er hielt suchend Ausschau, als ihm bewußt wurde, daß Garald zu ihm sprach.

»Ich hoffe sehr, Ihr gehört nicht zu diesen jungen Strauchdieben, Pater«, sagte er ruhig, aber mit einer gewissen Kälte in der Stimme. »Auch wenn mir zu Ohren gekommen ist, daß abtrünnige Katalyten das Land durchstreifen sollen.«

»Ich bin kein abtrünniger Katalyt, Euer Gnaden«, protestierte Saryon, dann stockte er, und das Blut stieg ihm in die Wangen. »Nun ja, vielleicht doch«, gab er kleinlaut zu, »aber urteilt nicht, bevor Ihr meine

Geschichte gehört habt.« Er wandte sich an den Kardinal, der zu ihnen getreten war. »Ich – wir sind keine Strauchdiebe, das versichere ich Euch!«

»Dann erklärt mir euer befremdliches Verhalten«, forderte Garald ihn mit einiger Schärfe auf.

»Ich kann es erklären, glaubt mir.« Saryon rang die Hände. »Es war ein Versehen …«

Er wurde von den beiden Erzwingern unterbrochen, die sich plötzlich vor Garald materialisierten.

»Ja?« fragte er. »Was habt ihr gefunden?«

»Nichts weiter, Euer Gnaden, nur dieses Ding hier.« Eine der schwarzgekleideten Gestalten hielt mit ausgestrecktem Arm einen großen Eimer aus Holz in die Höhe.

»Ein ungewöhnlicher Fund, so weit entfernt von jeder menschlichen Ansiedlung, aber sonst wohl kaum bemerkenswert«, meinte Garald, nachdem er den Fund mit einem gleichgültigen Blick gestreift hatte.

»Es handelt sich um einen durchaus bemerkenswerten Eimer, Euer Gnaden«, sagt der *Duuk-tsarith*.

»Nein, nein«, meldete der Eimer sich hastig zu Wort, »nur ein schlichter, gewöhnlicher Eimer. An mir ist überhaupt nichts Bemerkenswertes, ganz und gar nichts!«

»In des Almins Namen!« hauchte Garald, während der Kardinal unwillkürlich zurückwich und ein rasches Gebet murmelte.

»Eine schlichte Schüssel, ein kläglicher Kübel, ein trauriger Topf«, plapperte der Eimer weiter. »Gilt's den Durst zu löschen oder die hochwohlgeborenen Füße zu kühlen – stets zu Diensten, guter Herr …«

»Donner und Doria!« rief Garald. Er riß dem Hexenmeister den Eimer aus der Hand und schüttelte ihn. »Simkin, du Holzkopf! Erkennst du mich nicht?«

Zwei Augen tauchten am Rand des Eimers auf und fixierten den hochgewachsenen Mann durchdringend. Sie zwinkerten ein paarmal heftig, ein hohles Lachen ertönte, und der Eimer nahm die Gestalt des flaumbärtigen jungen Mannes an, gewandet in sein liebstes *Matsch und Modder*-Kostüm.

»Garald!« rief er und schloß sein Gegenüber in die Arme.

»Simkin!« Garald klopfte ihm auf den Rücken.

Der Kardinal schien über das Auftauchen Simkins noch weniger erfreut zu sein als über den sprechenden Eimer. Er hob den Blick zum Himmel, barg die Hände in den weiten Kuttenärmeln und schüttelte den Kopf.

»Ich habe Euch wirklich nicht erkannt«, meinte Simkin, trat einen Schritt zurück und betrachtete den Edelmann mit leuchtenden Augen. »Was hat Euch in diese scheußliche Gegend verschlagen? Doch einen Moment, ich möchte Euch meinen Freunden vorstellen. Joram, Mosiah …« Simkin drehte sich zu den beiden herum, scheinbar ohne zu bemerken, daß der eine gelähmt am Boden lag und der andere von drei feurigen Reifen daran gehindert wurde, sich zu bewegen. »… darf ich bekannt machen: Seine Königliche Hoheit, Garald, Kronprinz von Sharakan.«

Der Kronprinz

»Das sind also Freunde von dir?« Der Blick des Prinzen glitt über Mosiah hinweg und blieb an Joram haften. Die Reifen aus sengendem Feuer zwangen den jungen Mann stillzuhalten, wenn er sich nicht ernsthafte Verbrennungen zuziehen wollte. Trotzdem drückte das starre Gesicht keine Angst aus, sondern Zorn und Verbitterung über diese unrühmliche Niederlage.

»Sie stehen mir näher als leibliche Brüder«, bekräftigte Simkin. »Ihr erinnert Euch, auf welch tragische Weise ich meinen kleinen Bruder verloren habe? Der liebe gute Nat. Es war im Jahr …«

»Ja, ja«, unterbrach ihn der Prinz hastig. Er wandte sich an die *Duuk-tsarith*. »Gebt sie frei.«

Die Erzwinger verneigten sich; mit einer Geste und einem Wort hoben sie den Zauber der Nullmagie erst von Mosiah, der tief Atem holte und mit ausgebreiteten Armen kraftlos auf dem Rücken liegenblieb. Auch die Feuerringe, die Joram hielten, verschwanden, aber der junge Mann machte von seiner Freiheit keinen Gebrauch, sondern verschränkte die Arme vor der Brust und starrte erhobenen Hauptes zum sonnendurchfluteten Waldrand hinüber. Es gab dort nichts Besonderes zu sehen, aber seine Haltung drückte unmißverständlich aus, daß er aus freiem Willen auf diesem Fleck stehenblieb und entschlossen war, dort stehenzubleiben, bis er tot umfiel.

Garalds Lippen zuckten. Er legte den gekrümmten Zeigefinger an den Mund, um sein Lächeln zu verbergen, und wandte sich erneut an Simkin. »Und der Katalyt?«

»Der glatzerte Geselle ist auch ein Freund von mir«, erklärte der junge Mann und schaute sich nach allen Seiten um. »Wo steckt Ihr denn, Pater? Ach da. Prinz Garald – Pater Saryon.«

Der Prinz verneigte sich anmutig, eine Hand auf dem Herzen, wie es im Norden Sitte war. Saryon erwiderte die Verbeugung weniger graziös, er befand sich in einem Zustand der Verwirrung, in dem er kaum noch wußte, was er tat.

»Pater Saryon«, der Prinz wies auf den Katalyten, der ihn begleitete, »hier stelle ich Euch Seine Eminenz, Kardinal Radisovik vor, Freund und Berater meines Vaters.«

Saryon kniete demütig nieder, um die Fingerspitzen des weißgekleideten Kardinals zu küssen, aber der Priester ergriff seine Hand und hob ihn auf.

»Diese unterwürfigen Huldigungen haben wir bei uns im Norden abgeschafft«, erklärte er. »Es ist mir ein Vergnügen, Euch kennenzulernen, Pater Saryon. Ihr seht erschöpft aus. Wollen wir nicht auf die Lichtung zurückkehren? Die heißen Quellen dort bewirken ein so angenehm mildes Klima, findet Ihr nicht auch?«

Bei diesen Worten merkte Saryon, wie sehr er fror, und ihm fiel auf, daß sie beim Betreten des Waldes tatsächlich einen Schritt vom Frühling zurück in den Winter getan hatten. Simkins Worte kamen ihm wieder in den Sinn: *Diese Lichtung ist nicht ganz geheuer.* Allerdings nicht! Der Prinz hatte sich mittels seiner Zauberkraft ein angenehmes Plätzchen für sein Nachtlager geschaffen, und sie waren ahnungslos in dieses kleine Eldorado hineingetreten! Was für unglaubliche, naive Dummköpfe ...

»Euch umwittert der Hauch eines großen Abenteuers, Pater«, fuhr Radisovik fort, während sie nebeneinander zur Lichtung spazierten. »Es ist bestimmt eine faszinierende Geschichte, auf welchen Wegen ein Mann der Kirche in solche« – der Kardinal suchte nach Worten – »interessante Gesellschaft geraten konnte.«

Nichts hätte liebenswürdiger sein können als diese von höflichem Interesse geprägte Einleitung zu einer zwanglosen Plauderei, aber Saryon hatte den Austausch bedeutungsvoller Blicke zwischen dem Prinzen und Radisovik bemerkt, und es war gewiß kein Zufall, daß er, Saryon, von dem Kardinal zur Lichtung geleitet wurde, während der Prinz und Simkin sich um Mosiah kümmerten.

Saryon begriff. *Man will uns getrennt verhören, dann vergleichen der Prinz und Radisovik, was sie erfahren haben.* Und wie diskret sie sich verständigt hatten, ohne ein Wort zu sprechen!

Die hohe Kunst der Diplomatie und der höfischen Intrige. Bei dem Gedanken an das Geheimnis, das er hütete, durchfuhr Saryon ein Stich der Angst. Er hatte keine Begabung für derlei Spiele.

Während er neben dem Kardinal herging und mit einem Ohr der freundlichen Konversation lauschte, kam es ihm plötzlich zu Bewußtsein, daß auch Radisovik ein Renegat sen mußte; der Mann, von dem Vanya gesprochen hatte; der Priester, der den wahren Kirchenfürsten ins Exil geschickt hatte.

Was für eine merkwürdige Begegnung! War dies Zusammentreffen die Antwort auf Gebete, die Saryon nicht gesprochen hatte? Oder wieder nur ein Beweis, daß es im Universum nichts gab, kein höheres Wesen, keinen Gott, nur Leere, Kälte und Gleichgültigkeit?

Die Zeit würde es erweisen. Saryon fragte sich, wieviel ihnen davon noch blieb.

»Wie geht es dir, junger Freund?« fragte der Prinz den erstaunten Mosiah in dem Tonfall distanzierter Anteilnahme.

»Viel – viel besser, Euer Gnaden«, stammelte Mosiah verlegen. Als er sah, daß der Prinz niederknien wollte, um ihm zu helfen, versuchte er schnell, sich alleine aufzurappeln. »Bitte, bemüht Euch nicht, Ho... Hoheit. Es geht mir gut, wirklich.«

»Ich hoffe, Ihr verzeiht uns diese Behandlung«, meinte Garald. »Ihr werdet verstehen, daß man in der Wildnis außerordentlich vorsichtig sein muß.«

»Aber ja, Euer Gnaden.« Mosiah, der sich auf Simkin stützte, war so rot im Gesicht, als hätte er Fieber. »Wir – wir haben Euch auch verwechselt ...«

»Wahrhaftig?« Garald hob interessiert eine feingezeichnete Augenbraue.

»Vergebung, Euer Gnaden«, mischte einer der *Duuk-tsarith* sich ein, »aber es wird spät. Wir sollten uns auf die Lichtung begeben, wo es sicher ist.«

»O ja. Danke, daß Ihr mich erinnert.« Der Prinz

wies auf Mosiah. »Würdet Ihr Euch dieses jungen Mannes annehmen und ihn zu seinem Ruheplatz geleiten?«

Der Erzwinger tat wie ihm geheißen. Die Hände nach dem Brauch seines Ordens vor dem Leib gefaltet, blieb er neben seinem Schützling stehen, ohne ihn zu berühren, doch Mosiah begriff, daß es sich um einen Befehl handelte, nicht um eine Aufforderung. Er setzte sich in Bewegung, und der Hexenmeister folgte ihm, schwarz und lautlos wie ein Schatten. Joram verharrte immer noch trotzig an derselben Stelle und tat, als ginge ihn das alles nichts an. Der zweite *Duuk-tsarith* hatte ihn derweil keinen Moment aus den Augen gelassen.

Auch Garald sah zu Joram hin und wandte sich mit gedämpfter Stimme an Simkin. »Deine Freunde sind ein merkwürdiges Trio, aber dieser junge Mann mit dem Schwert fasziniert mich besonders. Was weißt du über ihn?«

»Angeblich von hoher Geburt. Illegitim. Mutter entehrt. Lief davon. Sohn wuchs als FeldMagus auf. Kleiner Rebell. Tötete Verwalter. Floh ins Außenland. Etliche Ungereimtheiten. Unser Hochwürden sollte ihn zu Bischof Vanya bringen. Konnte oder wollte nicht. Haufen Ärger. Jetzt der Schwarzen Magie verfallen, alle beide«, rasselte Simkin herunter, scheinbar sehr zufrieden mit seiner Zusammenfassung.

»Hm.« Garald musterte Joram von Kopf bis Fuß. »Und das Schwert?«

»Arkanum.«

Der Prinz holte tief Atem.

»Arkanum? Bist du sicher?« flüsterte er und zog Simkin dichter zu sich heran.

Simkin nickte.

Garald stieß den angehaltenen Atem durch die

Zähne. »Der Almin sei gepriesen«, sagte er andächtig. »Begleite mich. Ich möchte mit diesem jungen Mann reden und brauche deine Hilfe. So, ihr seid aus dem Dorf der Nigromanten gekommen?« bemerkte er mit erhobener Stimme zu Simkin, als sie beide sich Joram näherten.

»Allerdings, Hochwohlgeboren«, bestätigte Simkin heiter. »Und ich muß gestehen, ich bin froh, jener rustikalen Umgebung entflohen zu sein.« Das orangefarbene Seidentuch flatterte vom Himmel in seine ausgestreckte Hand. In den Strahlen der tiefstehenden Sonne sah es aus wie ein tanzendes Flämmchen. »Der Geruch, Prinz, war absolut unerträglich, glaubt es mir. Glühende Kohlen, Schwefeldämpfe. Ganz zu schweigen von diesem infernalischen Gehämmere Tag und Nacht.«

Sie blieben vor Joram stehen, der stur nach vorn schaute und sich weigerte, ihre Anwesenheit zur Kenntnis zu nehmen.

»Dein Name ist Joram?« erkundigte Garald sich höflich.

Mit sichtlichem Widerwillen bequemte Joram sich, den Prinzen anzusehen. »Gebt mir mein Schwert zurück«, verlangte er heiser.

»›Gebt mir mein Schwert zurück‹, *Euer Gnaden*«, berichtigte ihn Simkin im Tonfall des Kardinals.

Joram warf ihm einen zornigen Blick zu. Garald überspielte sein Lachen mit einem Räuspern. Er nutzte die Gelegenheit, um Jorams Gesicht im Licht der Nachmittagssonne zu studieren.

»Ja«, sagte er zu sich selbst, »ich glaube, daß er von hoher Geburt ist. Ein edler Stein in ungeschlachter Fassung. Und ich kenne das Gesicht!« Garald runzelte sinnend die Stirn. »Dieses Haar – wundervoll! Die Augen – stolz, empfindsam, intelligent. Zu intelligent. Ein gefährlicher junger Mann. Immerhin hat er das Arkanum entdeckt. Aber was hat er damit vor? Ahnt er auch nur, welche furchtbare Macht er zu neuem Leben erweckt hat? Ahnt es überhaupt irgend jemand?«

»Mein Schwert!« wiederholte Joram starrsinnig, während er mit finsterer Miene die Musterung des Prinzen über sich ergehen ließ.

»Du mußt entschuldigen. Ein Kratzen im Hals ... Die Windblumen ...« Garald neigte leicht den Kopf. »Selbstverständlich kannst du dein Schwert wiederhaben.« Er warf einen Blick auf die am Boden liegende Waffe. »Außerdem möchte ich mich für unser Verhalten entschuldigen. Ihr habt uns überrascht, und wir reagierten zu hastig.« Der Prinz schenkte dem jungen Mann ein ernstes Lächeln.

Verblüfft und ratlos schaute Joram von dem Prinzen zu seinem Schwert und wieder auf den Prinzen. Eine dunkle Röte stieg in seine Wangen, und er runzelte die Brauen, doch sein Zorn war verraucht. Zurück blieb ein Gefühl der Scham. Zum erstenmal in seinem Leben war sich Joram schmerzlich seiner schäbigen Kleider und struppigen Haare bewußt.

Mißtrauisch und ohne Garald aus den Augen zu lassen, ging Joram langsam zu der Stelle, wo das Schwert lag – ein Relikt der Nacht im sonnenbeschienenen Gras. Der Prinz rührte sich nicht, und auch der schwarzgewandete *Duuk-tsarith* stand regungslos wie eine Statue. Joram hob die Waffe auf und schob sie hastig in die schmucklose Hülle, auf der der Blick des Prinzen mit Geringschätzung ruhte.

»Kann ich gehen?« fragte Joram schroff.

»Ich befürchte, ihr seid in gewisser Hinsicht immer noch unsere Gefangenen«, antwortete der Prinz diplomatisch, »doch es wäre mir lieber, ihr könntet euch entschließen, heute nacht unsere Gäste zu sein. Gebt uns Gelegenheit, wiedergutzumachen, was ...«

»Hört auf, uns zu verspotten«, fuhr Joram auf, »Euer Gnaden!« Er hatte einen bitteren Geschmack im Mund. »Ihr hattet jedes Recht, uns anzugreifen, ja sogar zu töten. Und was das Schwert betrifft, es *ist* primitiv und wertlos, verglichen mit dem Euren« – Joram konnte sich nicht helfen, seine Augen richteten sich verlangend auf die herrliche Klinge, die der Prinz in einer magischen Lederscheide an der Hüfte trug – »aber ich habe es selbst geschmiedet, mit meinen eigenen Händen. Und ich hatte nie zuvor ein echtes Schwert gesehen.«

»Wertlos auf keinen Fall«, sagte Garald. »Nicht ein Schwert aus Arkanum, das Magie zu absorbieren vermag ...«

Joram warf einen scharfen Blick auf Simkin, der unschuldig lächelte.

»Komm mit mir auf die Lichtung«, fuhr Garald fort. »Es ist wärmer dort, und wir sind gefeit vor den Gefahren, die nach Einbruch der Dunkelheit hier lauern.« Der Prinz trat neben Joram und legte ihm die Hand auf die Schulter.

Es war eine Geste wie zwischen Freunden. Oder die Geste eines Mannes, der ein störrisches Tier besänftigen will. Joram zuckte unter der Berührung zusammen. Er sah das Mitleid in den Augen des Mannes und beherrschte nur mühsam das Verlangen, die Hand von seiner Schulter zu schlagen. Warum beherrschte er sich? Weshalb die Skrupel? Es war Joram plötzlich sehr wichtig, den Respekt dieses Mannes zu gewinnen.

»Wo kommst du her, Joram?« fragte Garald.

»Ist das von Bedeutung?« fragte Joram schroff zurück.

»Wo stammt deine *Familie* her, wollte ich sagen«, berichtigte sich der Prinz.

Wieder flog Jorams Blick unter gerunzelten Brauen zu Simkin, der neben ihnen her schlenderte. Garald lächelte. »Ja, er hat mir einiges über dich erzählt. Ich muß gestehen, ich bin furchtbar neugierig. Simkins kurzem Überblick konnte ich entnehmen, daß dein Leben nicht einfach gewesen ist. Vielleicht hältst du meine Fragen für einigermaßen unverschämt. Du magst sogar recht haben, aber ich bin weit gereist und kenne die meisten der adligen Familien hierzulande, außerdem muß ich zugeben, daß du mir bekannt vorkommst. Kennst du deinen Familiennamen?«

Die Scham, die in Jorams Gesicht brannte, war Antwort genug, aber er warf stolz den Kopf zurück. »Nein.« Mehr hatte er nicht sagen wollen, aber das aufrichtige Interesse, mit dem Garald ihn betrachtete, verlockte ihn weiterzureden. »Ich weiß nur, daß meine Mutter Anja hieß und daß sie aus Merilon stammte. Mein Vater war – war ein Katalyt.« Seine Lippen zuckten, er schaute zur Lichtung, wo man Saryon mit dem Kardinal sprechen sehen konnte.

»Gütiger Almin!« Der Prinz war seinem Blick gefolgt. »Du willst doch nicht andeuten ...«

»Selbstverständlich nicht!« Joram begriff, welchem Irrtum Garald erlegen war. »Nicht *er*!« Die Bitterkeit ergriff wieder von ihm Besitz. »Als er mich zeugte, beging mein Vater ein Verbrechen. Man verurteilte ihn zur Wandlung, und jetzt steht er als lebende Statue an der Grenze zur Schattenwelt.«

»Mein Gott«, murmelte der Prinz. Statt Mitleid drückte seine Stimme jetzt Sympathie aus. »Dann ist deine Familie also in Merilon ansässig.« Wieder studierte er Jorams Züge. »Ja, das paßt zu dem, was mein Gefühl mir sagt. Wenn ich nur ...«

Ärgerlich schüttelte er den Kopf und forschte in seiner Erinnerung, doch sein Gedankengang wurde von Simkin unterbrochen, der unflätig gähnte. »Es ist mir von Herzen zuwider, unser faszinierendes Plauderstündchen zu beenden, aber vor dem Abendessen würde ich doch gerne noch ein kleines Nickerchen halten.« Wieder ein Gähnen. »Es ist nicht leicht, ein Eimer zu sein. Ganz zu schweigen von der Tatsache, daß Eure schwarzgewandeten Leibwächter in Wirklichkeit zwei große Tölpel sind, die im Gras über mich stolperten. Auch ein Holzeimer hat seine edlen Teile und läßt nicht gerne auf sich herumtrampeln.« Mit einem indignierten Schniefen betupfte er sich die Nase.

»Aber natürlich, mein Freund, dein Nickerchen sei dir gegönnt.« Garald lächelte. »Du siehst ein wenig blaß aus.«

»Autsch!« Simkin zog den Kopf zwischen die Schultern. »Diese Anspielung war Eurer nicht würdig, mein Prinz. Süße Träume. Dir auch, o Schwelger in Weltschmerz und Melancholie.« Er winkte Joram zu und ließ sich von den Strömungen der warmen Frühlingsluft auf die Lichtung hinaustragen.

»Seit wann kennt Ihr Simkin?« fragte Joram unwillkürlich, während er zuschaute, wie der grüne Umhang und die grüne Kappe mit der Fasanenfeder flatternd und wippend entschwanden.

»Simkin kennen?« Der Prinz hob belustigt die Augenbrauen. »Ich kann mir nicht vorstellen, daß irgend jemand ihn jemals gekannt hat.«

»Nun, Radisovik, was habt Ihr herausgefunden?«

Nacht – wirkliche Nacht, nicht durch Magie heraufbeschworen – hatte sich über die Lichtung gesenkt. In der Mitte des Lagerplatzes brannte ein kleines Feuer. Man hatte es entzündet, um zwei Kaninchen zu braten, die der Prinz schon vormittags in Schlingen gefangen hatte, und jetzt erfüllte es die friedliche Waldlichtung mit anheimelnder Helligkeit. Eigentlich war der Prinz, dem seine eigenen magischen Kräfte sowie die seiner Leibwächter zu Gebote standen, auf Feuer und Schlingen nicht angewiesen. Mit einer Handbewegung hätte er ein opulentes Mahl herbeizaubern können. Doch Garald legte Wert darauf, in jeder Beziehung unabhängig zu sein. Man wußte nie, wann man gezwungen sein mochte, ohne Magie auszukommen.

Der Prinz und der Kardinal spazierten zwischen den Bäumen einher, in Sichtweite des Lagers und unter den wachsamen Augen der *Duuk-tsarith.* Der Katalyt saß neben dem Feuer, hielt einen Becher mit heißem Tee zwischen den Händen und hatte sichtlich Mühe, die Augen offenzuhalten. Nicht weit von ihm schlief Mosiah in eine der weichen Decken gewickelt, die der Prinz mit eigenen Händen für sie herbeigezaubert hatte. Joram lag neben seinem Freund, aber er war hellwach. Seine Blicke folgten dem Prinzen und dem Kardinal, eine Hand ruhte auf dem Schwert an seiner Seite. Garald fragte sich, ob der Junge wirklich vorhatte, die ganze Nacht wachzubleiben und aufzupassen. Unwillkürlich lächelte er und schüttelte den Kopf. Er war selbst einmal siebzehn gewesen, vor gar nicht so langer Zeit. Jetzt war er achtundzwanzig. Und konnte sich noch gut erinnern.

Ihr dritter Gast, Simkin, hatte sein Bett in einiger Entfernung von seinen Weggefährten in einem Blumenfeld aufgeschlagen. Angetan mit einem plissierten Nachthemd und einer Zipfelmütze, lag er friedlich schnarchend auf dem Rücken, doch ob er wirklich schlief oder nur schauspielerte, war ungewiß. Garald jedenfalls wußte es nicht. Er kannte Simkin aber gut genug, um zu wissen, daß beides möglich war.

»Euer Gnaden?«

»Oh, ich bitte um Vergebung, Kardinal. Ich war geistesabwesend. Bitte sprecht weiter.«

»Was ich erfahren habe, ist von größter Wichtigkeit, Euer Gnaden.« Der leise Vorwurf in der Stimme des Kardinals war nicht zu überhören.

»Ihr habt meine ungeteilte Aufmerksamkeit«, versicherte ihm der Prinz ernst.

»Der Katalyt, Saryon, hat erst vor kurzem mit Bischof Vanya gesprochen.«

»Wie das?« Garalds Interesse erwachte.

»Die Krypta, Prinz, ohne Zweifel, obwohl der arme Mann davon keine Ahnung hat. Doch was er sagt, läßt nur diesen einen Schluß zu. Er hat mir erzählt, daß Vanya auf unsere Vernichtung hinarbeitet ...«

»Das ist nichts Neues«, murmelte Garald stirnrunzelnd.

»Nein, Hoheit. Die Neuigkeit ist, daß Blachloq ein Spion war. Ja, der Mann ist Vanyas Werkzeug gewesen und wurde ins Dorf der Nigromanten geschickt, um dort das Netz zu spinnen, in dem man uns fangen wollte. Sobald wir erst von den Nigromanten und ihren Waffen abhängig waren, sollte Blachloq sich gegen uns *und* gegen sie wenden. Uns hätte man eine Niederlage bereitet und die Nigromanten ausradiert.«

»Ein gewiefter Schurke, dieser Blachloq«, meinte Garald grimmig. »Aber mir ist aufgefallen, daß Ihr von ihm in der Vergangenheit sprecht.«

»Er ist tot, Euer Gnaden. Der junge Mann«, Radisovik nickte zu Joram hin, »hat ihn getötet.«

»Einen *Duuk-tsarith*?« Garald konnte es nicht glauben.

»Mit dem Schwert, Prinz, und der Hilfe des Katalyten.«

»Aha, das Schwert aus Arkanum.« Garalds Stirn glättete sich. Dann runzelte er wieder die Brauen, als sein Blick auf Joram fiel. »Wirklich ein gefährlicher junger Mann«, bemerkte er und versank in nachdenkliches Schweigen. Der Kardinal schwieg ebenfalls.

»Traut Ihr dem Katalyten?« fragte Garald plötzlich.

»Ja, bis zu einem gewissen Punkt.«

»Was meint Ihr damit?«

»Saryon ist im Herzen ein Gelehrter, Euer Gnaden, ein genialer Mathematiker. Sein Wissensdurst hat ihn verlockt, sich mit den Schwarzen Künsten der Technologie zu beschäftigen. Er ist ein schlichter Mensch. Jemand, der sich nach einem geruhsamen Dasein in den sicheren Mauern des Baptisteriums sehnt. Doch es ist etwas geschehen, das ihn aus der Bahn geworfen hat; etwas, das sein Leben überschattet.«

»Etwas, was mit dem jungen Mann zu tun hat?«

»Ja, Euer Gnaden.«

»Simkin hat einige Andeutungen gemacht – Vanya soll den Katalyten beauftragt haben, ihm Joram ins Baptisterium zu bringen.« Garald zuckte mit den Schultern. »Nun ja, Simkin redet viel. Ich habe die Hälfte nicht geglaubt.«

»Der Katalyt erzählt dasselbe, Euer Gnaden. Nach seinen Worten erhielt er von Bischof Vanya den Befehl, Joram ohne Aufsehen aus dem Dorf der Nigromanten herauszuschaffen und ihm auszuliefern.«

»Und Ihr glaubt ...«

»Er sagt uns die Wahrheit, aber nicht die ganze Wahrheit. Nach meiner Ansicht ist das der Grund, weshalb er so vorbehaltlos bereit ist, mir alles über Blachloq zu erzählen, mehr als ich überhaupt wissen wollte. Der arme Mann ist leicht zu durchschauen. Ganz eindeutig flattert er mit seinem gebrochenen Flügel, um mich von dem Nest mit dem Jungen fortzulocken.«

»Und hat er eine Erklärung dafür, weshalb Vanya so erpicht darauf war, den jungen Mann in seine Gewalt zu bekommen?«

»Nur was auf der Hand liegt, Euer Gnaden: daß Joram ohne Magie ist und außerdem ein Mörder. Er hat einen Verwalter erschlagen. Der Katalyt behauptet allerdings, Joram wäre bis aufs Blut gereizt worden. Der Verwalter hat die Mutter des Jungen getötet.«

»Pah!« Garald rieb sich die Stirn. »Wegen einer solchen Lappalie würde Bischof Vanya nicht diesen Aufwand betreiben. Er hätte die Angelegenheit den *Duuk-tsarith* überlassen. Der Katalyt hält an dieser unwahrscheinlichen Geschichte fest?«

»Und wird nicht davon abgehen, Euer Gnaden, bis zu seinem Tod. Aber mir ist noch etwas an diesem Saryon aufgefallen.«

»Und zwar?«

»Er hat seinen Glauben verloren«, sagte Radisovik leise. »Er ist ein Mann, der alleine in der Dunkelheit seiner Seele umherirrt. So ein Mensch wird sein Geheimnis um so eifersüchtiger bewahren, weil ihm sonst nichts geblieben ist.« Der Kardinal fröstelte in der Kühle unter den Bäumen. »Ganz sicher bin ich natürlich nicht. Die Hexenmeister mit ihren speziellen Methoden könnten es ihm vielleicht entreißen ...«

»Nein!« Garalds Blick flog unwillkürlich zu den düsteren Gestalten, die in diszipliniertem Schweigen nicht weit vom Lagerfeuer standen. »Das wäre der Stil Bischof Vanyas und seines Marionettenkaisers in Merilon. Wenn es der Wille des Almins ist, uns das Geheimnis dieses Mannes zu offenbaren, dann wird es geschehen. Wenn nicht, dann müssen wir uns bescheiden.«

»Amen«, sagte der Kardinal mit unverhohlener Erleichterung.

»Immerhin hat der Almin es gefügt, daß wir rechtzeitig von Blachloqs Verrat erfuhren«, meinte Garald lächelnd.

»Preis und Dank unserem Schöpfer«, entgegnete der Kardinal. »Und nun, Hoheit? Setzen wir trotz allem unsere Reise zu den Nigromanten fort?«

»Aber ja. Das heißt, wenn Ihr einverstanden seid«, fügte Garald eilig hinzu. Der junge Prinz, an schnelles, entschlossenes Handeln gewöhnt, vergaß hin und wieder, den Rat des älteren, erfahreneren Kardinals zu erbitten. Das war einer der Gründe, weshalb sein Vater, der König, sie beide mit dieser Mission betraut hatte.

»Ich halte es für klug, Euer Gnaden, besonders jetzt«, sagte Radisovik verstohlen schmunzelnd. »Nach dem Tod ihres Anführers werden im Dorf der Nigromanten Ratlosigkeit und Verwirrung herrschen. Der Katalyt hat mir berichtet, daß es eine Partei gibt, die für den Frieden ist, und eine andere, stärkere Gruppe, die diesen Krieg befürwortet. Es sollte uns leichtfallen, die Zügel in die Hand zu nehmen und eine wirkliche Zusammenarbeit mit ihnen zu beginnen.«

»Ja, das ist auch meine Absicht.« Garald blinzelte verschmitzt. »Aber vorläufig besteht doch kein Grund zur Eile, oder?«

Der Kardinal schien überrascht zu sein. »Nun, eigentlich nicht, Euer Gnaden. Wir sollten zur Stelle sein, bevor sich aus dem Wirrwarr ein neuer Führer herauskristallisiert hat ...«

»Eine Woche früher oder später würde keinen großen Unterschied machen, was denkt Ihr?«

»N... nein, Euer Gnaden«, antwortete der Kardinal ratlos. »Vermutlich nicht.«

»Und was haben unsere Gäste für Pläne? Wohin sind sie unterwegs?«

»Nach Merilon, Euer Gnaden.«

»Ja, das ergibt einen Sinn«, sagte Garald vor sich hin. »Joram sucht seinen Namen und sein Glück. Das kommt uns gut zupaß ...«

»Euer Gnaden?«

»Nichts, nichts. Ich rede nur mit mir selbst. Wenn Ihr keine Einwände habt, Radisovik, schlage ich vor, daß wir eine Woche hier lagern.«

»Und was, wenn ich fragen darf, habt Ihr in dieser Woche vor?«

»Mich als Fechtlehrer zu versuchen. Gute Nacht, Eminenz.«

Mit einer Verbeugung machte Garald kehrt und ging zum Feuer zurück.

»Gute Nacht, Euer Gnaden«, murmelte Radisovik und schaute dem Prinzen verwundert hinterher.

Joram

Garald kehrte langsam und in Gedanken versunken zum Feuer zurück, während der Kardinal ein seidenes Zelt betrat, das auf den Befehl eines der *Duuk-tsarith* neben den heißen Quellen entstanden war. Trotz seiner Geistesabwesenheit bemerkte der Prinz, daß Saryon ihn und den Kardinal die ganze Zeit über nicht aus den Augen gelassen hatte und daß der Blick des Katalyten jetzt von ihnen zu Joram wanderte. Der junge Mann war nun doch eingeschlafen, aber seine Hand umfaßte immer noch das Schwert.

Der Katalyt liebt ihn, soviel steht fest, dachte der Prinz, während er Saryon unter halb gesenkten Lidern hervor betrachtete. Wie tragisch, daß die Zuneigung offenbar nicht erwidert wird. Radisovik hat recht. Der Mann hütet ein Geheimnis, und freiwillig gibt er es bestimmt nicht preis, doch wenn ich ihn dazu bringen kann, über den Jungen zu sprechen, löst ihm das vielleicht die Zunge. Und ich erfahre gleichzeitig einiges über Joram.

»Nein, bleibt ruhig sitzen, Pater«, sagte Garald, als er bei dem Katalyten angelangt war. »Wenn es Euch recht ist, setze ich mich ein Weilchen zu Euch, außer, Ihr seid müde und wollt Euch zur Ruhe begeben.«

»Vielen Dank, Euer Gnaden«, erwiderte der Katalyt und ließ sich wieder in das weiche, duftende Gras sinken, das Zauberkraft in einen Teppich verwandelt hatte, wie er flauschiger und weicher nicht im kaiserlichen Palast zu finden war. »Ich bin froh über Eure Gesellschaft. Hin und wieder leide ich unter Schlaflosigkeit.« Er lächelte matt. »Es scheint, dies ist eine solche Nacht.«

»Auch ich finde oft keine Ruhe«, meinte der Prinz, während er neben Saryon Platz nahm. »Mein *Theldara* empfiehlt ein Glas Wein vor dem Zubettgehen.« Ein Kristallkelch erschien in der Hand des Prinzen, gefüllt mit einer rubinroten Flüssigkeit, die im Feuerschein ein Versprechen wärmender Glut verströmte. Er reichte den Kelch dem Katalyten.

»Ihr seid zu gütig, Euer Gnaden.« Saryon errötete vor Dankbarkeit über die Fürsorge des Prinzen. »Auf Euer Wohl.« Er trank einen kleinen Schluck. Es war ein köstlicher Wein, der Erinnerungen an Merilon und die Festlichkeiten bei Hofe weckte.

»Ich möchte mit Euch über Joram sprechen, Pater«, sagte Garald und streckte sich auf dem Gras aus. Seitlich aufgestützt, konnte er genau in das Gesicht des Katalyten sehen, während sein Kopf und Oberkörper außerhalb des Feuerscheins blieben.

»Ihr seid außerordentlich direkt, Hoheit«, meinte Saryon mit einem leichten Kopfschütteln.

»Eine meiner Schwächen«, bekannte Garald reuevoll und zupfte an den Grashalmen, »wenigstens behauptet das mein Vater. Er wirft mir vor, daß ich den Leuten Angst einjage, wenn ich mich auf sie stürze wie die Katze auf die Maus, statt mich von hinten anzuschleichen.«

»Ich will Euch gerne berichten, was ich über den jungen Mann weiß, Hoheit.« Saryons Blick suchte die in Decken gehüllte Gestalt neben dem Feuer. »Die Geschichte seiner frühen Jahre habe ich von anderen Leuten gehört, aber es gibt keine Veranlassung, an den Fakten zu zweifeln.«

Der Katalyt erzählte von Jorams trostloser, bizarrer Kindheit. Der Prinz lauschte stumm, aufmerksam, fasziniert.

»Es besteht kein Zweifel, daß Anja geistesgestört war«, erklärte Saryon betrübt. »Sie hatte Furchtbares erlebt. Sie mußte mitansehen, wie der Mann, den sie liebte ...«

»Jorams Vater, der Katalyt«, warf der Prinz ein.

»Ja.« Saryon hüstelte mehrmals. Garald fiel auf, daß der Mann es vermied, ihn anzusehen. »Der Katalyt. Er wurde zur Wandlung verurteilt. Seid Ihr je Zeuge dieser Bestrafung gewesen, Hoheit?« Jetzt schaute der Katalyt dem Prinzen ins Gesicht.

»Nein«, erwiderte Garald kopfschüttelnd. »Und ich bete zum Almin, daß es mir auch in Zukunft erspart bleibt.«

»Ihr seid gut beraten, darum zu bitten«, nickte Saryon und richtete den Blick wieder auf die tanzenden Flammen. »Mir ist es nicht erspart geblieben. Tatsächlich war ich dabei, als das Urteil an Jorams Vater vollstreckt wurde, obwohl ich damals selbstverständlich die Zusammenhänge nicht kannte. Wie verschlungen die Wege des Schicksals sind ...« Er schwieg so lange, daß Prinz Garald ihn behutsam an der Schulter berührte.

»Pater?«

Saryon fuhr auf. »Was? O ja ...« Fröstelnd barg er die Hände in den Kuttenärmeln. »Es ist eine grauenhafte Strafe. Es heißt, in der Welt der Ahnen wurden Menschen für ihre Verbrechen zum Tode verurteilt. Uns erscheint das barbarisch, vermutlich zu Recht, aber manchmal kann ich mich des Gefühls nicht erwehren, der Tod muß gnädig gewesen sein, verglichen mit unseren zivilisierten Methoden.«

»Ich habe erlebt, wie ein Mann in die Schattenwelt verbannt wurde«, sagte der Prinz halblaut. »Nein, wartet – es war eine Frau. Ja, eine Frau. Mein Vater nahm mich mit, ich war noch ein Junge. Ich bin sicher, daß er versucht hat, mich auf das Ereignis vorzubereiten, aber ich war noch nie durch die Transversalen gereist und so aufgeregt, daß ich nicht begriff, was er mir klarmachen wollte.«

Der Prinz setzte sich auf, schlang die Arme um die Knie und starrte in die Flammen. Die Erinnerung überschattete das ebenmäßige Gesicht und die klaren braunen Augen.

»Worin bestand ihr Verbrechen?«

»Ich versuche mich zu erinnern.« Garald zog die Stirn in Falten. »Es muß etwas Abscheuliches gewesen sein, vermutlich hatte es mit Ehebruch zu tun, denn mein Vater äußerte sich nur sehr vage über die Einzelheiten. Sie war eine Zauberin, das weiß ich noch. *Albanara* – ein vornehmes Mitglied des Hofstaats. Es wurde gemunkelt, sie hätte ihre magischen Kräfte benutzt, um einen Mann zu verführen, gegen seinen Willen.« Garald zuckte die Schultern. »Ich nehme an, das war *seine* Version.

In meiner kindlichen Einfalt glaubte ich, alles wäre nur ein Spiel. Ich war furchtbar aufgeregt. Der gesamte Hofstaat war anwesend, prächtig gewandet, ein Kaleidoskop der verschiedensten Rotschattierungen – eigens zu diesem besonderen Anlaß. Ich war stolz auf meinen Anzug und wollte ihn behalten, aber Vater duldete es nicht. Wir standen dort, an der Grenze, zu Füßen der riesenhaften steinernen Wächter ...«

Er stockte. »Damals wußte ich nicht, daß diese Männer und Frauen lebendig waren. Mein Vater hat es mir nie gesagt. Sie flößten mir Ehrfurcht ein, wie sie zehn Meter hoch über uns aufragten und mit starren Augen in die Nebelschwaden der Schattenwelt blickten. Ein grau gekleideter Mann trat vor, ein *Duuk-tsarith* wahrscheinlich, obwohl ich mich zu entsinnen glaube, daß sein Gewand etwas anders aussah ...«

»Der Henker, Euer Gnaden«, erklärte Saryon mit gepreßter Stimme. »Er lebt im Baptisterium und dient den Katalyten. Seine Robe ist grau – die Farbe der Neutralität – und versehen mit den Symbolen der Neun Mysterien, als Hinweis darauf, daß Gerechtigkeit keine Unterschiede kennt.«

»So genau erinnere ich mich nicht. Er war eine beeindruckende Gestalt, ein hochgewachsener Mann, der die Frau, die er gefesselt mit sich führte, so gewaltig überragte, wie uns andere die steinernen Wächter. Der Bischof – es muß Vanya gewesen sein, er ist Bischof so lange ich denken kann – hielt eine Rede, in der er sich über die Verbrechen der Frau ausließ. Ich fürchte, ich habe kaum hingehört. Mir war langweilig. Ich wollte, daß etwas passiert.

Vanya kam dann zum Ende. Er flehte zum Almin, sich der Bedauernswerten zu erbarmen. Sie hatte die ganze Zeit ruhig dagestanden und in trotzigem Schweigen den Anklagen gelauscht. Ihr Haar war feuerrot und fiel in wilden Locken bis auf die Hüften. Ihr Kleid war auch rot, rot wie Blut, und ich weiß noch, daß ich dachte: wie voller Leben ihr Haar ist und wie tot dagegen ihr Kleid. Doch als der Bischof den Almin anrief, warf sie den Kopf zurück und sank auf die Knie, mit einem Aufschrei, der meine kindliche Ahnungslosigkeit in Scherben fallen ließ.

Mein Vater spürte, wie ich zitterte und drückte mich fest an sich. Der Henker zerrte die Frau vom Boden hoch. Mit ausgestrecktem Arm befahl er ihr zu gehen ... Mein Gott!« Der Prinz schloß die Augen. »Gehen – in diesen entsetzlichen Nebel hinein! Die Unglückliche tat einen Schritt, dann fiel sie wieder auf die Knie. Ihr Flehen um Gnade war jammervoll anzuhören. Sie weinte und bettelte. Schließlich begann sie auf allen vieren rücklings von der Grenze wegzukriechen!«

Garald verstummte und blickte unverwandt in die Flammen. Sein Mund war ein schmaler, grimmiger Strich.

»Zu guter Letzt«, schloß er, »trug der Henker sie trotz ihres Sträubens bis zum äußersten Rand der Grenze. Die Nebelschwaden hüllten sie beide ein und verbargen sie vor unseren Blicken. Wir hörten einen letzten, furchtbaren Aufschrei und dann – Stille. Der Henker kam zurück – allein. Die Zuschauer gingen auseinander. Zu Hause wurde mir schlecht.«

Saryon äußerte sich nicht. Garald bemerkte mit Sorge, daß der Katalyt leichenblaß geworden war.

»Es ist nichts, Euer Gnaden«, antwortete Saryon auf die teilnahmsvolle Frage des Prinzen. »Nur – ich selbst bin auch Zeuge vieler Verbannungen gewesen. Die Erinnerung verfolgt mich. Wie Ihr sagt, es ist immer dasselbe. Manche Verurteilte gehen natürlich freiwillig. Stolz, trotzig, erhobenen Hauptes. Der Henker geleitet sie zur Grenze, und sie schreiten in den Nebel hinaus, als gelte es nur, von einem Zimmer ins andere zu gehen. Und doch ist da immer dieser letzte Schrei, der aus den weißen Schwaden zurücktönt, ein Schrei des Entsetzens und der Verzweiflung, der sich auch dem Tapfersten entringt. Ich frage mich, was es ist, das sie sehen ...«

»Genug davon!« sagte Garald hastig und wischte sich den Schweiß von der Stirn. »Wir werden beide Alpträume haben, also lassen wir das. Erzählt weiter von Joram.«

»Ja, Euer Gnaden. Obwohl auch seine Geschichte einem ungestörten Schlummer nicht eben förderlich ist. Ich erspare Euch die Einzelheiten der Verwandlung zu Stein. Es genügt, wenn Ihr wißt, daß der Henker seines Amtes waltet und daß ich – vor die Wahl gestellt – mich für diesen letzten Augenblick des Entsetzens im Nebel entscheiden würde statt für ein ewiges Leben in Stein.«

»Ja«, murmelte Garald. »Ihr kamt eben auf die Mutter des jungen Mannes zu sprechen.«

»Danke, daß Ihr mich erinnert habt, Euer Gnaden. Anja war gezwungen zuzusehen, wie ihr Liebster von einem lebenden Menschen in lebenden Fels verwandelt wurde, und anschließend brachte man sie zurück ins Baptisterium, wo sie das – das Kind ihrer Sünde zur Welt brachte.«

»Sprecht weiter«, forderte der Prinz ihn auf, denn Saryon war blaß geworden und hatte die Augen niedergeschlagen.

»Ihr Kind der Sünde«, wiederholte Saryon schwerfällig. »Sie nahm das Kind und floh aus dem Baptisterium in die Außenbezirke, wo sie in einem Dorf Arbeit als FeldMagierin fand. Dort wuchs ihr – dort wuchs Joram auf.«

»Diese Anja stammte aus einer adligen Familie? Joram *ist* also von hoher Geburt?«

»Von hoher Geburt? Ja, Euer Gnaden! Zumindest

hat Bischof Vanya es mir versichert.« Wieder mußte Saryon sich räuspern.

»Pater, mir scheint, unser Gespräch greift Euch zu sehr an«, sagte Garald besorgt. Die Lippen des Katalyten waren fahl, auf seinem geschorenen Kopf perlte der Schweiß. »Wir reden ein andermal weiter ...«

»Nein, nein, Euer Gnaden«, wehrte Saryon hastig ab. »Es – es freut mich, daß Ihr Interesse an – an Joram zeigt. Und – ich muß mir das vom Herzen reden. Es hat mich sehr bedrückt.«

»Also gut, Pater«, sagte der Prinz, während er sein Gegenüber aus dem Halbdunkel am Rand des Feuerscheins beobachtete, »dann erzählt weiter. Der Junge wuchs also in einem Dorf der FeldMagi auf.«

»Ja. Doch Anja sagte ihm, er sei von edler Herkunft, und sie sorgte dafür, daß er es nie vergaß. Von den anderen Kindern hielt sie ihn fern. Von dem Katalyten des Dorfes erfuhr ich, daß Joram die Hütte, in der sie lebten, nicht verlassen durfte, außer in Begleitung seiner Mutter, und auch dann war es ihm verboten, mit jemandem zu reden. Er blieb allein zu Hause, den ganzen Tag, während Anja auf den Feldern arbeitete. Anja war eine *Albanara*. Sie verfügte über große magische Kräfte, und sie umgab die Hütte mit einem Zauberbann, der verhinderte, daß Joram hinaus- oder jemand anders hineingelangte. Nicht, daß irgend jemand es versucht haben würde«, fügte Saryon hinzu. »Keiner im Dorf mochte Anja. Sie war kalt und hochmütig und prägte dem Jungen ein, er sei besser als die anderen.«

»Sie wußte, daß er tot war?«

»Sie hat es sich selbst nie eingestanden und auch ihm verschwiegen, aber ich vermute, das war mit ein Grund, weshalb sie ihn von allen anderen Kindern fernhielt. Sie wußte, daß Joram im Alter von neun Jahren auf das Feld gehen mußte, um für seinen Lebensunterhalt zu arbeiten. Also brachte sie ihm bei, mit Fingerfertigkeit und Taschenspielertricks seinen Makel zu vertuschen. Bei Hofe betreibt man derlei Hokuspokus als Gesellschaftsspiel, und dort hat sie es zweifellos gelernt. Sie lehrte ihn auch Lesen und Schreiben. Und sie brachte ihn zu seinem Vater.«

Garald starrte den Katalyt mit weit geöffneten Augen an.

»Ja. Joram spricht nie darüber, aber der Dorfkatalyt hat es mir erzählt. Er war es, der ihr die Transversale öffnete. Was dort geschah, kann man nur vermuten, aber der Katalyt sagte mir, bei seiner Rückkehr wäre der Junge leichenblaß gewesen, mit den Augen eines Menschen, der in den wallenden Nebeln der Schattenwelt den Tod geschaut hat. Seit dem Tag, an dem Joram das Standbild seines Vaters gesehen hatte, wurde er selbst zu Stein. Kalt, hochmütig, gefühllos. Wenige haben ihn lächeln gesehen. Niemand sah ihn je weinen.«

Der Prinz musterte den jungen Mann, der neben dem Feuer lag. Selbst im Schlaf hatten die wie gemeißelt wirkenden Züge sich nicht entspannt, die tiefschwarzen, dichten Brauen verliehen ihnen einen Ausdruck düsterer Strenge.

»Fahrt fort«, sagte der Prinz ruhig.

»Joram war ein gelehriger Schüler und lebte viele Jahre unerkannt als Toter im Dorf der FeldMagi. Ich weiß von ihm selbst, daß er immer gehofft hat, eines Tages über die wahre Magie zu gebieten. Er glaubte Anjas Beteuerungen, daß sich bei ihm wie bei vielen *Albanara* die Gabe später zeigte. Er glaubte, weil er glauben wollte. So, wie er immer noch all die Geschichten über die wunderschöne Stadt Merilon glaubt, die sie ihm erzählt hat. Er arbeitete mit den anderen auf den Feldern, und niemand stellte ihm Fragen. Es war nicht schwer, die FeldMagi zu täuschen«, erklärte der Katalyt. »Jungen in seinem Alter gewährt man kein Leben, aus Gründen, die auf der Hand liegen.«

»Damit der Verwalter sie unter Kontrolle halten kann«, sagte der Prinz grimmig.

»Ja, Euer Gnaden«, meinte Saryon und errötete leicht. »Die jungen Männer verrichten zumeist schwere körperliche Arbeit, wie zum Beispiel neues Land roden. Für solche Arbeiten braucht man keine magischen Kräfte. Noch ein anderer Umstand kam Joram zugute. Als er heranwuchs, hatte das Dorf einen guten Verwalter. Er duldete Jorams verdrossenes Wesen und seine düsteren Stimmungen. Schließlich kannte er ihn von klein auf. Zu dieser Zeit war Anjas Wahnsinn für jeden offensichtlich – sogar für Joram, nehme ich an, doch er hatte nur sie. Und Mosiah.«

»Aha. Darüber habe ich mich schon gewundert.« Der Blick des Prinzen wanderte zu dem zweiten jungen Mann, der schlafend neben Joram lag.

»Eine merkwürdige Freundschaft, Hoheit. Nach allem was ich gehört habe, wurde sie von Joram zu keiner Zeit ermutigt. Und doch empfindet er eine gewisse Zuneigung für Mosiah, wie man aus der Tatsache ersehen kann, daß er bereit war, Euch zu bekämpfen, um seinen Freund zu retten. Und Mosiah hält ihm unverdrossen die Treue, auch wenn er bestimmt oft selbst nicht weiß, warum eigentlich. Doch um mit Jorams Geschichte fortzufahren ...«, Saryon rieb sich die Augen, »... wie nicht anders zu erwarten, kam der Tag, an dem Joram erkannte, daß er tot war. Der alte Verwalter war gestorben, und sein Nachfolger nahm Anstoß an Jorams mürrischer Verschlossenheit. Er hielt ihn für einen Unruhestifter und war entschlossen, dem Jungen das Rückgrat zu brechen. Eines Morgens befahl der Verwalter dem Katalyten, Joram Leben zu gewähren, damit er über die Felder schweben und bei der Aussaat helfen konnte. Der Katalyt gehorchte, aber er hätte ebensogut versuchen können, einen Stein mit Leben zu erfüllen. Joram konnte so wenig fliegen, wie ein Leichnam atmen kann. Der Katalyt verkündete lauthals, der junge Mann sei tot, sehr zur Freude des Verwalters, der gleich davon sprach, die *Duuk-tsarith* zu rufen.

Das genügte, um Anja endgültig in den Abgrund des Wahnsinns zu stoßen. Sie verwandelte sich in einen Tiger und sprang dem Verwalter an die Kehle. Er schützte sich instinktiv mit einem magischen Schild, und Anja fiel wie vom Blitz getroffen tot zu seinen Füßen nieder. Ihr Sohn sah es mit an, ohne helfen zu können.«

»Gütiger Almin!« flüsterte der Prinz erschüttert.

»Joram hob einen großen Stein auf«, fuhr Saryon mit erzwungener Ruhe fort, »und warf ihn nach dem Verwalter. Er zerschmetterte ihm den Schädel. Nun war Joram zwiefach verdammt – einmal gehörte er zu den lebenden Toten, und dann hatte er noch einen Mord begangen. Er floh ins Außenland. Dort wurde er von Zentauren überfallen und für tot liegengelassen. Blachloqs Männer entdeckten Joram und schafften ihn ins Dorf. Die Nigromanten pflegten ihn gesund und wiesen ihm eine Arbeit in der Schmiede zu. Warum er sich Blachloq nicht angeschlossen hat, weiß ich nicht, aber wie Ihr gemerkt habt, lehnt er jede Autoritätsperson ab.«

»Die Schmiede ... Hat er dort von dem Arkanum erfahren?«

»Nein, Euer Gnaden. Das ist ein Geheimnis, das

selbst die Nigromanten nicht kennen. Es ist im Lauf der Jahrhunderte verlorengegangen ...«

»Das hat man uns glauben gemacht.«

»Joram fand Bücher, alte Schriften, die die Nigromanten auf ihrer Flucht ins Exil mitgenommen hatten. Heute können sie nicht einmal mehr lesen. Arme Leute. Sie kämpfen täglich nur ums Überleben. Aber Joram konnte die Bücher natürlich lesen, und in einem davon entdeckte er die Formel, um das Metall aus dem Arkanum-Erz herauszuschmelzen. Mit diesem Wissen schmiedete er das Schwert.«

Der Katalyt schwieg. Er war sich Garalds forschendem Blick bewußt, der auf ihm ruhte, senkte den Kopf und strich mit fahrigen Bewegungen über seine schäbige Kutte.

»Ich habe den Eindruck, Ihr laßt einiges ungesagt«, bemerkte der Prinz kühl.

»Ich lasse vieles ungesagt, Euer Gnaden«, erwiderte der Katalyt schlicht, hob den Kopf und begegnete dem Blick des Prinzen. »Ich weiß, ich bin ein erbärmlicher Lügner. Doch das Geheimnis, das ich im Herzen bewahre, gehört nicht mir allein, und es preiszugeben könnte für alle Beteiligten unabsehbare Folgen haben. Es ist schon besser, wenn nur ich davon weiß.«

Von dem ältlichen Mann in dem bescheidenen, abgetragenen Kleid seiner Berufung ging eine stille Würde aus, die Garald beeindruckte. Er erweckte den Anschein, als wäre seine Bürde zu schwer für ihn, und doch würde er sie tragen, bis er zusammenbrach. *Der Mann hat seinen Glauben verloren* – die Worte des Kardinals. *Dieses Geheimnis ist alles, was er noch hat ...*

Und das Mitleid und die Liebe, die er für Joram empfand.

»Erzählt mir von dem Arkanum«, meinte der Prinz, um dem Katalyten zu verstehen zu geben, daß er nicht die Absicht hatte, weiter in ihn zu dringen. Saryon dankte ihm mit einem matten Lächeln.

»Ich weiß auch nicht sehr viel darüber, Euer Gnaden«, bekannte er. »Nur was ich in den Schriften gelesen habe. Die Verfasser setzten ein Grundwissen voraus und befaßten sich deshalb nur mit den fortgeschrittenen Methoden der Verarbeitung. Sein Vorhandensein basiert auf einem physikalischen Naturgesetz, nach dem es für jede wirkende Kraft eine entgegengesetzt wirkende Kraft gibt, die ihr das Gleichgewicht hält. Daraus folgt, daß es in einer Welt, die Magie verströmt, etwas geben muß, das Magie absorbiert.«

»Arkanum.«

»Ja, Hoheit. Es ist ein Erz, in Aussehen und Eigenschaften dem Eisen vergleichbar und ausgezeichnet zur Herstellung von Waffen geeignet. Insbesondere das Schwert war die bevorzugte Waffe der alten Nigromanten. Erstens ist es ein Schutz gegen feindliche Zaubersprüche, dann kann man es benutzen, um die magischen Barrieren des Gegners zu überwinden, und schließlich dient es dazu, dem Leben des Gegners ein Ende zu bereiten.«

»All das wußte Joram, als er das Dunkle Schwert schuf?«

»Ja, Euer Gnaden. Er schuf es – mit meiner Hilfe. Ein Katalyt muß anwesend sein, um dem Erz Leben zu verleihen.«

Garald starrte ihn ungläubig an.

»Wie Ihr seht, bin auch ich verflucht«, äußerte Saryon ruhig. »Ich habe die geheiligten Regeln unseres Ordens gebrochen und einem Werkzeug der Finsternis Leben eingehaucht. Aber was sollte ich tun? Blachloq wußte von dem Arkanum. Er hatte vor, es für seine eigenen verwerflichen Ziele einzusetzen. Das glaubten wir zumindest. Zu spät fand ich heraus, daß er im Dienst der Kirche stand ...«

»Es hätte keinen Unterschied gemacht«, sagte Garald. »Ich bin sicher, sobald ihm die Macht des Arkanums bewußt geworden wäre, hätte er sich von der Kirche abgewandt und es für sich selbst behalten.«

»Bestimmt habt Ihr recht.« Saryon schaute zu Boden. »Dennoch, wie kann ich mir selbst verzeihen? Joram hat ihn ermordet, müßt Ihr wissen. Der Hexenmeister lag hilflos am Boden. Das Dunkle Schwert hatte seine Magie absorbiert und ich sein Leben. Wir – wir hatten die Absicht, den Hexenmeister den *Duuk-tsarith* zu übergeben. Es war mein Vorschlag, ihn in eine Transversale zu legen, wo sie ihn finden müßten. Ich hörte einen Schrei ...«

Saryon konnte nicht weitersprechen, seine Stimme brach. Garald legte ihm die Hand auf die Schulter.

»Als ich mich umschaute, sah ich Joram über dem leblosen Körper stehen, in den Händen das blutbefleckte Schwert. Er hatte geglaubt, ich wollte ihn verraten und ihn auch den Erzwingern ausliefern. Ich sagte ihm, ich hätte nichts dergleichen vorgehabt, aber Joram traut niemandem.« Saryon strich sich mit der Hand müde über das Gesicht. »Er versteckte die Leiche. Am selben Morgen sprach Bischof Vanya zu mir und verlangte, daß ich Joram und das Dunkle Schwert ins Baptisterium bringen sollte.« Saryon richtete die trüben Augen auf den Prinzen. »Wie kann ich das tun, Euer Gnaden?« rief er und rang die Hände. »Wie soll ich mit dem Wissen leben, daß er in die Schattenwelt verbannt wird? Wie soll ich es ertragen, diesen letzten Schrei zu hören und wissen, das ist seine Stimme? Und er ist entschlossen, nach Merilon zu gehen! Ausgerechnet! Ich kann ihn nicht davon abbringen! Aber Ihr könnt es, Euer Gnaden«, rief Saryon plötzlich in höchster Erregung. »Überredet ihn, Euch nach Sharakan zu begleiten. Vielleicht hört er auf Euch …«

»Und was soll ich ihm sagen?« hielt Garald ihm entgegen. »Komm nach Sharakan und sei ein Niemand? Wenn Merilon ihm seinen Namen, seinen Titel, sein Geburtsrecht zu bieten hat? Dafür würde jeder Mann ein Risiko auf sich nehmen. Ich werde ihn nicht zurückhalten.«

»Sein Geburtsrecht …«, wiederholte Saryon leise und gequält.

»Was sagt Ihr?«

»Nichts, gar nichts. Ich nehme an, Ihr habt recht.«

Aber Saryon erschien ihm so aufgeregt und bedrückt, daß Garald in freundlicherem Ton hinzufügte: »Ich sage Euch was, Pater – ich werde tun, was in meiner Macht steht, um wenigstens die Aussichten des Jungen zu verbessern, sein Ziel zu erreichen. Ich werde ihn lehren, wie er sich schützen kann, sollte er in Schwierigkeiten geraten. Das schulde ich ihm. Er hat uns immerhin davor bewahrt, von Blachloq ins Verderben gelockt zu werden. Wir sind ihm verpflichtet.«

»Ich danke Euch, Hoheit.« Es schien Saryon etwas leichter ums Herz geworden zu sein. »Wenn Ihr mich entschuldigen wollt, Euer Gnaden, ich glaube, ich werde jetzt schlafen können …«

»Selbstverständlich, Pater.« Der Prinz sprang auf und war dem Katalyten behilflich, sich zu erheben. »Ich muß mich entschuldigen, daß ich Euch so lange wachgehalten habe, aber die Geschichte dieses jungen Mannes ist faszinierend. Als kleine Wiedergutmachung habe ich ein Bett vorbereitet, mit den feinsten seidenen Kissen und Decken. Aber vielleicht wäre Euch ein Zelt angenehmer? Ich kann …«

»Nein, ein Bett neben dem Feuer ist mir recht. Viel besser, als ich es gewohnt bin, Euer Gnaden.« Saryon verneigte sich schwerfällig. »Außerdem bin ich plötzlich so müde, daß ich wahrscheinlich gar nicht merken werde, ob ich auf Daunen oder Kiefernnadeln liege.«

»Wie Ihr meint, Pater. Gute Nacht. Und, Pater« – Garald legte dem älteren Mann die Hand auf den Arm – »gebt Euch nicht die Schuld an Blachloqs Tod. Der Mann war böse. Wäre er am Leben geblieben, würde er nicht geruht haben, bis er Joram getötet und das Arkanum an sich gebracht hätte. Es war der Wille des Almins, daß Blachloq stirbt, und Joram nur das Werkzeug seiner Gerechtigkeit.«

»Vielleicht.« Saryon lächelte matt. »In meinen Augen ist und bleibt es ein Mord. Das Töten fällt Joram leicht – zu leicht. Für ihn ist es eine Möglichkeit, auch Macht auszuüben, ein Ersatz für die Macht der Magie, die ihm versagt blieb. Ich wünsche Euch eine gute Nacht, Euer Gnaden.«

»Möge der Almin über Euch wachen.«

»Das hoffe ich auch«, murmelte Saryon und wandte sich ab.

Bis in die sternenklaren Stunden kurz vor Tagesanbruch wanderte der Prinz von Sharakan ruhelos in der Lichtung auf und ab, eingehüllt in Pelze, die er herbeizauberte, ohne daran zu denken. Seine Gedanken beschäftigten sich mit der seltsamen, düsteren Mär von Wahnsinn und Mord, Magie und ihrem Widerpart. Als er schließlich glaubte, müde genug zu sein, um Einlaß in das Reich des Schlafs zu finden, blieb er stehen und betrachtete die in tiefem Schlummer liegenden Gestalten, die das Schicksal ihm in den Weg geführt hatte.

War es das Schicksal?

»Dies ist nicht der Weg nach Merilon«, sagte er zu sich selbst. Die Tatsache kam ihm erst jetzt zu Bewußtsein. »Wenigstens nicht der kürzeste und sicherste. Es gibt andere ...

Und wer ist ihr Führer? Laß mich raten. Drei, die noch nichts von der Welt gesehen haben. Einer, der überall und nirgends gewesen ist.« Er trat zu der Gestalt in dem weißen Nachthemd. Kein Säugling in den Armen der Mutter hätte süßer ruhen können als Simkin.

»Was ist das nur wieder für ein Spiel, das du treibst, alter Freund?« murmelte Garald. »Gewiß nicht Tarock. Von all den Schatten, die ich auf diesen jungen Mann fallen sehe, scheint deiner der schwärzeste zu sein.«

Sinnend begab der Prinz sich zu seinem Zelt und überließ den reglosen, wachsamen *Duuk-tsarith* die alleinige Herrschaft über die Nacht.

Doch Garalds Schlummer war nicht ungestört, wie er gehofft hatte. Mehr als einmal schreckte er auf und glaubte von Ferne das spöttische Lachen eines Eimers zu hören.

Der Fechtlehrer

»Steh auf!«

Eine Stiefelspitze traf Joram in die Rippen, nicht eben sanft. Verstört, mit wild klopfendem Herzen fuhr er aus den Decken auf und strich sich das wirre Haar aus dem Gesicht. »Was …«

»Ich sagte, steh auf«, wiederholte die Stimme.

Prinz Garald stand vor Joram und blickte mit einem freundlichen Lächeln auf ihn herab.

Es war nicht mehr weit bis zum Morgen, stellte Joram fest, als er sich verschlafen umschaute, auch wenn der neue Tag sich erst mit einem schwachen Schimmer über den Baumwipfeln im Osten ankündigte. Das Feuer war heruntergebrannt, daneben lagen seine Gefährten in tiefem Schlaf. Zwei seidene Zelte, deren Wimpel im Morgenwind flatterten, erhoben sich am Rand der Lichtung schemenhaft aus dem grauen Frühnebel. Tags zuvor waren sie noch nicht da gewesen, und man konnte sich unschwer denken, daß sie Kardinal Radisovik und Prinz Garald als Quartier dienten.

In der Mitte der Lichtung, nicht weit von der Feuerstelle entfernt, stand einer der schwarzgekleideten *Duuk-tsarith* in offensichtlich unveränderter Haltung. Er hatte die Hände vor dem Leib verschränkt, sein Gesicht lag im Schatten der Kapuze. Doch der verhüllte Kopf war Joram zugewandt.

»Was gibt's? Was wollt Ihr?« fragte Joram. Im Schutz der Decke tastete er nach seinem Schwert.

»Was wollt Ihr, *Euer Gnaden*«, korrigierte ihn der Prinz mit einem Grinsen. »Das will dir nicht über die Zunge, stimmt's? Ja, nimm das Schwert ruhig mit«, fügte er hinzu. Also war Jorams heimlicher Griff nach der Waffe nicht unbemerkt geblieben.

Verdrossen zog Joram das Dunkle Schwert unter der Decke hervor, aber er stand nicht auf.

»Ich habe gefragt, was Ihr wollt – Euer Gnaden«, sagte er mit höhnisch verzogenem Mund.

»Wenn du vorhast, von dieser Waffe Gebrauch zu machen, dann solltest du vorher lernen, sie nach den Regeln der Kunst zu führen. Ich hätte dich gestern abstechen können wie ein Schaf, statt dich nur zu entwaffnen. Welche Macht das Schwert auch besitzen mag, es nützt dir nicht viel, wenn es irgendwo in einem Gebüsch liegt. Also komm mit. Im Wald gibt es eine Stelle, wo wir üben können, ohne die anderen zu stören.«

Joram zögerte. Seine dunklen Augen suchten im Gesicht des Prinzen nach dem Grund für diese unbegründete Anteilnahme. Er will herausfinden, was genau es mit dem Schwert auf sich hat, dachte er. Vielleicht will er es mir sogar abnehmen. Was für ein Süßholzraspler er ist – fast so gut wie Simkin. Gestern abend habe ich mich von ihm einwickeln lassen. Das passiert mir nicht wieder. Am besten mache ich gute Miene zum bösen Spiel, falls sich herausstellt, daß ich wirklich etwas lernen kann. Wenn nicht, gehe ich einfach. Und wenn er versucht, das Schwert an sich zu bringen, töte ich ihn.

Es war kühl, und Joram griff nach seinem Umhang, aber der Prinz trat ihm in den Weg. »O nein, mein Freund«, sagte er, »den Umhang brauchst du nicht. Du wirst schon bald ins Schwitzen kommen, glaube es mir.«

Eine Stunde später dachte Joram nicht mehr an seinen Umhang. Die stählerne Klinge des Prinzen bohrte sich neben seinem Kopf in die Erde, so dicht, daß er zusammenzuckte.

»Genau durch den Hals«, bemerkte Garald. »Und du hast es nicht einmal kommen sehen …«

»Es war kein fairer Kampf«, stöhnte Joram. Er umfaßte die ausgestreckte Hand des Prinzen und raffte sich mühsam auf. »Ihr habt mir ein Bein gestellt!«

»Mein lieber Junge«, antwortete Garald, »wenn du dein Schwert ziehst, um zu kämpfen, dann geht es um Leben und Tod. Dein Leben und den Tod deines Gegners. Ehre ist etwas Schnes, aber die Toten haben herzlich wenig Verwendung dafür.«

»Ein Wort aus berufenem Munde«, knurrte Joram, massierte sich den Unterkiefer und spuckte Blut.

»Ich kann mir den Luxus großer Gesten leisten«, meinte Garald schulterzuckend. »Ich übe mich seit Jahren in der Kunst des Schwertfechtens. Du jedoch mußt jeden Vorteil nutzen, der sich bietet. In der kurzen Zeit, die uns bleibt, kann ich dich nur die Anfangsgründe der Fechtkunst lehren, einige Techniken, die es dir erlauben, auch einem überlegenen Gegner lange genug standzuhalten, daß die besonderen – Eigenschaften des Schwertes auf ihn einwirken und ihn außer Gefecht setzen können.

Und jetzt« – fuhr der Prinz lebhafter fort – »versuch dein Glück. Sieh her, du hast nur auf das Schwert in meiner Hand geachtet, deshalb war es mir möglich, meinen Fuß hinter deine Ferse zu haken. Nun versuch du es.«

Stunden vergingen. Die Sonne stieg höher, und obwohl sie kaum Wärme spendete, legten die Männer bald ihre Hemden ab. Ihr keuchender Atem hing als weißer Nebel in der Luft, der Boden sah aus wie ein heftig umkämpftes Schlachtfeld, der Wald hallte wider vom Klirren der Schwerter. Als endlich beide so erschöpft waren, daß sie auf ihre Waffen gestützt nach Atem rangen, gebot der Prinz Einhalt.

Er sank schnaufend auf einen sonnenwarmen Felsblock und winkte Joram auf den Platz neben sich. Der junge Mann folgte der Einladung, stützte die Hände auf die Knie und ließ schwer atmend den Kopf hängen. Sein geschwollener Unterkiefer tat weh, ein paar Zähne hatten sich gelockert, und er war so müde, daß jeder Atemzug eine Anstrengung bedeutete. Aber es war eine gute Müdigkeit. In den letzten Durchgängen hatte er sich gegen den Prinzen behaupten können, und einmal war es ihm sogar gelungen, Garald die Waffe aus der Hand zu schlagen.

»Wasser«, murmelte der Prinz und hob den Kopf. Eine Feldflasche lag bei ihren Hemden. Mit einer kraftlosen Handbewegung befahl Garald die Flasche zu sich, doch er hatte nicht mehr genug Energie für einen starken Zauber, folglich schleifte der Lederbehälter über den Boden, statt rasch durch die Luft zu fliegen.

Joram trank und gab sie zurück. Garald schüttete etwas Wasser in die hohle Hand und spritzte es sich auf die Brust und ins Gesicht. Eine Gänsehaut überzog seinen Körper.

»Du bist ein tüchtiger Bursche«, sagte Garald zwischen tiefen Atemzügen, die allmählich ruhiger wurden. »Wenn wir uns bis zum Ende der Woche nicht gegenseitig umgebracht haben, kann ich dich in Ehren entlassen ...«

»Woche? Entlassen?« Die Umrisse der Bäume verschwammen Joram vor den Augen. Er fühlte sich außerstande, komplizierten Gedankengängen zu folgen. »Ich gehe weiter – nach Merilon.«

»Vorläufig nicht.« Garald schüttelte den Kopf und nahm wieder einen Schluck aus der Wasserflasche. »Vergiß nicht, du bist mein Gefangener.« Er wischte sich mit dem Unterarm den Schweiß von der Stirn. »Oder glaubst du, du könntest es mit mir und den *Duuk-tsarith* aufnehmen?«

Joram schloß die Augen. Sein Hals schmerzte, und seine Lungen brannten. An seinem ganzen Körper gab es keine Stelle, die nicht weh tat. »Im Moment könnte ich es nicht einmal mit dem Katalyten aufnehmen«, gestand er mit einem schattenhaften Lächeln.

Sie saßen nebeneinander auf dem Felsblock und ruhten sich aus. Keiner sprach, keiner hatte das Bedürfnis zu reden. Joram fühlte, wie ein angenehmes, warmes Gefühl des Friedens sich in ihm ausbreitete. Seine Umgebung kam ihm zu Bewußtsein – eine kleine Lichtung mitten im Wald, so einladend und freundlich, daß sie wie verzaubert wirkte. Und vermutlich *war* sie verzaubert, kam es Joram in den Sinn, erschaffen durch die Magie des Prinzen.

Es verwunderte ihn, daß sie immer noch allein waren. Sie hatten ein Getöse veranstaltet wie ein ganzes Regiment, und Joram erwartete jeden Moment, den frömmelnden Katalyten auftauchen zu sehen, der sich nicht enthalten konnte, ihm hinterherzuschnüffeln. Dann fiel ihm ein, daß Garald vor ihrem Weggang noch mit den *Duuk-tsarith* gesprochen und ihnen wahrscheinlich befohlen hatte, dafür zu sorgen, daß sie ungestört blieben.

Mir soll's recht sein, dachte Joram bei sich. Es war ein schöner Zufluchtsort – friedlich, still, und die Sonne wärmte den Stein, auf dem er saß. Er hatte sich nie so wunschlos glücklich gefühlt.

»Joram«, sagte Garald, »was willst du tun, wenn du in Merilon bist?«

Joram zuckte die Schultern. Er wünschte sich, der Mann würde schweigen und den Zauber nicht brechen.

»Wir müssen nicht darüber reden«, fuhr Garald fort, als er sah, wie das ausdrucksvolle Gesicht sich verfinsterte. »Vielleicht irre ich mich, aber ich habe das Gefühl, ›nach Merilon gehen‹ ist für dich zu einer fixen Idee geworden. Du scheinst zu erwarten, daß alles in deinem Leben sich schlagartig zum Besseren wendet, nur weil du im Schatten von Merilons schwebenden Palästen stehst. Glaub mir, Joram, du täuschst dich. Ich bin in Merilon gewesen. Nicht in jüngerer Zeit, selbstverständlich.« Er lächelte ironisch. »Aber früher, als noch Frieden herrschte. Und ich kann dir versichern, daß du nicht einmal in Sichtweite der Stadttore kommen wirst. Du bist ein Barbar aus dem Außenland. Die *Duuk-tsarith* werden dich ergreifen, ehe du dich versiehst!«

Die Sonne verschwand hinter einer Wolkenbank. Wind kam auf und strich klagend durch die Zweige.

Fröstelnd stand Joram auf, um zu der Stelle zu gehen, wo sie die Hemden abgelegt hatten.

»Nein, bleib hier, ich hole es«, sagte Garald und hielt ihn mit einer Handbewegung zurück. Auf seinen Wink erhoben sich die beiden Hemden in die Luft und flogen wie große Vögel aus Stoff auf sie zu. »Es tut mir leid. Ich vergesse immer wieder, daß du tot bist. Wir haben so wenig Tote in Sharakan, daß ich nie jemandem wie dir begegnet bin.«

Joram spürte den vertrauten scharfen Schmerz, der ihn jedesmal durchzuckte, wenn er an den Makel erinnert wurde, der ihn in dieser Welt zum Außenseiter machte. Er starrte den Prinzen unter finster gesenkten Brauen an, überzeugt, daß der Mann ihn verhöhnen wollte, aber Garald bemerkte es nicht, er war damit beschäftigt, in sein Hemd zu schlüpfen. »Wie ich Simkin um seine Fähigkeit beneide, nach Lust und Laune seine Kleider zu verändern. Ganz zu schweigen von der Gabe, beliebig seine Gestalt zu verändern. Eimer!«

Grinsend fuhr er in die Ärmel, zog das Hemd glatt und strich sich das Haar zurück. Dann wurde er wieder ernst und führte seinen ursprünglichen Gedankengang fort. »In Merilon werden viele Tote geboren, so hat man uns berichtet.« Die nüchterne Selbstverständlichkeit, mit der er sprach, ließ Jorams Zorn verfliegen. »Besonders in den Reihen des Adels. Man versucht sich ihrer zu entledigen, bringt sie um oder schafft sie heimlich ins Außenland. Hinter der glänzenden Fassade Merilons breitet sich Fäulnis aus, doch sie wollen es nicht wahrhaben und streben danach, die ganze Welt damit zu überziehen. Nun, man wird ihnen Einhalt gebieten.«

»Was geht mich das an«, sagte Joram schroff. Er setzte sich hin und fing an, mit Steinen nach einem Baumstamm am Rand der Lichtung zu werfen.

»Also, was dein Problem betrifft, in die Stadt hineinzugelangen ...«

»Aber das kann doch nicht schwer sein«, fiel Joram ihm ungeduldig ins Wort. »Wir beschaffen uns vornehme Kleider, wenn's nur darum geht. Allein Simkins abgelegte Garderobe ist ein unerschöpflicher Vorrat.«

»Und dann?«

»Dann – dann ...« Joram zuckte heftig mit den Schultern. »Was kümmert Euch das überhaupt – *Euer Gnaden*?« Bei einem verstohlenen Blick über die Schulter sah er, daß Garald ihn mit ruhigem Interesse beobachtete. Die klaren Augen des Prinzen drangen tief in die finsteren, lichtlosen Abgründe von Jorams Seele ein, die er selbst nie zu erforschen gewagt hatte.

»Was hat das eigentlich alles zu bedeuten?« verlangte er ärgerlich zu wissen und zeigte auf das Dunkle Schwert, das nicht weit von ihm auf dem Boden lag. »Was interessiert es Euch, ob ich lebe oder sterbe? Was springt für Euch dabei heraus?«

Garald erwiderte Jorams mißtrauischen Blick, dann verzog sein Mund sich zu einem traurigen, bedauernden Lächeln. »Etwas anderes zählt für dich nicht, habe ich recht? ›Was springt für Euch dabei heraus.‹ Es zählt nicht, daß ich von dem Katalyten deine Geschichte gehört habe, daß ich Mitleid für dich empfinde ... Ah, das paßt dir nicht, aber es ist wahr. Mitleid – und Bewunderung.«

Joram kehrte dem Prinzen den Rücken. Er starrte mürrisch in das verschlungene Geäst der kahlen, toten Bäume.

»Ich bewundere die Intelligenz und Beharrlichkeit, mit der du jahrhundertelang vergessenes Wissen erforscht und dir zunutze gemacht hast. Ich weiß, wieviel Mut dazu gehörte, Blachloq die Stirn zu bieten, und ich bin in deiner Schuld, weil du uns vor dem Ränkespiel des Hexenmeisters bewahrt hast. Aber ich sehe, das befriedigt dich nicht. Du willst mein ›wahres Motiv‹ erfahren.«

»Erzählt mir nicht, Ihr hättet keins«, sagte Joram bitter.

»Also gut, mein Freund. Ich werde dir sagen, was für mich dabei herausspringt. Du nimmst dein Dunkles Schwert und gehst nach Merilon. So oder so, nimmst du den Platz ein, der dir gebührt. Du verbirgst die Tatsache, daß du tot bist, was dir keine Schwierigkeiten bereiten dürfte, solange der Katalyt da ist, um dir zu helfen. Daran hast du nie gedacht, stimmt's? Das solltest du aber. Bisher hat es nichts ausgemacht, ob du einen Katalyten gebeten hast, dir Leben zu gewähren oder nicht. Im Dorf der Nigromanten gab es keine Katalyten. Aber in Merilon ist es anders. Man wird erwarten, daß du einen Katalyten in deinen Diensten hast. Mit Saryon an deiner Seite kannst du weiterhin vortäuschen, zu den Lebenden zu gehören. Du überzeugst die Angehörigen deiner Mutter, dich in den Schoß der Familie aufzunehmen. Wer weiß, vielleicht trauern sie immer noch um die Tochter, die fortlief, bevor sie Gelegenheit hatten, ihr zu beweisen, daß sie sie liebten und bereit waren zu vergeben. Oder vielleicht ist die Familie erloschen, du kannst deinen Anspruch beweisen und man übereignet dir Titel und Ländereien.

Nehmen wir also an«, fuhr Garald in schärferem Ton fort, »dein Unterfangen nimmt ein glückliches Ende, und du bist ein Edelmann von Merilon, ein Edelmann mit Rang und Namen und Besitz, wie es sich gehört. Was also will ich von dir, frischgebackener Fürst oder Graf oder Herzog? Sieh mich an, Joram.«

Der beschwörende Klang der Stimme veranlaßte Joram sich umzudrehen. »Ich will, daß du nach Sharakan kommst«, sagte der Prinz ernst. »Ich will, daß du mit deinem Dunklen Schwert auf unserer Seite kämpfst.«

Joram starrte ihn fassungslos an. »Wie kommt Ihr darauf, daß ich das tun könnte? Sobald ich bekommen habe, was ich wollte, werde ich ...«

»... nichts weiter tun als Däumchen drehen und den Almin einen guten Mann sein lassen?« Garald lächelte. »Nein, das glaube ich nicht, Joram. Dazu warst du schon bei den Nigromanten nicht imstande. Nicht Angst um dein eigenes Leben hat dich bewogen, dem Hexenmeister entgegenzutreten. Oh, ich weiß nicht genau, was vorgefallen ist, aber wenn es nur um dich ging, warum bist du nicht einfach geflohen und hast es einem anderen überlassen, es mit Blachloq aufzunehmen? Tief in deinem Innern gibt es etwas, das sich berufen fühlt, die zu beschützen und zu verteidigen, die schwächer sind als du. *Das* ist dein Geburtsrecht, du bist *Albanara.* Deshalb vertraue ich darauf, daß du Merilon mit Augen sehen wirst, die sich nicht blenden lassen von den Regenbogenwolken, zwischen denen die Menschen dort leben.

Du bist ein FeldMagus gewesen. Beim Almin!« fuhr Garald leidenschaftlich fort, als Joram den Kopf schüttelte und sich wieder umdrehte. »Du hast unter der tyrannischen Herrschaft Merilons gelebt, Joram! Seine starren Traditionen und Anschauungen haben dazu geführt, daß deine Mutter verstoßen und dein Vater in lebenden Stein verwandelt wurden! Du wirst eine Stadt sehen, die überwältigend schön ist, aber diese Schönheit ist nur Tünche, dahinter lauert der Verfall. Es gibt sogar Gerüchte, daß die Kaiserin ...« Garald verstummte abrupt. »Verleumdungen«, sagte er dann leise, »Geschwätz. *Das* kann ich nicht glauben, nicht einmal von ihnen.«

Der Prinz schwieg. Erst nach einem tiefen Atemzug sprach er weiter: »Begreifst du nicht, was ich sagen will, Joram? Du – ein Fürst von Merilon – kommst zu uns, bereit zu kämpfen, für die Läuterung und Erneuerung deiner alten und zu Recht berühmten Heimatstadt. Mein Volk wäre beeindruckt. Und was noch wichtiger ist, du könntest uns bei den Verhandlungen mit den Nigromanten helfen, unter denen du gelebt hast. Wir hoffen, sie als Verbündete zu gewinnen, aber ich bin sicher, sie wären den Ratschlägen meines Vaters zugänglicher, wenn er auf dich zeigen könnte und sagen: ›Hier seht ihr einen, den ihr liebt und dem ihr vertraut – er kämpft gleichfalls auf unserer Seite!‹ Ich habe doch recht damit, daß sie dich kennen und lieben?« fragte Garald beiläufig.

Joram ahnte nicht, daß die eben gelernten Regeln des Schwertkampfs auch für Wortgefechte galten, sonst hätte er gemerkt, daß Garald ihn wohlüberlegt in die Enge trieb.

»Sie kennen mich«, antwortete Joram knapp, ohne weiter darüber nachzudenken. Vor seinem inneren Auge sah er sich in Sharakan einreiten, im Glanz der Insignien seines Standes, willkommengeheißen von dem König und seinem Sohn. Das konnte man sich gefallen lassen. Aber mit ihnen in den Krieg ziehen? Pah! Was juckte es ihn, ob …

»Ah!« meinte Garald leichthin. »›Sie kennen mich‹, sagst du. Was vermutlich heißt, daß sie dich zwar kennen, aber nicht besonders mögen. Und natürlich scherst zu dich keinen Deut darum, habe ich recht?«

Sofort war Joram auf der Hut. Zu spät.

»Du wirst scheitern in Merilon, Joram. Du wirst überall scheitern.«

»Und wieso – Euer Gnaden?«

»Weil du ein Edelmann sein willst, und vielleicht *bist* du von Geburt sogar einer. Aber leider, Joram, fehlt dir alles, was einen Edelmann ausmacht«, antwortete Garald kühl.

Die Worte trafen. Zutiefst verletzt, machte Joram einen plumpen Versuch, den Schlag zu erwidern. »Vergebt mir, Euer Gnaden«, erwiderte er höhnisch, »ich besitze keine feinen Kleider wie Ihr. Ich bade nicht in Rosenblättern und parfümiere nicht mein Haar. Die Leute nennen mich nicht Hoheit und reißen sich nicht darum, mir die Füße zu küssen! Noch nicht. Aber eines Tages werden sie's tun!« Er sprang auf und stellte sich mit geballten Fäusten vor Garald hin. »Beim Almin! Eines Tages werden sie's tun! Und Ihr auch, verdammt!«

Garald schaute dem aufgebrachten Jungen kopfschüttelnd ins Gesicht. »Ich hätte es mir denken können. Das ist deine Vorstellung von einem Edelmann – und der Grund, weshalb du nie einer sein wirst. Ich glaube fast, daß ich mich in dir geirrt habe, daß du nach Merilon gehörst, weil man dort ganz genauso denkt!« Der Prinz hob den Blick und schaute nach Osten, in die Richtung der fernen Stadt. »Sie werden bald merken, daß sie unrecht haben«, sagte er leise, »und teuer bezahlen für diese Lehre. So wie du.« Er richtete seine Aufmerksamkeit auf Joram, der zornbebend vor ihm stand. »Der Almin lehrt uns, daß nicht der Zufall der vornehmen Geburt den Menschen adelt, sondern die Art, wie er sich seinen Mitmenschen gegenüber verhält. Unter den kostbaren Gewändern, dem Parfüm und dem Schmuck sieht der Körper eines Fürsten nicht anders aus als der eines FeldMagus. Nackt sind wir alle gleich – nichts weiter als Futter für die Würmer. Die Toten haben wenig Verwendung für solche Dinge wie Ehre – erinnerst du dich? Und auch für sonst nichts. Was bedeuten ihnen Rang, Besitz, Herkunft? Wir gehen auf verschiedenen Pfaden durch dieses Dasein, Joram, aber sie alle führen zum selben Ziel – dem Grab. Es ist unsere Pflicht – nein, unser Privileg als Weggefährten, die gesegneter sind als andere –, diesen weniger glücklichen die Straße zu ebnen, soweit es in unseren Kräften steht.«

»Schöne Worte!« stieß Joram wutentbrannt hervor. »Schöne Worte, für jemanden, der sich ›Hoheit‹ und ›Euer Gnaden‹ titulieren läßt! Ihr tragt nicht die groben Gewänder der Bauern! Ihr steht nicht bei Morgengrauen auf und schuftet Tag für Tag auf den Feldern, bis Eure Seele verdorrt wie das Unkraut, das Ihr auf den Äckern jätet!« Er deutete mit der ausgestreckten Hand auf den Prinzen. »Ihr habt gut reden! Ihr mit Euren blitzenden Schwertern, seidenen Zelten und Leibwächtern! Seht her, *das* halte ich von Eurem Geschwätz!« Joram machte eine obszöne Geste, lachte auf und wandte sich zum Gehen.

Garald packte ihn an der Schulter und drehte ihn herum. Joram riß sich los. Sein Gesicht war verzerrt, er holte aus und schlug nach dem Prinzen, der aber fing die geballte Faust mühelos ab. Mit geübtem Griff umklammerte er Jorams Handgelenk, drehte ihm den Arm auf den Rücken und zwang ihn auf die Knie. Stöhnend vor Schmerz versuchte Joram, sich ihm zu entwinden.

»Hör auf! Gegen mich zu kämpfen ist sinnlos. Mit einem Wort könnte ich dir den Arm aus dem Gelenk reißen!« sagte Garald schroff und hielt ihn fest.

»Sei verdammt, du, du ...!« Joram spie Gift und Galle. »Du und deine Magie! Wenn ich mein Schwert hätte, dann würde ich ...« Er schaute sich fieberhaft nach der Waffe um.

»Ich gebe dir dein verfluchtes Schwert«, entgegnete

der Prinz grimmig. »Dann kannst du dein Glück versuchen. Aber erst hörst du mir zu. Um in diesem Leben etwas vollbringen zu können, muß ich mich meinem Rang entsprechend kleiden und benehmen. Ja, ich trage schöne Kleider, bade und kämme mein Haar, und ich werde dafür sorgen, daß auch du es tust, bevor du nach Merilon gehst. Warum? Weil es zeigt, daß es dich kümmert, was die Leute von dir halten. Was die Titel betrifft – die Leute nennen mich ›Hoheit‹ und ›Euer Gnaden‹ aus Respekt vor meinem Rang. Ich hoffe allerdings, es ist auch Ausdruck ihres Respekts vor mir als Person. Weshalb, glaubst du wohl, habe ich von dir nicht verlangt, mich so anzureden? Weil die Worte dir nichts bedeuten. Du respektierst niemanden, Joram. Du liebst niemanden. Am allerwenigsten dich selbst!«

»Das stimmt nicht!« flüsterte Joram erstickt und suchte mit den Augen nach dem Schwert. Er vermochte kaum etwas zu erkennen; ein Schleier der Wut blendete ihn. »Das stimmt nicht! Ich liebe …«

»Dann zeig es!« schrie Garald. Er faßte in das lange schwarze Haar und riß Joram den Kopf zurück, so daß er zu ihm aufblicken mußte. In den schmerzerfüllten, trotzigen dunklen Augen schwelte bitterer Haß.

»Gestern warst du bereit, für Mosiah dein Leben zu riskieren«, fuhr Garald erbarmungslos fort, »und doch behandelst du ihn wie einen räudigen Köter. Und der Katalyt – ein Gelehrter, sanftmütig und nicht mehr jung, der ein friedliches Leben führen sollte und sich den Studien widmen, die seine Welt bedeuten. Er hat dir im Kampf gegen den Hexenmeister beigestanden, und jetzt folgt er dir in die Wildnis, durch Strapazen und Gefahr, obwohl er Gelegenheit hatte, dich der Kirche auszuliefern. Aus welchem Grund, glaubst du wohl? O ja, ich hab's vergessen: sein ›wahres Motiv‹.

Er ›will‹ etwas von dir! Ja, was denn? Beleidigungen, Hohn und Spott?« Garald versetzte Joram einen Stoß, daß er vornüber zu Boden fiel. Er sah das Schwert vor sich liegen, schnellte darauf zu, packte es und sprang auf. Von neuer Kraft erfüllt, wirbelte er zu seinem Feind herum. Garald hatte sich nicht von der Stelle gerührt. Er betrachtete ihn mit hochgezogenen Augenbrauen und einem geringschätzigen Lächeln.

»Komm her! Wehr dich!« brüllte Joram und stürzte sich auf ihn.

Der Prinz sprach ein Wort und hielt sein eigenes Schwert in der Hand; die Klinge schimmerte silbern im grauen Licht unter dem wolkigen Himmel.

»Na, los doch! Töte mich mit deiner Magie!« forderte Joram ihn heraus. Er war kaum zu verstehen; schaumiger Speichel klebte an seinen Lippen. »Ich bin ja schon tot! Nur dieses Schwert gibt mir Leben! Leben genug, um dich sterben zu sehen!«

Joram wollte töten. Er freute sich darauf. Er spürte förmlich, wie die Klinge in den Körper drang, sah das Blut hervorströmen, die arrogante Gestalt zu Boden sinken, die brechenden Augen sein Gesicht suchen …

Garald musterte ihn einen kurzen Moment, dann schob er sein Schwert in die Scheide zurück. »Du *bist* tot, Joram«, sagte er. »Du stinkst nach Tod! Und du hast eine Waffe der Finsternis erschaffen, ebenso tot, wie du es bist. Los doch, töte mich! Töten ist deine Art von Magie!«

Der Aufruhr, der in ihm herrschte, lähmte Joram. Er konnte nicht mehr sehen. Irgend etwas stieg ihm in die Augen, und er blinzelte krampfhaft.

»Wage es zu *leben*, Joram«, meinte Garald ernst. Die Stimme des Prinzen erreichte Joram wie aus weiter Ferne. »Lebe, und führe dein Schwert für die Sache des Lebens, für die Sache der Lebenden! Sonst kannst du das Schwert genausogut gegen dich selbst richten und jeden Tropfen deines adligen Blutes gleich hier vergießen, damit es wenigstens dem Gras Leben schenkt.«

Er sprach die letzten Worte voller Verachtung, kehrte Joram den Rücken und verließ mit ruhigen Schritten die Lichtung.

Das Schwert in der Hand, sprang Joram hinter ihm her, entschlossen, den hochmütigen Mann zu töten, von dem er sich verhöhnt fühlte. Doch er war blind in seiner Wut. Er stolperte, taumelte und fiel hin. Mit einem wilden, heiseren Aufschrei bemühte er sich, wieder auf die Füße zu kommen, aber er fühlte sich plötzlich schwach und hilflos wie ein kleines Kind. Als er in seiner Verzweiflung das Dunkle Schwert als Krücke benutzen wollte, um sich daran hochzustemmen, sank die Klinge tief in das aufgewühlte Erdreich, und Joram fiel wieder auf die Knie.

Die Hände um den Griff der Waffe geschlungen, die aufrecht vor ihm im Boden stak, spürte Joram, wie alle Kraft ihn verließ. Tränen quollen hinter seinen Augenlidern hervor. Zorn und Ärger stiegen in ihm auf, bis er kaum noch atmen konnte. Ein krampfhaftes Schluchzen sprengte die eiserne Klammer. Kraftlos über sein Schwert gebeugt, weinte Joram die Tränen, die weder Kummer noch Schmerz ihm hatten entringen können, seit er die Verwandlung seines Vaters beobachtet hatte.

Winternacht

»Wo ist Joram?« fragte Saryon, als der Prinz zum Lagerplatz zurückkehrte. Des Katalyten Augen huschten erschreckt über Garalds bleiches Gesicht, seine verschmutzten Kleider und die Blutflecken auf dem weißen Hemd, wo sich eine der kleinen Verletzungen wieder geöffnet hatte.

»Keine Sorge, Pater«, beruhigte ihn Garald müde. »Er ist noch da hinten im Wald. Wir hatten eine kleine Unterredung ...« Er lächelte reuevoll und wies mit einer vielsagenden Handbewegung auf seinen arg mitgenommenen Aufzug hin. »Er braucht Zeit, um nachzudenken. Wenigstens hoffe ich, daß er denkt.«

»Ganz allein? Ist das nicht zu gefährlich?« Saryon schaute mit bangem Gesicht zum Waldrand. Im Nordwesten türmten sich dunkle, schwere Wolkenmassen auf. Der Wind war umgesprungen und trug warme, feuchte Luft heran, die Regen ankündigte und für den Abend vielleicht sogar Schnee.

»Ihm geschieht nichts.« Garald kämmte sich mit den gespreizten Fingern durch das feuchte Haar. »Wir haben keine Spuren von Zentauren in den Wäldern gesehen. Außerdem ist er nicht allein.« Der Prinz ließ den Blick über den Lagerplatz schweifen.

Saryon begriff sofort. Der zweite *Duuk-tsarith* war verschwunden. Statt beruhigt zu sein, machte der Pater ein noch besorgteres Gesicht. »Vergebt mir, Euer Gnaden«, sagte er zögernd, »aber Joram ist ein – ein Verbrecher. Ich weiß, daß wir belauscht worden sind.« Er nickte unauffällig in Richtung der schwarzgewandeten Gestalt. »Vor ihnen kann man nichts geheimhalten. Was ...«

»Was sie daran hindert, entgegen meinen Befehlen Joram zu ergreifen und nach Merilon zu bringen? Nichts.« Garald zuckte die Schultern. »Ich könnte sie bestimmt nicht daran hindern. Aber seht Ihr, Pater, als meine persönliche Leibwache haben sie mir Treue gelobt bis in den Tod. Wenn sie diesen Eid brechen und sich hinter meinem Rücken des Jungen bemächtigen, würde man ihnen keinen triumphalen Empfang bereiten. Ganz im Gegenteil. Für ihren Verrat hätten sie die schwerste Strafe zu erwarten, die in den Regeln ihres Ordens vorgesehen ist. Und wie die *Duuk-tsarith* Wortbrüchige aus den eigenen Reihen bestrafen, wage ich mir nicht vorzustellen.« Der Prinz schüttelte sich, dann lächelte er matt. »Das ist Joram ihnen nicht wert.«

Joram vielleicht nicht, aber der Prinz von Merilon ganz gewiß, dachte Saryon. Er würde sein Geheimnis noch besser hüten müssen.

Der Prinz ging in sein Zelt, und Saryon, der zu seinem Ruheplatz bei den heißen Quellen zurückkehrte, sah, daß er Radisovik zu sich winkte. Der in schwarze Gewänder und finsteres Schweigen gehüllte *Duuk-tsarith* verharrte regungslos auf seinem Posten; aus dem Schatten seiner Kapuze beobachtete er alles und nichts. Simkin neckte den Raben; mit einem Stück Fleisch als Lockmittel versuchte er ihn zum Reden zu bewegen.

»Komm schon, du alter Flederwisch«, sagte er. »Sprich mir nach: ›Der Prinz ist ein Narr. Der Prinz ist ein Narr‹. Sag's, und Onkel Simkin gibt dir ein feines Leckerchen.«

Der Vogel musterte Simkin mit schiefgeneigtem Kopf, gab jedoch keinen Ton von sich.

»Sei still, Dummkopf!« zischte Mosiah. Verstohlen wies er mit dem Daumen auf das seidene Zelt, in dem der Prinz und Radisovik verschwunden waren. »Haben wir nicht schon genug Schwierigkeiten?«

»Was? Oh, Garald? Pah!« Simkin grinste und kraulte sich den Bart. »Er würde es für einen Riesenspaß halten. Hat sich selbst manchen Jux geleistet. Einmal erschien er mit einem quicklebendigen Bären zu einem Kostümball bei Hofe. Er stellte ihn als Käpt'n Petz vor, von der Königlichen Marine von Zith-el. Du hättest den König sehen sollen, wie er sich um eine höfliche Konversation mit dem wackeren Seebären bemühte und souverän ignorierte, daß der wortkarge Gast derweil an seinem Spitzenjabot kaute. Trotzdem ging der Preis für das beste Kostüm an jemand anderen. Nun aber zurück zu dir, du rotäugiger Dämon aus der Hölle« – Simkin fixierte den Raben mit strengem Blick. »Sag jetzt: ›Der Prinz ist ein Narr! Der Prinz ist ein Narr!‹« Er sprach mit schriller, krächzender Stimme.

Der Vogel hob einen Fuß und kratzte sich am Schnabel.

»Blöder Vogel!« meinte Simkin beleidigt.

»Simkin ist ein Narr! Simkin ist ein Narr!« kreischte der Rabe, stürzte sich flatternd auf seinen verdutzten Lehrmeister, stiebitzte das Fleisch und trug seine Beute auf einen nahen Baum.

Simkin lachte herzlich, aber Mosiahs sorgenvolles Stirnrunzeln vertiefte sich noch. Er rückte näher an Saryon heran, warf einen furchtsamen Blick auf den *Duuk-tsarith* und fragte leise: »Was glaubt Ihr, wird geschehen? Was hat der Prinz mit uns vor?«

»Ich weiß nicht«, erwiderte Saryon ernst. »Vieles hängt von Joram ab.«

»Auweia! Dann hängen wir alle«, warf Simkin fröhlich ein und rutschte über den Boden auf die andere Seite des Katalyten. »Die beiden haben sich heute morgen kolossal in die Wolle gekriegt. Der Prinz hat unserem jungen Freund die Haut abgezogen und ihn zum Trocknen in den Wind gehängt, während Joram Seine Königliche Hoheit einen ... nannte!« Simkin sprach das Wort nicht aus, sondern deutete augenzwinkernd auf den entsprechenden Körperteil.

»Gütiger Almin!« stöhnte Mosiah und wurde bleich.

»Du kannst beten, soviel du willst, aber ich bezweifle, daß es hilft«, meinte Simkin träge. Er schwenkte die Hand durch das heiße Wasser. »Wir sollten uns glücklich schätzen, daß es bei Worten geblieben ist. Der unglückliche Comte d'Chambray hatte weniger Glück. Es geschah während eines Streits mit Baron Roethke. Der Comte rief: ›Ihr seid ein ...!‹ Der Baron darauf: ›Ihr auch!‹ Schnappte sich seinen Katalyten, sagte den Spruch und schon war's passiert. Vor den Augen der Damen und überhaupt! Ein widerwärtiger Anblick.«

»Ob das stimmt?« fragte Mosiah beunruhigt.

»Ich schwöre es beim Grab meiner Mutter!« antwortete Simkin gähnend.

»Nein, nicht die Sache mit dem Grafen«, schnappte Mosiah. »Das mit Joram.«

Der Katalyt schaute zum Waldrand, als hoffte er wider besseres Wissen, Joram dort auftauchen zu sehen. »Ich halte es durchaus für möglich«, sagte er niedergeschlagen.

»Hängen ist gar keine so üble Art zu sterben«, bemerkte Simkin, der auf dem Rücken lag und die heranziehenden dunklen Wolken beobachtete. »Andererseits – gibt es angenehme Arten? Das ist die Frage.«

»Heutzutage wird niemand mehr aufgehängt«, hielt Mosiah ihm ärgerlich entgegen.

»Schon, aber in unserem Fall machen sie vielleicht eine Ausnahme«, erwiderte Simkin.

»Simkin ist ein Narr! Simkin ist ein Narr!« krächzte der Rabe und kam auf seinem Ast näher gehüpft, in der Hoffnung, noch ein Stück Fleisch zu ergattern.

Ist er ein Narr? dachte Saryon. Nein, gab er sich selbst zur Antwort. Wenn seine Behauptung über das Zerwürfnis zwischen Joram und dem Prinzen der Wahrheit entsprach, dann hatte Simkin – zum ersten Mal in seinem Leben und vermutlich ohne es zu ahnen – die Wahrheit gesprochen.

Am späten Nachmittag brach das Unwetter los. Regenfluten stürzten herab, als hätten sich die tiefhängenden Wolken an den spitzen, kahlen Ästen der hohen Bäume die grauen Bäuche aufgeschlitzt. Der Prinz erbat Leben von Kardinal Radisovik und schuf mittels seiner magischen Kräfte einen unsichtbaren Schild über der Lichtung, der sie vor den Wassermassen schützte. Um das zu vollbringen, mußte Garald allerdings die heißen Quellen aufgeben. Saryon vermißte sie schmerzlich. Der Schild bewahrte sie davor, naß zu werden, doch er spendete keine Wärme. Und es verursachte dem Katalyten ein merkwürdiges Gefühl, wenn er aufschaute und den Regen niederprasseln sah, ohne ihn zu spüren: grausilberne Speere, die an einem gläsernen Dach zerschellten.

»Auch ich vermisse die Wärme der Quellen, aber so ist es doch viel angenehmer, als den ganzen Tag in einem stickigen Zelt eingesperrt zu sein, findet Ihr nicht auch, Pater?« erkundigte sich Garald im Plauderton. »Unter dem Schild können wir uns wenigstens im Freien aufhalten. Kommt näher ans Feuer, wenn Ihr friert.«

Obwohl Saryon nicht in der Stimmung war, sich zu unterhalten, folgte er der Einladung und murmelte sogar eine höfliche Erwiderung. Immer wieder irrte sein Blick zu dem dunklen Schatten des Waldes hinter dem dichten Regenvorhang. Stunde um Stunde verging, und Joram kehrte nicht zurück.

Auch der Kardinal versuchte, mit Saryon eine Unterhaltung anzuknüpfen, doch in Anbetracht der sorgenvollen Geistesabwesenheit des Katalyten gab er es bald wieder auf, und nachdem er einen bedeutungsvollen Blick mit dem Prinzen gewechselt hatte, zog er sich in sein Zelt zurück, um in den Schriften zu lesen und zu meditieren.

Neben dem Feuer saßen Garald, Mosiah und Simkin beim Tarock. Das Spiel kam nur mühsam in Gang; in seiner ehrfürchtigen Bestürzung darüber, mit einem Prinzen Karten zu spielen, teilte Mosiah falsch aus, ließ zweimal sein Blatt fallen und machte beim Spiel dermaßen alberne Fehler, daß Simkin vorschlug, er solle seinen Platz dem Vogel überlassen. Doch Garald gelang es bald, eine so entspannte und heitere

Atmosphäre zu schaffen, daß Mosiah tatsächlich in des Prinzen Gegenwart zu lachen wagte und sich einmal sogar mit rotem Kopf zu einem schüchternen Witz verstieg.

Saryon bemerkte voller Unbehagen, daß es Garald wiederholt gelang, das Gespräch auf Joram zu bringen, indem er Mosiah während gelegentlicher Spielunterbrechungen bat, Erlebnisse aus seiner Kindheit zu erzählen. Mosiah, der sein Heimweh nie ganz überwunden hatte, war froh und glücklich über diese Gelegenheit, von dem Tun und Treiben in seinem Heimatdorf berichten zu können. Garald lauschte den Geschichten mit einem für einen jungen Mann äußerst schmeichelhaften Interesse und ließ ihn ungehindert reden, doch führte er ihn durch scheinbar beiläufige Fragen immer wieder unauffällig zu Joram zurück.

Woher dieses unverhältnismäßige Interesse? fragte sich Saryon mit wachsender Furcht. Ahnt er die Wahrheit? Der Katalyt dachte an ihre erste Begegnung zurück. Wie merkwürdig und forschend der Prinz Joram betrachtet hatte, als versuchte er sich zu erinnern, weshalb ihm dieses Gesicht so bekannt vorkam. Garald war als Kind oft im Palast von Merilon zu Gast gewesen, und Saryon, der schwer an seinem Geheimnis trug, kam es vor, als würde Joram seiner Mutter, der Kaiserin, von Tag zu Tag ähnlicher. Er hatte eine Art hochmütig den Kopf zu wenden oder das üppige, glänzende, ungebärdige schwarze Haar zurückzuwerfen, daß Saryon manchmal beinahe geschrien hätte: ›Könnt ihr nicht sehen, ihr Narren? Seid ihr blind?‹

Vielleicht *konnte* Garald sehen. Vielleicht war er *nicht* blind. Auf jeden Fall war er intelligent, scharfsinnig und – trotz seines entwaffnenden Charmes – *Albanara,* der geborene Politiker und Herrscher. Der

Staat und sein Volk kamen für ihn an erster Stelle. Was würde er tun, wenn er die Wahrheit kannte oder vermutete? Saryon wußte es nicht. Womöglich nichts anderes als das, was er jetzt tat – bis es Zeit zum Aufbruch war. Der Katalyt grübelte, bis ihm der Kopf weh tat. Die Stunden verstrichen. Der graue, stürmische Nachmittag verdüsterte sich zu einem grauen, stürmischen Abend. Aus dem Regen wurde Schnee.

Und immer noch kehrte Joram nicht zurück.

Zum Abendessen wurden die Karten beiseite gelegt. Es gab ein Gulasch, das Garald eigenhändig zubereitete, während er sich begeistert über die verschiedenen Kräuter ausließ, die er unterwegs selbst gesammelt hatte und jetzt mit fachmännischer Nonchalance in den brodelnden Topf streute.

Saryon täuschte vor, mit Appetit zu essen, um den Prinzen nicht zu kränken, doch in Wirklichkeit verfütterte er den größten Teil seiner Portion an den Raben. Der *Duuk-tsarith*, der über Joram gewacht hatte, kehrte zurück, und der andere nahm seinen Platz ein. Wenigstens hatte es für Saryon den Anschein: Er vermochte die beiden schwarzgekleideten, gesichtslosen Gestalten nicht zu unterscheiden. Der Hexenmeister sprach mit Garald, und aus den wiederholten Blicken des Prinzen zum Waldrand schloß Saryon auf den Gegenstand ihrer Unterhaltung. Seine Schlußfolgerung wurde bestätigt, als der Prinz wenig später zu ihm trat.

»Joram geht es gut, und er ist in Sicherheit«, berichtete er. »Bitte macht Euch keine Sorgen. Er hat in einer Felsspalte Zuflucht gefunden. Man muß ihm Zeit lassen, mit sich ins reine zu kommen. Die Wunde, die ich ihm zugefügt habe, ist tief, aber nicht tödlich, und der kleine Aderlaß wird ihm guttun.«

Saryon war davon nicht überzeugt und Mosiah ebensowenig.

»Ihr entsinnt Euch an die schwarzen Stimmungen, die ihn oft befallen haben, Pater?« fragte der junge Mann und setzte sich neben den Katalyten, der unter den erwartungsvollen Blicken des Raben in den Resten auf seinem Teller stocherte. »In letzter Zeit ist er davon verschont geblieben, aber früher habe ich mehr als einmal erlebt, daß er tagelang im Bett lag, nicht aß, nicht trank, sondern nur schweigend ins Nichts starrte.«

»Ich weiß. Und wenn er bis zum Morgen nicht wieder hier ist, suchen wir ihn«, antwortete Saryon entschlossen.

Es hörte nicht auf zu schneien, und der Prinz sah sich gezwungen, den Schild aufzulösen, denn ihn aufrechtzuerhalten zehrte seine Kräfte auf. Simkin und Mosiah zogen für die Nacht in das große Zelt des Prinzen; Saryon nahm Radisoviks Gastfreundschaft in Anspruch.

Was die *Duuk-tsarith* betraf, so waren sie beide verschwunden, auch wenn der Katalyt wußte, daß sie von irgendeiner Stelle aus den Schlaf des Prinzen bewachten. Wann sie selbst Zeit zum Schlafen fanden, vermochte der Katalyt sich nicht vorzustellen. Er hatte munkeln gehört, daß die Hexenmeister die Fähigkeit besaßen, Körper und Geist in Schlaf zu versetzen, ohne deshalb in ihrer Wachsamkeit nachzulassen, aber das erschien ihm völlig abwegig, und er tat es als Hirngespinst ab.

Dankbar für jede Kleinigkeit, die ihn von seinen Sorgen ablenkte, lag Saryon in der Dunkelheit und dachte über dieses Problem nach, während er auf das Knirschen von Schritten im Schnee lauschte. Endlich schlummerte er ein, aber es war ein unruhiger Schlaf.

Jedesmal wenn er aufwachte, tappte er leise zum Zelteingang, öffnete den Vorhang einen Spalt und spähte hinaus.

Was er zu sehen erwartete, wußte er nicht, denn es schneite so heftig, daß er das Zelt des Prinzen dicht neben dem ihren nur als dunklen Fleck zu erkennen vermochte. Ihm fiel jedoch auf, daß er nicht der einzige war, der keine Ruhe fand. Einmal bemerkte er einen Lichtschimmer in Garalds Zelt und glaubte die hohe Gestalt des Prinzen zu sehen, wie er in die Nacht hinausblickte.

Gegen Morgen hörte es auf zu schneien. Der Katalyt lag in seinen warmen Decken und sah die Morgendämmerung langsam ins Zelt kriechen. Er malte sich aus, wie das Frühlicht durch das Geäst der verschneiten Bäume sickerte. Er schloß die Augen, aber in diesem Moment hörte er das Geräusch, auf das er gewartet hatte – Schritte. Sein Herz zog sich vor Erleichterung zusammen, als er hastig aufstand und die Zeltklappe zurückschlug. Dort verharrte er, von draußen nicht zu sehen.

Joram stand mitten auf der schneebedeckten Lichtung, eingehüllt in einen dicken Umhang. Woher stammte dieses Kleidungsstück? Hatten die *Duuk-tsarith* es ihm gebracht? Diese Frage beschäftigte Saryon, während er in atemloser Spannung abwartete, was Joram als nächstes tun würde.

Joram stapfte durch den tiefen Schnee, blieb vor dem Zelt des Prinzen stehen und zog das Dunkle Schwert unter dem Umhang hervor.

Saryon duckte sich tiefer in den Schatten des Zelteingangs; bei dem Anblick von Jorams Gesicht verkehrte seine anfängliche Erleichterung sich in Furcht.

Er war nicht sicher, was für eine Veränderung er erwartet hatte. Einen gefügigen, demütigen Joram, der reuig jedermanns Vergebung erflehte und Besserung gelobte? Nein – unvorstellbar.

Einen zornigen, trotzigen Joram, entschlossen, nach seiner Fasson zur Hölle zu fahren und jeden anderen dasselbe tun zu lassen? Schon eher. Ein solcher Joram wäre dem Katalyten auf jeden Fall lieber gewesen als der, den er vor sich sah.

Das Gesicht des jungen Mannes war völlig ausdruckslos. Bleich und hager, mit eingesunkenen Wangen und trüben Augen, wartete Joram schweigend, regungslos vor dem Zelt des Prinzen, das Schwert in beiden Händen.

Garald, der die Schritte ebenfalls gehört haben mußte, trat hinaus und musterte die bedrohliche Gestalt, die der frühe Wintermorgen zu ihm geführt hatte. Dem Prinzen drohte keine Gefahr. Die *Duuk-tsarith* befanden sich in der Nähe, ihre magischen Kräfte konnten Joram zerschmettern, bevor er auch nur Zeit hatte, die Waffe zu heben.

Joram war es, der in Gefahr schwebte, und um Mißverständnisse zu vermeiden, achtete Garald darauf, sich langsam und vorsichtig zu bewegen.

»Joram«, sagte er liebenswürdig.

»Euer Gnaden.« Die Antwort erfolgte kalt, gewollt abweisend und schroff. Garalds Schultern sanken herab, er seufzte leise. Dann schien es, daß seine Geduld zu Ende war und Zorn auf diesen starrsinnigen jungen Mann von ihm Besitz ergriff.

»Was willst du?« fragte Prinz Garald bitter.

Joram preßte die Lippen zusammen. Den Blick auf irgendeinen Punkt über der Schulter des Prinzen gerichtet, holte er tief Atem und stieß ihn langsam wieder aus. »Wir haben nicht viel Zeit«, sagte er zu den kahlen Bäumen, dem heller werdenden blauen Himmel, dem schmalen Rand der aufgehenden Sonne. »Eine Woche, habt Ihr gesagt.«

Die Worte klangen so frostig, daß Saryon beinahe überrascht war, den warmen Atem, der sie trug, als weißen Nebelhauch in der Winterluft hängen zu sehen. Joram schluckte. Seine Hände umklammerten den Schwertgriff fester. »Ich habe viel zu lernen«, fügte er hinzu.

Garalds Züge erhellte ein Lächeln, das mehr Wärme verströmte, als die heißen Quellen es je vermocht hatten. Er machte eine Bewegung, wie um dem jungen Mann die Hand auf die Schulter zu legen, ihm auf den Rücken zu klopfen oder in ähnlicher Weise seiner Freude Ausdruck zu verleihen, doch Saryon bemerkte, daß Jorams Wangenmuskeln sich verkrampften; seine gesamte Körperhaltung drückte Abwehr aus.

»Ich hole meine Schwert«, sagte Garald und verschwand wieder in seinem Zelt.

Der Katalyt hatte sich wohlweislich still verhalten, und Joram, der sich unbeobachtet glaubte, gab seine Pose auf.

Als der Prinz wieder herauskam – sein Schwert in der Hand –, zeigte Joram ihm ein Gesicht, das so kalt und starr war wie die unter dem Schnee begrabene Lichtung.

Wie er sich nach Liebe sehnt, dachte Saryon mit wehem Herzen. Und doch, wenn eine Hand die seine ergreifen will, schlägt er sie zur Seite.

Der Prinz und sein Schüler gingen schweigend nebeneinander her; Garald warf hin und wieder einen Blick auf Joram, der unverwandt geradeaus schaute. Als sie zwischen den Bäumen verschwanden, löste sich eine schwarze Gestalt aus den Schatten und folgte ihnen unbemerkt.

Saryon kam plötzlich zu Bewußtsein, daß er vor Kälte zitterte. Während er sich in seine Decken hüllte, hatte er einen Augenblick lang das Bedürfnis, dem Almin für die sichere Rückkehr seines jungen Schützlings zu danken, doch dann wurde ihm klar, daß sich hinter Jorams verändertem Benehmen nichts anderes verbarg als der feste Entschluß, um jeden Preis sein Ziel zu erreichen. Der Pater war nicht mehr sicher, ob er Grund hatte, seinen gleichgültigen und vielleicht nicht existenten Gott mit Dankgebeten zu belästigen.

Ihm war eher zumute, als sollte er um Erbarmen flehen.

Die Trennung

Mit dem Ende des Schneefalls erstarb auch der Wind, und der Himmel klärte sich auf. Stille senkte sich über den Wald, doch keine friedliche Stille. Es lag eine Spannung in der Luft, als hätte ein Riese Wolken, Wind und Sonne eingesogen und hielte jetzt in plötzlichem Groll den Atem an.

Jeder auf der Lichtung wußte, daß Stürme tobten, wenn auch nur in der Seele eines jungen Mannes. Äußerlich sah man ihm nichts an; seit dem Morgen seiner Rückkehr war Joram sich treu geblieben – kühl und gleichmütig, schweigsam und reserviert. Er sprach nur, wenn man ihn fragte, und dann waren seine Antworten kurz und vage, als hätte er gar nicht zugehört. Seine Gefährten bekamen ihn nur selten zu Gesicht, er und der Prinz verbrachten die meiste Zeit außerhalb des Lagers. Wenn er dann wieder auftauchte, saß er stumm und in sich gekehrt abseits. Den anderen, die ihn beobachteten, kam es vor, als wären seine Nerven so straff gespannt wie die Saiten eines schlecht gestimmten Instruments.

Saryon konnte nur hoffen, daß die Hand eines Meisters daran arbeitete, behutsam diese Saiten zu lokkern und die reinen Harmonien zu finden, die nach Saryons fester Überzeugung in der düsteren Seele des jungen Mannes verborgen sein mußten. War Garalds Hand die richtige? Saryon begann es zu glauben, und diese Hoffnung erleichterte ihm die Bürde, die er trug. Er hatte keine Ahnung, was sie während ihrer Abwesenheit taten oder worüber sie sprachen: Joram äußerte sich mit keiner Silbe, und Garald meinte nur, daß sie sich in der Fechtkunst übten.

Dann, eines frühen Morgens, wurde der Katalyt aufgefordert, sie zur ›Arena‹ zu begleiten, wie der Prinz ihren Übungsplatz scherzhaft nannte.

»Wir wollen die Eigenschaften des Dunklen Schwertes genauer erforschen, Pater, und dazu brauchen wir Eure Hilfe«, erklärte Garald, als er und Joram den Katalyten aus seinem unruhigen Schlummer geweckt hatten. Sie standen alle drei vor dem Zelt des Kardinals und sprachen mit gedämpfter Stimme, um die anderen nicht zu stören.

Als er Saryons ernsten, mißbilligenden Gesichtsausdruck sah, stieß Joram einen ungeduldigen Seufzer aus, doch Garald ermahnte ihn mit einer kaum merklichen Handbewegung zu schweigen.

»Ich begreife Eure Vorbehalte, Pater Saryon«, meinte der Prinz freundlich, »aber Ihr könnt doch nicht wollen, daß Joram nach Merilon geht, ohne die Macht der Waffe zu kennen, die er sich geschaffen hat.«

Ich will überhaupt nicht, daß Joram nach Merilon

geht, dachte der Katalyt bei sich, doch er sprach es nicht aus. Statt dessen erklärte er sich bereit, mitzugehen, denn er mußte zugeben, daß das Argument des Prinzen stichhaltig war. Außerdem war er selbst insgeheim neugierig auf das Dunkle Schwert. Eingehüllt in einen warmen Umhang, den der Prinz für ihn herbeigezaubert hatte, begleitete er die beiden jungen Leute in den Wald.

»Es tut mir leid, daß wir Euch zu so früher Stunde aus dem Schlaf gerissen haben«, entschuldigte sich Garald unterwegs. »Selbstverständlich hätte ich Kardinal Radisovik bitten können, aber Joram und ich sind der Ansicht, je weniger Menschen über das Dunkle Schwert Bescheid wissen, desto besser.«

Saryon pflichtete ihm von ganzem Herzen bei.

»Trotz der Tatsache, daß Radisovik in seinen Ansichten bemerkenswert fortschrittlich und liberal ist, fürchte ich, daß das Dunkle Schwert seine Toleranz auf eine zu schwere Probe stellen könnte.« Garald lächelte.

»Ich werde nach besten Kräften versuchen, Euch behilflich zu sein, Euer Gnaden«, erwiderte Saryon und schob die kalten Hände in die weiten Ärmel seiner Kutte.

»Ausgezeichnet!« rief Garald herzlich. »Und wir werden nach besten Kräften dafür sorgen, daß Ihr nicht friert – Joram und ich haben damit keine Schwierigkeiten.«

Er wechselte einen Blick mit dem jungen Mann, und Saryon war erstaunt über das kleine Lächeln um den strengen Mund und das verschmitzte Aufflackern in Jorams dunklen Augen. Von einem Moment auf den anderen war es Saryon leichter zumute.

Die ›Arena‹ entpuppte sich als eine freie Stelle mitten im Wald, in einiger Entfernung von der Lichtung.

Obwohl Saryon wußte, daß die wachamen *Duuk-tsarith* nicht weit sein konnten, sah er keine Spur von ihnen. Oder vielleicht waren die Leibwächter des Prinzen tatsächlich nicht in der Nähe. Vielleicht hatte der Prinz es ernst gemeint, als er sagte, das Geheimnis des Dunklen Schwertes müsse gewahrt bleiben.

Garald hielt sein Wort und schuf für den Katalyten ein regelrechtes Nest aus weichen Kissen. Er hätte auch noch Wein und andere Delikatessen herbeigezaubert, doch Saryon winkte verlegen ab. Er konnte nicht anders, als den Prinzen gernhaben. Garald behandelte den Katalyten mit dem größten Respekt und war stets auf sein Wohlergehen und seine Bequemlichkeit bedacht, ohne je herablassend oder gönnerhaft zu wirken. Und nicht nur Saryon erging es so. Garald begegnete jedem mit dieser liebenswürdigen Höflichkeit – von Simkin und Mosiah bis zu den *Duuk-tsarith* und Joram.

Wie das Volk seinen Prinzen lieben muß, dachte Saryon, während er dem weltgewandten eleganten Edelmann im Gespräch mit dem linkischen, ungelenken Jungen zusah.

Auch Joram schien Garald zu beobachten. Vielleicht rührte daher der Aufruhr in seiner Seele. Saryon wußte, daß Joram alles geben würde, damit man ihm die gleiche Achtung und Zuneigung entgegenbrachte wie diesem Mann. Vielleicht begann er zu verstehen, daß man nur zurückbekommt, was man selbst zu geben bereit ist.

Joram und der Prinz gingen in die Mitte der Arena, aber sie nahmen nicht sofort ihre Fechthaltung ein.

»Überlaß mir dein Schwert für einen Moment«, sagte Garald.

Jorams Augen blitzten. Er zögerte. Dann hielt er ihm mit einer ruckartigen Bewegung die Waffe hin.

Ohne eine Miene zu verziehen, als hätte er den rüden Ton nicht wahrgenommen, ergriff Garald das Schwert und betrachtete es eingehend.

»In den letzten paar Tagen diente es ausschließlich dem Zweck, Jorams Fechtkunst zu verbessern«, sagte er, »und doch merke ich, wie es an mir zehrt, meine Magie aufsaugt, so daß ich mich am Ende des Tages schwach und kraftlos fühle. Doch es hat diese Wirkung nicht, wenn wir zum Beispiel wieder im Lager sind. Dann spüre ich überhaupt nichts.«

»Ich glaube, es entfaltet seine Wirkung nur im Ernstfall«, warf Joram ein, der über seinem Interesse an dem Schwert die plötzlich aufgeflammte Feindseligkeit vergaß. »Dasselbe ist mir beim Kampf mit dem Hexenmeister aufgefallen. Als Blachloq in die Schmiede kam, reagierte das Schwert nicht. Doch als er mich angriff und ich das Schwert hob, um mich zu verteidigen, fühlte ich, wie es – zum Leben erwachte.«

»Ich verstehe«, murmelte Garald nachdenklich. »Die Waffe antwortet auf einen bestimmten Impuls von dir – Zorn, Furcht, die starken Emotionen, die von einer großen Gefahr ausgelöst werden. Hier ...«, er löste die Schwertscheide vom Gürtel und reichte Joram die prächtige Waffe, »nimm meins. Daß du tot bist, hat keine Bedeutung. Die Magie des Schwertes läßt sich durch einen Befehl aktivieren.« Der Prinz hielt das Dunkle Schwert mit angewinkelten Armen vor sich. Er schüttelte den Kopf. »Ich wünschte, jemand hätte dich im Schmiedehandwerk unterrichtet. Dies wird immer eine plumpe, unhandliche Waffe sein. Aber das ist jetzt nicht wichtig. Sprich die Worte: ›Falke, avant!‹ und greif mich an.«

Joram legte beinahe liebevoll beide Hände um den kunstvoll geschmiedeten Griff von Garalds Schwert und nahm dem Prinzen gegenüber Aufstellung. »Falke, avant!« sagte er und führte den ersten Hieb. Garald parierte mit dem Dunklen Schwert, doch blitzschnell wurde er von seiner eigenen Klinge in Jorams Hand ausmanövriert und an der Schulter verwundet.

»Mein Gott!« Joram sah das Blut am Arm des Prinzen herunterlaufen und senkte das Schwert. »Das wollte ich nicht, bestimmt nicht! Ist es schlimm?«

Saryon sprang auf.

»Ich bin selber schuld«, sagte Garald grimmig und preßte die Hand auf die Wunde. »Es ist nichts. Nur ein Kratzer, seht her.« Er entblößte die Wunde, und Saryon stellte erleichtert fest, daß die Klinge tatsächlich nur die Haut geritzt hatte. Ein schlichter Heilungszauber genügte, um die Blutung zu stillen, und der ›Unterricht‹ nahm seinen Fortgang.

Zumindest, dachte Saryon, weiß ich jetzt, daß die *Duuk-tsarith* nicht in der Nähe sind. Joram würde diesen Zwischenfall nicht überlebt haben. Er war überglücklich, einen Unterton aufrichtiger Sorge aus Jorams Stimme herausgehört zu haben.

»Es war meine eigene Dummheit«, wiederholte Garald reuevoll. »Um ein Haar wäre ich von meiner eigenen Waffe getötet worden!« Er schüttelte das Dunkle Schwert. »Warum hast du nicht geholfen?«

Saryon glaubte die Antwort zu wissen, doch als Mathematiker wollte er zuerst die Probe aufs Exempel machen, bevor er sich äußerte.

»Gebt Joram sein Schwert zurück, Hoheit«, ordnete er an. »Ihr nehmt das Eure und sprecht die Formel, wie er es vorhin getan hat.«

Garald runzelte die Stirn. »Es ist ein starker Zauberspruch, wie Ihr gesehen habt. Ich könnte ihn töten.«

»Das könnt Ihr nicht«, sagte Joram ruhig.

»Ich bin derselben Meinung, Euer Gnaden. Bitte

tut, was ich sage, und glaubt mir, das Ergebnis wird Euch faszinieren.«

»Also gut«, meinte Garald, wenn auch mit offensichtlichem Widerstreben. Die Schwerter wurden getauscht, und er und Joram nahmen ihre Plätze ein.

»Falke, avant!« befahl Garald.

Augenblicklich fuhr die silberne Klinge blitzend durch die Luft und stieß wie der Vogel, dessen Name sie trug, auf den Gegner hinab. Joram verteidigte sich mit dem Dunklen Schwert. Seine Bewegungen wirkten schwerfällig und unbeholfen, im Vergleich zu den flinken Paraden und Riposten von Garalds verzauberter Waffe. Joram mußte zurückweichen; die silberne Klinge schickte sich an, ihn zu durchbohren – und wurde im letzten Moment abgelenkt.

Mit einem Schmerzensschrei ließ Garald die Waffe sinken. Er rieb sich den geprellten Arm und schaute zu Saryon hinüber. »Ich nehme an, das wolltet Ihr mir vorführen. Nun gut, warum schützt es ihn, aber nicht mich? Kennt es seinen Herrn?«

»Ganz und gar nicht, Euer Gnaden«, antwortete der Katalyt, erfreut über das gelungene Experiment. »Jetzt verstehe ich diese rätselhafte Bemerkung in einer der alten Schriften. Dort hieß es, daß die Schwerter aus Arkanum von den Legionen der Toten getragen wurden. Ich hielt das für nichts weiter als eine phantasievolle Ausschmückung, ein Schauermärchen. Jetzt ist mir klar geworden, daß diese Passage sich auf Männer bezieht, die tot sind. Eine Waffe aus Arkanum kann nur von jemandem geführt werden, der über keine eigene Zauberkraft verfügt, die gegen die Magie des Schwertes wirken könnte.«

»Wirklich faszinierend«, bemerkte Garald und betrachtete die Waffe beinahe ehrfürchtig. »Dadurch werden Mäner, die in einem Krieg der Zauberer kaum mehr als nutzloses Fußvolk wären, zu einer ernst zu nehmenden Kampftruppe.«

»Und es ist keine langwierige Ausbildung erforderlich«, fügte Saryon hinzu, der sich mehr und mehr für das Thema begeisterte. Seine Gedanken jagten sich. »Im Gegensatz zu Hexenmeistern, deren Ausbildung praktisch mit dem Tag der Geburt ihren Anfang nimmt, dauert es höchstens ein paar Wochen, Soldaten im Gebrauch der Schwerter zu schulen. Außerdem braucht man keinen Katalyten ...« Saryon merkte, daß er zuviel gesagt hatte und biß sich auf die Zunge, doch Garald hatte bereits erkannt, worauf er hinauswollte.

»Nein, Ihr habt unrecht!« rief er aufgeregt. »Ich meine, Ihr habt recht – bis zu einem gewissen Punkt. Waffen aus Arkanum *brauchen* keinen Katalyten, um ihre Wirkung zu entfalten. Aber ich weiß von Euch selbst, daß Ihr dem Schwert nach seiner Erschaffung Leben gewährt habt. Angenommen, Ihr tut es jetzt wieder – würde das seine Macht vergrößern?«

»Ganz gewiß!« sagte Joram eifrig. »Versuchen wir's.«

»Ja!« stimmte Garald zu. »Seid Ihr bereit, Pater?«

Saryon schob die Hände in die Kuttenärmel und neigte den Kopf. »Nein«, sagte er.

Die beiden jungen Männer starrten ihn an – Joram zornig, Garald enttäuscht.

»Pater, ich weiß, das ist schwierig für Euch ...«, begann er taktvoll.

»Nein«, wiederholte Saryon mit leiser, hohler Stimme. »Nein, Euer Gnaden. Ich würde alles für Euch tun, was in meiner Macht steht. Aber um keinen Preis gewähre ich diesem Schwert ein zweitesmal Leben, das habe ich geschworen.«

»Eurem Gott?« konnte Joram sich nicht enthalten, verächtlich zu fragen.

»Mir selbst«, erwiderte Saryon flüsternd.

»Um alles in der ...«, fuhr Joram ihn an, doch Garald fiel ihm kurzerhand ins Wort.

»Es war ohnehin reine Neugier, sonst nichts«, sagte er beherrscht und wandte sich an Joram. »Für deinen Umgang mit dem Schwert ist diese Frage nicht von Bedeutung. Du kannst nicht darauf zählen, daß ein Katalyt in der Nähe ist, wenn du gezwungen bist, es zu gebrauchen. Komm, probieren wir es mit einem stärkeren Zauber. Ich umgebe mich mit einer unsichtbaren Rüstung, und du versuchst sie zu durchdringen. Pater, wenn Ihr *mir* Leben gewähren könntet ...«

Es erfüllte Saryon mit aufrichtiger Freude, die Magie der Welt in ein so edles Gefäß zu leiten, und mit Befriedigung sah er Joram gegen seinen Zorn ankämpfen und ihn schließlich beherrschen. Von seinem bequemen Ruheplatz aus erfreute er sich still an den freundschaftlichen Zweikämpfen der junge Leute und hatte Gelegenheit, sein Wissen über das Dunkle Schwert zu vervollständigen. Doch gleichzeitig bedrückte ihn die Gewißheit, in Garalds Achtung gesunken zu sein. Der Prinz mußte Saryons Weigerung, dem Schwert Leben zu gewähren, als Laune eines zimperlichen Gelehrten empfinden. Für Garald war es nicht mehr als ein Werkzeug. Er sah es nicht als die Ausgeburt der Finsternis, den Vernichter von Leben, den Saryon erblickte, wenn er die ungeschlachte Waffe betrachtete.

Was sein Ansehen bei Joram betraf, so mußte der Katalyt sich traurig eingestehen, daß die Meinung des jungen Mannes über ihn nicht mehr schlechter werden konnte.

Nach mehreren Stunden intensiven Trainings kehrten Joram, der Prinz und Saryon ins Lager zurück ... Während der restlichen Woche bezeigte Garald dem

Katalyten dieselbe höfliche Liebenswürdigkeit wie zuvor, doch er lud Saryon nie wieder ein, ihn und Joram zur Arena zu begleiten.

Die Woche verlief ereignislos. Joram und Garald übten mit den Schwertern; Saryon genoß etliche interessante philosophische und religiöse Diskussionen mit Kardinal Radisovik; Simkin neckte den Raben, bis der erzürnte Vogel ihm schließlich zum Vergnügen aller ein Stück aus dem Ohr kniff. Mosiah vertrieb sich die Zeit damit, fasziniert und ratlos in den Büchern zu schmökern, die er in Garalds Zelt fand; er betrachtete die Bilder und zerbrach sich den Kopf über den geheimnisvollen Zeichen, die Joram soviel verrieten und für ihn nur bedeutungsloses Gekrakel darstellten. An den Abenden kamen der Prinz und seine Gäste zusammen, spielten Tarock oder berieten Mittel und Wege, nach Merilon hineinzugelangen.

»Simkin kann euch helfen, durchs Tor zu kommen«, sagte Garald am Abend des letzten Tages. Mosiah und Joram saßen nach einer wahrhaft fürstlichen Mahlzeit müde und träge im luxuriösen Zelt des Prinzen. Die idyllische Atempause nach den Strapazen der Flucht aus dem Dorf der Nigromanten näherte sich dem Ende. Mit Bedauern dachten sie daran, daß sie sich morgen wieder in der unbekannten und feindseligen Wildnis mit Kijranken und furchterregenden Ungeheuern herumschlagen mußten. Die Herrlichkeit Merilons erschien ihnen sehr weit entfernt, und es war schwer, ernsthaft zu glauben, daß sie dort neue Gefahren erwarten sollten.

Garald, der einiges davon an ihren Gesichtern ablesen konnte, hielt es für angebracht, mit größerem Nachdruck zu sprechen. »Simkin kennt jeden in Merilon, und man kennt ihn – was den Aufenthalt dort ziemlich interessant gestalten dürfte.«

»Ihr meint, diese verrückten Geschichten, die er ständig zum besten gibt, sind wahr? Ihr habt wirklich einen lebendigen Bären mit zum Kostümball gebracht?« platzte Mosiah heraus, dann wurde er rot und hielt sich erschrocken die Hand vor den Mund.

Aber der Prinz schüttelte nur den Kopf. »Er hat euch also davon erzählt? Armer Vater.« Garald lächelte breit. »Bis heute weigert er sich, in Gegenwart eines Marineoffiziers oder eines Spaßvogels im Bärenkostüm ein Jabot zu tragen. Doch um zu wichtigeren Dingen zurückzukehren ... Saryon hat ganz recht, wenn er euch warnt, nach Merilon zu gehen. Es *ist* gefährlich, und ihr müßt stets auf der Hut sein. Gefahr besteht nicht nur für Joram. Auch du schwebst in Gefahr, Mosiah. Man betrachtet dich als Rebellen. Du bist von zu Hause geflohen, du hast bei den Adepten der Schwarzen Magie gelebt und verschaffst dir Einlaß in die Stadt unter Vorspiegelung falscher Tatsachen. Wenn man dich entlarvt, wirst du zu Kerkerhaft in den Verliesen der *Duuk-tsarith* verurteilt. Ein ähnliches Schicksal droht auch Saryon, der lange Jahre in Merilon gelebt habt und leicht erkannt werden könnte ... Nein, Joram, ich versuche nicht, dir deinen Plan auszureden«, unterbrach Garald sich selbst, als er Jorams finstere Miene bemerkte. »Ich rate dir nur, vorsichtig zu sein. Besonders in der Nähe einer bestimmten Person.«

»Ihr meint den Katalyten?« fragte Joram. »Ich weiß, daß er von Bischof Vanya geschickt wurde ...«

»Ich meine Simkin«, erwiderte Garald ernst.

»Na, hab' ich's nicht immer gesagt?« brummte Mosiah zu Joram gewandt.

Als wüßte er, daß von ihm die Rede war, erhob Simkin die Stimme, und die Männer im Zelt schauten durch den offenen Eingang nach draußen. Er und der Katalyt standen neben dem Feuer. Simkin hatte sich erboten, für Saryon eine Verkleidung zu finden, die es ihm ermöglichen sollte, unerkannt nach Merilon hineinzugelangen, und jetzt ließ er an dem bedauernswerten Priester seinen ganzen perfiden Ideenreichtum aus.

»Ich hab's!« verkündete er soeben frohlockend. »Ihr könnt vollkommen unbemerkt kommen und gehen und Euch noch mit dem Gepäck nützlich machen.« Er schnippte mit den Fingern und sprach ein Wort. Um den Katalyten herum begann die Luft zu flimmern, die Umrisse seines Körpers verschwammen, und plötzlich stand neben dem Feuer ein stattlicher, grauer, bekümmert dreinschauender Esel.

»Dieser Idiot!« fauchte Mosiah und sprang auf. »Warum läßt er den armen Mann nicht in Ruhe! Ich werde ...«

Garald legte ihm die Hand auf den Arm und hielt ihn zurück. »Ich kümmere mich darum«, sagte er.

Während Mosiah zögernd wieder seinen Platz einnahm, sah er, wie der Prinz dem Kardinal ein Zeichen gab, der vor seinem eigenen Zelt stand und das Schauspiel beobachtete.

»Was habt Ihr gesagt, Pater?« fragte Simkin.

Der Esel reckte den Hals, hob den Schwanz und schrie.

»Ihr seid nicht zufrieden? Nach all der Mühe, die ich mir gemacht habe.« Er zog den Esel an einem der langen grauen Ohren. »Bedenkt nur, mit was für einem ausgezeichneten Gehör Ihr gesegnet seid. Ich wette, Ihr könnt auf fünfzig Schritt ein Bündel Heu zu Boden fallen hören. Ganz zu schweigen von der erstaunlichen Fähigkeit, die Augen unabhängig voneinander zu bewegen, was Euch in die Lage versetzt, zu sehen, wohin Ihr geht.«

Der Esel schrie wieder und bleckte die Zähne.

»Und die Kinder werden Euch lieben«, fuhr Simkin schmeichelnd fort. »Ihr könntet die kleinen Lieblinge auf Euch reiten lassen. Nun, wenn Ihr unbedingt ein Spielverderber sein wollt ...« Der Esel verschwand, und Saryon kam wieder zum Vorschein.

»Dann muß ich mir eben etwas anderes einfallen lassen.« Simkin rieb sich mürrisch das Kinn. »Heureka!« Wieder schnippte er mit den Fingern. »Eine Ziege! Immer frische Milch ...«

In diesem Moment griff Kardinal Radisovik ein. Unter dem Vorwand, mit Saryon eine theologische Streitfrage diskutieren zu wollen, ergriff er den Katalyten beim Arm und führte ihn zu seinem Zelt hinüber. Unglücklicherweise heftete Simkin sich ihnen an die Fersen.

»Außerdem habt Ihr nie wieder Schwierigkeiten, satt zu werden«, hörte man ihn dozieren. »Ihr könntet einfach alles fressen, pardon, essen ...«

»Ihr wißt über Simkin Bescheid, nicht wahr, Euer Gnaden?« fragte Mosiah den Prinzen. »Ihr kennt sein Spiel. Was hat er vor?«

»Sein Spiel ...«, wiederholte der Prinz nachdenklich. »Ja, ich glaube, ich kenne Simkins Spiel.«

»Dann erzählt uns davon!« drängte Mosiah aufgeregt.

»Nein, lieber nicht«, antwortete Garald mit einem Blick auf Joram. »Ihr würdet es nicht verstehen und womöglich unvorsichtig werden.«

»Aber Ihr müßt es uns sagen! Ich – ich meine, Ihr solltet es uns sagen«, verbesserte Mosiah sich stammelnd, als ihm bewußt wurde, daß er soeben gewagt hatte, einem Prinzen einen Befehl zu geben. »Wenn Simkin gefährlich ist ...«

»Pah!« Joram verzog geringschätzig den Mund.

»Er ist gefährlich, das stimmt schon«, meinte Garald bedeutungsvoll. »Denkt immer daran.« Er stand auf. »Und jetzt werde ich gehen und den unglücklichen Saryon retten, bevor ihm Hörner wachsen und er das Zelt des Kardinals anknabbert.«

Die Verwandlung in eine Ziege blieb Saryon erspart. Auf den Vorschlag des Prinzen wurde aus Pater Saryon Pater Dunstabel, ein minderer Hauskatalyt, der nach Simkins Angaben Merilon vor über zehn Jahren verlassen hatte.

»Eine halbe Portion, eine graue Maus«, berichtete Simkin. »Einer von den Leuten, an die man sich schon fünf Augenblicke, nachdem sie einem vorgestellt worden sind, nicht mehr erinnern kann. Erst recht nicht mehr nach zehn Jahren.«

»Und falls man sich doch erinnert, wird man es für ganz natürlich halten, daß er sich in den zehn Jahren seiner Abwesenheit verändert hat«, fügte Garald aufmunternd hinzu, weil er sah, daß Saryon von der Idee nicht sonderlich angetan war. »Ihr braucht Euch nicht einmal zu verstellen, Pater. Wir verändern nur Euer Gesicht und Euren Körper. Davon abgesehen, bleibt Ihr derselbe.«

»Aber ich muß mich in der Kathedrale melden, Euer Gnaden«, wandte Saryon störrisch ein. Seine Angst schien größer zu sein als die offensichtliche Scheu, dem Prinzen zu widersprechen – ein Umstand, der Garald wieder einmal veranlaßte, sich zu fragen, was für ein düsteres Geheimnis dieser unscheinbare Mann so ehern bewahrte. »Über das Kommen und Gehen von uns Katalyten wird genau Buch geführt ...«

»Nicht unbedingt, Pater«, warf Radisovik begütigend ein. »Es kommt immer wieder vor, daß der eine oder andere durch die bürokratischen Maschen fällt, um es einmal so auszudrücken. Ein minderer Haus-

Katalyt ohne jede Bedeutung, wie dieser Pater Dunstabel, kann durchaus für einige Jahre den Kontakt zu seiner Kirche verlieren.«

»Aber aus welchem Grund sollte ich – ich meine, Pater Dunstabel – nach Merilon zurückkehren? Vergebung, Eminenz«, meinte Saryon demütig, aber beharrlich, »der Prinz hat uns nahegelegt, vorsichtig zu sein ...«

»Das ist ein sehr wichtiger Punkt, den Ihr angesprochen habt«, lobte Garald. »Für Eure Rückkehr kann es vielerlei Gründe geben. Der Zauberer, in dessen Diensten Ihr gestanden habt, faßte den Entschluß, sich dem Rebellengesindel in Sharakan anzuschließen, und Ihr wart plötzlich Euch selbst überlassen.«

»Dies ist eine ernste Angelegenheit, Prinz«, wagte Radisovik einen leichten Tadel vorzubringen.

»Dessen bin ich mir bewußt«, entgegnete Garald kühl. »Aber vielleicht würde das die Aufmerksamkeit zu sehr auf Euch lenken, Pater. Wie wäre es hiermit? Der Zauberer stirbt. Seine Witwe kehrt nach Zith-el zurück, wo ihre Eltern leben. Im Haus ihres Vaters ist kein Platz für Euch, und deshalb, Pater Dunstabel, wird Euch gekündigt. Mit dem Ausdruck größten Bedauerns und erstklassigen Zeugnissen.«

Kardinal Radisovik nickte zustimmend. »Selbst wenn man Eure Geschichte nachprüfen wollte«, kam er Saryons nächstem Einwand zuvor, »würde es Monate dauern, bis man herausgefunden hätte, daß dieser Lord Quidam überhaupt nicht existiert.«

»Und bis dahin«, schloß der Prinz in einem Ton, der keinen Widerspruch mehr duldete, »werdet Ihr bei uns in Sharakan sein.«

Saryon neigte ergeben den Kopf, denn er fürchtete, durch sein hartnäckiges Sträuben schließlich Mißtrauen zu erregen. Er mußte zugeben, daß der Prinz und der Kardinal recht hatten. Während der fünfzehn

Jahre in der Kathedrale hatte Saryon an vielen Abenden Gelegenheit gehabt, zu beobachten, wie die Schlange der neu angekommenen Katalyten sich langsam die Kristalltreppe hinauf und durch die Kristalltore schob. Unter den gelangweilten Augen irgendeines bedauernswerten Diakons trug jeder Katalyt sich in ein Register ein, für das keine Menschenseele sich je wieder interessierte. Wenn jemand die Kontrollen der *Kan-hanar,* die Torwächter Merilons, passiert hatte, fühlte die Kirche sich nicht mehr berufen, eigene Nachforschungen anzustellen. Allein der Gedanke, ein Katalyt könnte sich mit falscher Identität in die Stadt einschleichen, mußte ihnen absurd erscheinen.

Und doch gab es eine Person, die vielleicht Grund hatte, zu vermuten, Saryon könnte nach Merilon zurückkehren, dachte der Katalyt unbehaglich und griff nach dem Arkanum, das an einer Kette um seinen Hals hing. Bedrückt fragte er sich, was Bischof Vanya wohl unternahm, um ihn ausfindig zu machen, und bedauerte fast, den Esel abgelehnt zu haben ...

Am nächsten Morgen erhoben sich alle noch vor Sonnenaufgang. Die jungen Männer und Saryon bereiteten sich darauf vor, Abschied zu nehmen von dem Prinzen und seinem Gefolge, die am selben Tag zum Dorf der Nigromanten aufbrechen wollten.

»Ende gut, alles gut«, bemerkte Simkin, als sie ihr Frühstück beendeten, »wie der Herzog von Orleans anläßlich der Beisetzung von Lady Magda äußerte. Immer frei heraus, der alte Herr.«

»Simkin ist ein Narr!« krächzte der Rabe, der sich auf Simkins Kopf niedergelassen hatte.

»Es ist kein Ende, sondern ein Anfang, hoffe ich«, sagte der Prinz und lächelte Joram zu. Das Gesicht des jungen Mannes erhellte sich für einen Moment.

»Und jetzt«, fuhr der Prinz fort, »bevor wir Lebwohl sagen müssen, obliegt mir die angenehme Pflicht, die Abschiedsgeschenke zu verteilen ...«

»Aber das ist nicht nötig, Hoheit«, murmelte Saryon schuldbewußt, »Ihr habt bereits mehr als genug für uns getan ...«

»Raubt mir nicht dieses Vergnügen, Pater«, unterbrach ihn Garald und legte ihm die Hand auf den Arm. »Freunden etwas schenken zu können ist mit das Beste daran, ein Königssohn zu sein.«

Er trat vor Mosiah, klatschte einmal in die Hände und streckte sie dann aus, um ein Buch aufzufangen, das sich aus dem Nichts materialisierte.

»Du bist ein mächtiger Zauberer, Mosiah. Mächtiger als viele *Albanara*, die ich kenne. Und das ist nicht ungewöhnlich. Auf meinen Reisen habe ich herausgefunden, daß viele unserer begabtesten Magi in den Dörfern und Gassen geboren werden und nicht in den Herrenhäusern und Villen. Doch Magie erfordert diszipliniertes Lernen, um zur Vollkommenheit zu reifen, oder sie strömt in dich ein und wieder hinaus wie der Wein durch einen hemmungslosen Zecher.«

Der Prinz warf einen Blick auf Simkin, der gerade versuchte, dem Raben eine Feder aus dem Schwanz zu zupfen.

»Studiere es nach Kräften, mein Freund.« Der Prinz legte Mosiah das Buch in die zitternden Hände.

»Vie... vielen Dank, Euer Gnaden«, stammelte Mosiah. Er hoffte verzweifelt, man möge sein Erröten für Verlegenheit halten, doch Garald begriff, was in ihm vorging, und wußte, es war Scham.

»Die Reise nach Merilon ist lang«, sagte der Prinz leise. »Und du hast einen Freund, der gerne bereit sein wird, dich zu unterrichten.«

Mosiah folgte dem Blick des Prinzen, der sich auf Joram richtete.

»Stimmt das? Willst du mir helfen?« fragte er.

»Selbstverständlich! Ich wußte nicht, daß du lesen lernen wolltest!« antwortete Joram ungeduldig. »Du hättest ein Wort sagen sollen.«

Mosiah umschloß das Buch fest mit beiden Händen. »Ich danke Euch«, wiederholte er, und einen Moment lang, während sie sich anschauten, herrschte vollkommene Übereinstimmung zwischen dem Prinzen und dem FeldMagus.

Garald wandte sich ab. »Nun zu dir, Simkin, alter Freund ...«

»Aber nicht doch, das kann ich gar nicht annehmen. Nein, nein, auf keinen Fall. Nun ja ...«, Simkin seufzte ergeben, »wenn Ihr darauf besteht. Ein oder zwei von den wertvolleren Kronjuwelen vielleicht ...«

»Für dich«, gelang es Garald endlich einzuwerfen. Er reichte Simkin ein Deck Tarockkarten.

»Entzückend!« Simkin unterdrückte ein Gähnen.

»Jede Karte ist von Hand gemalt«, erklärte Garald. »Sie wurden auf die alte Art geschaffen, nicht mittels Magie. Daher sind sie ziemlich wertvoll.«

»Wirklich super, echt. Nochmals vielen herzlichen Dank, alter Knabe«, meinte Simkin ungerührt.

Garald hob eine Hand. »Hier habe ich etwas. Eine Karte, die in deinem Spiel fehlt.«

»Der Joker.« Simkin musterte die Karte mit zusammengekniffenen Augen. »Wie amüsant.«

»Ganz recht, der Joker«, wiederholte Garald und ließ die Karte zwischen den Fingern wandern. »Bewahre die Karten gut auf, Simkin.«

»Ich versichere Euch, Hoheit, sie könnten nicht in besseren Händen sein.«

»Genau wie du«, erwiderte Garald. Er schloß die Hand, und die Karte war verschwunden. Alle schwiegen und tauschten unbehagliche Blicke. Dann lachte der Prinz. »Das war ein Scherz von *mir*!« sagte er und schlug Simkin auf den Rücken.

»Haha«, machte Simkin, aber es klang hohl.

Garald blieb vor dem Katalyten stehen, der mit gesenktem Kopf seine Schuhspitzen betrachtete. »Für Euch habe ich keine Gabe von materiellem Wert.« Saryon blickte erleichtert auf. »Ich weiß, es wäre Euch ohnehin nicht willkommen. Und doch sollt Ihr nicht leer ausgehen, auch wenn ich damit eher mir einen Gefallen erweise als Euch. Wenn Ihr mit Joram nach Sharakan kommt, möchte ich Euch in mein Gefolge aufnehmen.«

Katalyt am königlichen Hofe! Unwillkürlich schaute Saryon auf Kardinal Radisovik, der ihm ermutigend zulächelte.

Saryon räusperte sich. »Das ist eine unerwartete Ehre, Euer Gnaden. Eine zu große Ehre für jemanden, der gegen die Grundsätze seines Glaubens verstoßen hat.«

»Jedoch nicht zu groß für jemanden, der Loyalität bewiesen hat und ein gutes Herz«, hielt Garald ihm lächelnd entgegen. »Wie schon gesagt, es ist eigentlich ein Geschenk für mich. Ich freue mich auf den Tag, Pater Saryon, wenn ich Euch wieder bitten kann, mir Leben zu gewähren.«

Nachdem er sich mit einem freundlichen Kopfnikken von Saryon abgewandt hatte, trat Garald vor Joram.

»Ich weiß, du willst auch kein Geschenk von mir«, bemerkte Garald und sah ihn an.

»Der Katalyt hat recht: Ihr habt schon genug für uns getan«, antwortete Joram ruhig.

»›Genug für uns getan‹, *Euer Gnaden*«, mahnte der Kardinal streng.

Joram runzelte finster die Brauen, während der Prinz sich bemühte, ernst zu bleiben. »Wie dem auch sei«, meinte er, »es scheint dein Schicksal zu sein, Joram, von mir beschenkt zu werden.«

Wieder streckte der Prinz die Hände aus. Die Luft über den Händen schimmerte und verdichtete sich zu einer handgefertigten Schwertscheide aus Leder. Goldene Runen der Macht waren darin eingraviert, aber das war der einzige Schmuck.

»Ich habe es absichtlich so gelassen«, sagte Garald, »damit du dein Familienwappen einfügen lassen kannst. Jetzt laß mich dir die Besonderheiten erklären.« Er winkte Joram heran. »Ich habe es eigens für dich angefertigt«, fuhr er nicht ohne Stolz fort. »Diese Riemen werden so um die Brust gelegt, siehst du, damit trägst du das Schwert auf dem Rücken; die Runen bewirken, daß es nach Belieben kleiner und leichter wird, also kannst du es unter der Kleidung verbergen und brauchst es so gut wie nie abzulegen.«

Der Prinz schaute Joram eindringlich an. »Denk immer daran«, sagte er mit Nachdruck, »das Dunkle Schwert ist sowohl dein bester Schutz wie auch dein Todesurteil. Trag es stets bei dir, und benutze es nur, wenn dein Leben in Gefahr ist.« Garald richtete den Blick auf Mosiah. »Oder das Leben anderer.«

Joram starrte auf das Geschenk. »Ich – ich weiß nicht, was – ich sagen soll«, brachte er stockend heraus.

»Wie wäre es mit ›Vielen Dank, Euer Gnaden‹«, meinte Garald leise und legte die Schwertscheide in Jorams Hände.

Joram strich mit der Hand über die glatte Oberfläche, zeichnete die verschlungenen Runen nach und betastete die kunstvollen Nähte. Als er aufblickte, sah er die Augen des Prinzen auf sich ruhen, belustigt und siegesgewiß. Joram lächelte.

»Vielen Dank, mein Freund. Danke – Garald«, sagte er fest.

Der Besuch

Bischof Vanya saß hinter dem Schreibtisch in seinem eleganten Quartier in der Kathedrale von Merilon. Obwohl nicht so prächtig wie seine Gemächer im Baptisterium, war die Wohnung hier weitläufig und komfortabel, bestehend aus Schlaf-, Wohn- und Eßzimmer sowie einem Büro mit Vorzimmer für den Diakon, der für ihn die Aufgaben eines Sekretärs wahrnahm. Von der Kathedrale mit ihren Mauern aus Kristall konnte Vanya auf Merilon hinunterschauen. Wenn er den Blick hob, zeigte sich ihm der Kaiserliche Palast, der am Himmel schwebte wie eine gleißende, schillernde Sonne aus Kristall.

An diesem frühen Abend jedoch hatte der Bischof den Blick gesenkt, und seine Augen waren auf die Stadt gerichtet. Ihm bot sich ein spektakuläres Schauspiel – ein magisch überhauchter Sonnenuntergang, gestiftet von den *Pron-alban* aus der Gilde der Steinbildner, als Willkommensgeschenk für Seine Heiligkeit. Außerhalb der schützenden Hülle um die Stadt herrschte tiefster Winter, Schnee bedeckte das Land, doch in Merilon war es Frühling, die augenblicklich bevorzugte Jahreszeit der Kaiserin. Der Sonnenuntergang war daher ein Sonnenuntergang, wie er sich für einen lauen Frühlingsabend schickte, eine Kreation der *Sif-hanar* in pastellfarbenem Rosa, mit dunkleren Akzenten hier und da und vielleicht einem Tupfer Purpurrot zur Mitte hin.

Es war ein wirklich prachtvoller Sonnenuntergang, und die Einwohner von Merilons Oberstadt schwebten in luftigen Gewändern aus Seide, Spitze und Satin durch die Straßen und bewunderten das aparte Meisterwerk.

Nicht so Bischof Vanya. Die Mühe war an ihn verschwendet. Draußen hätte ein Orkan toben können – tatsächlich wäre das seiner Laune angemessener gewesen. Seine dicken Finger wanderten über die Schreibtischplatte, schoben Dinge hin und her. Es war das einzige sichtbare Zeichen für Mißfallen oder Unruhe, denn das Gesicht des Bischofs wirkte gelassen und beherrscht wie immer. Den zwei schwarzgekleideten Gestalten allerdings, die schweigend vor ihm standen, entging sein nervöses Hantieren nicht, wie sie auch sonst alles wahrnahmen, was um sie herum vorging.

Unvermittelt schlug Vanya mit der flachen Hand auf die Tischplatte. »Es ist mir einfach unbegreiflich, daß ihr *Duuk-tsarith* mit euren geschulten Fähigkeiten nicht in der Lage seid, einen einzigen jungen Burschen ausfindig zu machen.«

Die Gesichter unter den schwarzen Kapuzen wandten sich einander zu, die glitzernden Augen tauschten

Blicke. Dann richtete sich die Aufmerksamkeit er beiden *Duuk-tsarith* wieder auf Vanya, und einer von ihnen, eine Frau, übernahm es, auf seine Frage zu antworten. Ihr Ton war respektvoll, aber nicht entschuldigend. Offenbar fühlte sie sich als Herrin der Lage.

»Ich wiederhole, Heiligkeit, wäre der Gesuchte ein normaler junger Bursche, hätten wir keine Mühe, ihn aufzuspüren. Die Tatsache, daß er ein Toter ist, erschwert die Suche, und daß er Arkanum bei sich trägt, läßt unsere Bemühungen so gut wie aussichtslos erscheinen.«

»Ich verstehe das nicht!« explodierte Vanya. »Er existiert! Er ist aus Fleisch und Blut ...«

»Nicht für uns, Heiligkeit«, wurde er von der Hexe berichtigt, während ihr Ordensbruder bekräftigend mit dem verhüllten Kopf nickte. »Das Arkanum schützt ihn, es schirmt ihn gegen uns ab. Unsere Sinne sind darauf ausgerichtet, Magie wahrzunehmen. Wir gehen unter den Menschen einher und werfen unsichtbare magische Fäden aus, wie eine Spinne beim Bau ihres Netzes. Berühren diese Fäden einen normalen Bewohner dieser Welt, so vermitteln sie uns Impulse seines Lebens, seiner Magie sowie andere Dinge: alles, von seinen Träumen über seinen Heimatort bis zu seiner letzten Mahlzeit. Um aber der Toten habhaft zu werden, müssen wir zu anderen Mitteln greifen. Wir müssen unsere Sinne darauf umstellen, das Fehlen von Leben in ihnen wahrzunehmen. Doch bei diesem jungen Mann, der von dem Arkanum geschützt ist, werden unsere magischen Sinne aufgesogen. Wir fühlen nichts, hören nichts, sehen nichts. Für uns, Heiligkeit, existiert dieser Junge nicht. Deshalb war in der alten Zeit das Arkanum so gefürchtet. Eine Armee von Toten mit solchen Waffen konnte sich einer Stadt nähern, ohne entdeckt zu werden.«

»Pah!« knurrte Vanya. »Ihr redet, als wäre er unsichtbar. Wollt Ihr vielleicht behaupten, er könnte geradewegs hier ins Zimmer marschieren, und Ihr würdet ihn nicht sehen? *Ich* würde ihn nicht sehen?«

Die Kapuze, die den Kopf der Hexe verhüllte, erzitterte leicht, wie von einer gereizten Bewegung oder einem ungeduldigen Seufzer. Als sie weitersprach, klang ihre Stimme betont kühl.

»Natürlich würdet Ihr ihn sehen, Heiligkeit. Und wir auch. Allein in diesem Zimmer würden wir ihn als das erkennen, was er ist, und entsprechend handeln. Aber dort draußen ist er nicht allein, sondern bewegt sich unter Tausenden von Menschen!«

Die Hexe fuhr ungeduldig mit der Hand durch die Luft, und ihr Ordensbruder zuckte unwillkürlich zusammen. Obwohl die *Duuk-tsarith* von frühester Jugend an zu strikter Disziplin erzogen werden, war die Hexe für ihr hitziges Temperament bekannt. Es hätte ihren Gefährten keineswegs überrascht, die Kristallmauer hinter dem Bischof schmelzen zu sehen wie Eis an einem Sommertag.

Doch sie beherrschte sich. Auch die *Duuk-tsarith* machten sich einen Bischof Vanya nicht leichtfertig zum Feind.

»Also gibt es nur einen Weg, ihn in unsere Gewalt zu bekommen – jemand muß ihn uns herbringen«, murmelte Vanya, und seine plumpen Hände krochen wie fette Spinnen über die polierte Schreibtischplatte.

»Es ist nicht der einzige Weg, Heiligkeit, aber der einfachste. Das Schwert stellt natürlich ein Problem dar, aber ich zweifle, daß dieser Joram bisher Zeit oder Gelegenheit gehabt hat, sich wirklich mit der Waffe vertraut zu machen, oder daß er überhaupt weiß, welche Macht sie ihm verleiht.«

»Uns wurde berichtet, Eminenz«, warf der Hexenmeister ein, »daß einer Eurer eigenen Katalyten sich bei dem jungen Mann befindet. Könnten wir nicht durch ihn etwas erreichen?«

»Dieser Katalyt ist ein schwachsinniger Trottel! Wäre es mir gelungen, die Verbindung zu ihm aufrechtzuerhalten, hätte ich ihn unter meiner Kontrolle gehabt.« Vanya schnaufte. Sein gedunsenes Gesicht war fast so purpurn wie sein Bischofsornat. »Doch er hat einen Weg gefunden, sich meinem Zugriff zu entziehen.«

»Arkanum«, sagte die Hexe kühl und faltete wieder die Hände, wie es die Ordensregel vorschrieb. »Es schirmt ihn ebenso wirksam gegen Euren mentalen Ruf ab wie den Jungen gegen unseren Blick.«

Sie schwieg einen Moment, dann glitt sie näher an den Bischof heran, was diesem merkliches Unbehagen verursachte. »Heiligkeit, wenn Ihr uns die Erlaubnis geben würdet, das Dorf der Nigromanten zu besuchen, könnten wir in Erfahrung bringen, wie er aussieht, wer seine Gefährten sind ...«

»Nein!« schnitt Vanya ihr heftig das Wort ab. »Wir dürfen unter keinen Umständen ihr Mißtrauen wekken! Auch wenn Blachloq jetzt tot ist, hat er die Sache doch so weit vorangetrieben, daß die Nigromanten ihren Bündnisvertrag mit Sharakan aufrechterhalten und so mit in den Krieg hineingezogen werden.«

»Der Katalyt wird sie gewarnt haben.«

»Dann wäre es höchst unklug, dort aufzutauchen und einem aufkeimenden Verdacht neue Nahrung zu geben.«

»Man könnte eine Armee der *DKarn-duuk* gegen sie in Marsch setzen ...«, schlug der Hexenmeister ehrerbietig vor.

»Und eine Panik auslösen.« Bischof Vanya schüttelte den massigen Schädel. »Die Nachricht von ihrer

Existenz würde sich ausbreiten wie Feuer in trockenem Gras. Unser Volk lebt in dem Glauben, die Nigromanten wären in den Eisenkriegen vom Angesicht dieser Welt vertilgt worden. Wenn bekannt wird, daß die Adepten der Schwarzen Magie nicht nur existieren, sondern über Arkanum verfügen, gibt es einen Aufruhr. Nein, wir unternehmen nichts, bis wir bereit sind, den vernichtenden Schlag zu führen.«

Und Seine Eminenz nicht mehr befürchten muß, ein Schatten könnte sein strategisches Genie verdunkeln. Die Hexe verständigte sich auf dem Gedankengang mit ihrem Ordensbruder.

»Ihr müßt nach dem Katalyten suchen«, fuhr Vanya fort. Er holte tief Luft und stieß sie schnaufend wieder aus, während er die beiden *Duuk-tsarith* vor seinem Schreibtisch mit zusammengezogenen Brauen fixierte. »Ich gebe Euch die Beschreibung dieses Mannes und auch Jorams sowie einer weiteren Person, mit der letzterer früher in Verbindung stand – ein junger FeldMagus namens Mosiah. Obwohl sie sich zweifellos getarnt haben werden«, fügte er nach kurzem Überlegen hinzu.

»Eine Tarnung läßt sich im allgemeinen leicht durchschauen, Heiligkeit«, entgegnete die Hexe in belehrendem Tonfall. »Die Leute denken nur daran, ihre äußere Erscheinung zu verändern, nicht aber ihre chemische Struktur oder ihre Gedankenmuster. Es dürfte verhältnismäßig einfach sein, einen FeldMagus aus der Bevölkerung Merilons herauszukennen.«

»Das hoffe ich«, sagte der Bischof streng.

»Wie groß ist die Wahrscheinlichkeit, daß dieser Joram nach Merilon kommt?« erkundigte sich der Hexenmeister.

»Merilon ist für ihn zur fixen Idee geworden«, erklärte Vanya mit einem Wink seiner juwelengeschmückten Hand. »Nach den Worten des FeldKatalyten aus dem Dorf, in dem er aufwuchs, hat ihm seine Mutter wieder und wieder erzählt, daß ihn in Merilon ein großes Erbe erwartet. Wenn Ihr siebzehn wäret, über nicht unbeträchtliche Macht in der Form von Arkanum verfügtet und überzeugt wäret, der Sproß einer reichen und vornehmen Familie zu sein, wohin würdet Ihr gehen?«

Der *Duuk-tsarith* verbeugte sich schweigend.

»Also«, fuhr der Bischof munter fort, »wenn Ihr den Katalyten gefunden habt, bringt ihn mir. Und wenn Ihr diesen Mosiah findet ...«

»Ihr braucht uns nicht über unsere Pflichten zu belehren«, bemerkte die Hexe schroff. »Wenn es sonst nichts mehr gibt ...«

»Etwas noch.« Vanya hob die Hand, als die beiden *Duuk-tsarith* Anstalten machten, sich zu entfernen. »Dem jungen Mann darf *nichts* geschehen! Er muß am Leben bleiben. Ihr kennt den Grund.«

»Ja, Eure Heiligkeit.« Nachdem sie sich zum Abschied verneigt hatten, entfernten sie sich. Das magische Tor der Transversale öffnete sich weit, nahm sie auf und war verschwunden.

Allein gelassen mit dem zerfließenden Sonnenuntergang und dem heraufziehenden Abend, war Bischof Vanya im Begriff, den HausMagi zu läuten, um die seidenen Wandbehänge vorzuziehen und für Licht zu sorgen, doch seine Hand blieb über der Glocke in der Schwebe. Die Transversale hatte sich wieder aufgetan. Eine Gestalt kam zum Vorschein und trat mit selbstbewußten Schritten vor den Schreibtisch des Bischofs.

Bei dem Erscheinen des Mannes in den karmesinroten Gewändern hätte der Bischof respektvoll von seinem Sessel aufstehen müssen. Er tat es erst nach bedeutungsvollem Zögern. Dann erhob er sich betont schwerfällig, glättete mit penibler Sorgfalt seinen Ornat und rückte die schwere Mitra auf dem kahlen Haupt zurecht.

Der Besucher lächelte; zum Zeichen, daß er die subtile Beleidigung verstanden hatte und zu würdigen wußte. Es war ein für ihn typisches, unsympathisch anmutendes Lächeln, das sich auf ein Verziehen der Mundwinkel beschränkte und nie die Augen erreichte – dunkle Augen, überschattet von dicken, schwarzen Brauen.

Wäre Saryon im Zimmer gewesen, hätte er sofort die Ähnlichkeit in den harten Zügen des hübschen, aber strengen Gesichts bemerkt, doch auch das Fehlen einer inneren Wärme, die er bei dem Neffen dieses Mannes wahrzunehmen glaubte – ein Funkeln in der Tiefe von Jorams dunklen Augen. Die Augen dieses Mannes waren kalt und lichtlos wie seine Seele.

»Bischof Vanya«, grüßte der Mann mit einer angedeuteten Verbeugung.

»Prinz Xavier.« Bischof Vanya neigte den Kopf. »Ich fühle mich geehrt. Dieser unerwartete und unangemeldete Besuch ist eine wirkliche Überraschung.«

»Ohne Zweifel«, bemerkte Xavier verbindlich. Er gab sich stets verbindlich, nie war ihm auch nur die geringste Gemütsbewegung anzumerken.

Zum Mysterium des Feuers geboren, war er in die Reihen der *DKarn-duuk* aufgestiegen, jener Hexenmeister, die in der Kunst der Kriegsführung geschult sind. Außerdem war er der Kaiserin jüngerer Bruder, eine Tatsache, der besondere Bedeutung zukam, in Anbetracht der Kinderlosigkeit des kaiserlichen Paares. Xavier war der Erbe des Throns von Merilon, daher die Anrede ›Prinz‹ und Vanyas widerwillig bezeigter Respekt.

»Und welchem Anlaß verdanke ich das Vergnügen dieses Besuchs?« fragte der Bischof. Er hielt sich so gerade und aufrecht, wie seine beleibte Statur es erlaubte, und starrte mit unverhohlener Abneigung auf den Prinzen, der den Blick seinerseits ohne Sympathie erwiderte.

Xavier verschränkte die Hände hinter dem Rücken, über seinem Skapulier. Da er in seiner Eigenschaft als Bruder der Kaiserin im Palast weilte, hätte er höfische Gewänder tragen können. Im Gegensatz zu den *Duuktsarith* waren die *DKarn-duuk* nicht zum Tragen der Ordenstracht verpflichtet, aber Xavier fand es vorteilhaft, daran festzuhalten. Sie gemahnte die Leute – insbesondere seinen Schwager, den Kaiser – an die Macht, die dem Hexenmeister zu Gebote stand.

»Ich hatte den Wunsch, Euch in Merilon willkommen zu heißen, Heiligkeit«, erwiderte er dem Bischof.

»Zu liebenswürdig von Euch, Hoheit«, antwortete Vanya. »Obwohl ich mir der großen Ehre, die Ihr mir erweist, voll bewußt und ihrer gänzlich unwürdig bin, bitte ich Euch zu gehen. Das heißt, wenn es nicht etwas gibt, das ich für Euch tun kann.«

»Es gibt etwas.« Prinz Xavier zog eine manikürte, geschmeidige Hand hinter dem Rücken hervor und hob Aufmerksamkeit heischend den ausgestreckten Zeigefinger. Mit dieser Hand vermochte er nach Belieben Blitze vom Himmel zu rufen oder Dämonen aus der Tiefe. Dem Bischof fiel es schwer, den Blick davon abzuwenden, und er wartete mit einiger Unruhe darauf, daß sein Gast weitersprach. »Ihr könnt dem Mummenschanz ein Ende machen.«

Begreifen lief wie eine Welle über das fleischige Gesicht des Bischofs. Seine Lippen zuckten, und er rieb sich mit dem Handrücken über den Mund. »Vergebung, Hoheit, aber ich habe keine Ahnung, wovon Ihr redet. Ein Mummenschanz?«

»Ihr wißt sehr gut, wovon ich rede.« Unter der aufgesetzten Liebenswürdigkeit klang seine Stimme drohend, doch er ließ die Hand sinken und befingerte ein silbernes Pendant an seinem Gürtel. »Meine Schwester, sie ist ...«

Prinz Xavier verstummte. Vanyas Augen wurden plötzlich groß und musterten ihn mit verschlagenem Interesse.

»Ja, Eure Schwester, die Kaiserin ...«, drängte der Bischof unverfroren. »Was wolltet Ihr sagen? Sie ist was?«

»Was jeder weiß, doch keiner auszusprechen wagt, weil mein verbrecherischer Schwager es mit Eurer Unterstützung für Hochverrat erklärt hat, darüber zu reden«, erwiderte Xavier glatt. »Und nur durch Eure Macht und die Eurer Katalyten wird er in die Lage versetzt, sein schändliches Spiel weiterzutreiben. Macht dem ein Ende. Setzt mich auf den Thron.« Xavier hob lächelnd die Schultern. »Ich bin kein dressierter Bär wie mein Schwager und werde nicht nach Eurer Pfeife tanzen. Aber ich bin ein vernünftiger Mensch und lasse durchaus mit mir reden. Ihr werdet mich brauchen«, fuhr er mit vertraulich gesenkter Stimme fort, »wenn es Krieg geben sollte.«

»Eine tragische Entwicklung, die der Almin von uns abwenden möge«, sagte Bischof Vanya mit frommem Augenaufschlag. »Es ist Euch bekannt, Prinz Xavier, daß der Kaiser gegen den Krieg ist. Er ist gewillt, die andere Wange hinzuhalten ...«

»... und kriegt einen Tritt in den Hintern«, beendete Xavier den Satz für ihn.

Bischof Vanya bekam einen roten Kopf und kniff tadelnd die Augen zusammen. »Bei allem Respekt vor Eurer Stellung und Eurem Rang, Prinz Xavier – ich kann nicht dulden, daß Ihr Euch in dieser despektierlichen Weise über meinen Souverän äußert. Ich weiß nicht, was Ihr von mir wollt. Ich verstehe Eure Worte nicht und verwahre mich gegen Eure Andeutungen. Ihr solltet jetzt gehen. Es ist Zeit für die Abendandacht.«

»Ihr seid ein Dummkopf«, sagte Prinz Xavier freundlich. »Es wäre zu Eurem Vorteil, mit mir zusammenzuarbeiten – und sehr zu Eurem Nachteil, sich mir in den Weg zu stellen. Ich bin ein gefährlicher Feind. Ihr und mein Schwager seid vorläufig sicher – Ihr habt die *Duuk-tsarith* auf Eurer Seite. Aber Ihr könnt diesen Mummenschanz nicht bis in alle Ewigkeit fortsetzen.«

Xavier sprach ein Wort, und die Transversale öffnete sich hinter ihm.

»Wenn Ihr in den Palast zurückkehrt, Hoheit«, meinte der Bischof sanft, »übermittelt Eurer Schwester meine besten Wünsche und daß ich hoffe, sie bei bester Gesundheit zu finden ...« Er stockte.

Für einen kurzen Moment geriet Xavier in Verwirrung. Das Gesicht wurde bleich, die dunklen Augen glitzerten.

»Ich werde es ausrichten, Eminenz«, sagte der Prinz, während er sich zum Gehen wandte, »und ich werde hinzufügen, daß auch Ihr bei bester Gesundheit seid. Vorerst noch ...«

Die Transversale schloß ihren Rachen über ihm, und das letzte, was Bischof Vanya von Prinz Xavier sah, war der Abglanz seiner tiefroten Gewänder, wie ein Blutschwall aus dem Nichts. Es war ein erschreckendes Bild und beunruhigte den Bischof noch lange, nachdem der Prinz verschwunden war. Mit zitternder Hand betätigte Vanya die Glocke und gab Befehl, umgehend alle Räume zu erleuchten. Und dann ließ er sich eine Flasche Sherry bringen.

Hier endet das dritte Buch der Saga um das Dunkle Schwert.

Im nächsten Band (20173)

Der Fluch der Wahrheit

lüftet sich für Joram endlich das Geheimnis seiner Herkunft. Doch die Wahrheit erlöst ihn nicht, sondern schleudert ihn in einen Abgrund aus Lügen und Intrigen.

BASTEI LÜBBE

Das Programm voll Fantasy

MARGARET WEIS & TRACY HICKMAN

Die große Saga um Joram, den verbannten Königssohn, und seinen Kampf gegen Macht und Magie. Faszinierende Fantasy von den erfolgreichsten Autoren des Genres.

ISBN 3-404-20159-0
DM 7,80

ISBN 3-404-20161-2
DM 7,80

ISBN 3-404-20171-X
DM 7,80

ISBN 3-404-20173-6
DM 7,80

ISBN 3-404-20183-3
DM 7,80

ISBN 3-404-20185-X
DM 7,80

MARGARET WEIS & TRACY HICKMAN

DIE VERGESSENEN REICHE

ENTDECKEN SIE DAS GEHEIMNIS DER VIER VERGESSENEN REICHE

... und das Geheimnis eines unvergleichlichen Erfolgs: Mit diesem abenteuerlichen Zyklus haben die beiden Autoren neue Maßstäbe für epische Fantasy gesetzt.

Folgende Bände sind bereits als Taschenbuch erschienen:
Band 21210 Himmelsstürmer
Band 20238 Elfenstern
Band 20248 Feuersee
Band 20260 Drachenmagier (Juli 95)

Bereits als Paperback erschienen:

Band 28198 Himmelsstürmer
Band 28201 Elfenstern
Band 28205 Feuersee
Band 28210 Drachenmagier
Band 28216 Drachenelfen
Band 28219 Irrwege
Band 28227 Das siebte Tor (September 95)

BASTEI LÜBBE

Sie erhalten diese Bände im Buchhandel, bei Ihrem Zeitschriftenhändler sowie im Bahnhofsbuchhandel.